T0059477

NACIÓN STASI

DAVID YOUNG

Cualquier forma de reproducción, distribución, comunicación pública o transformación de esta obra solo puede ser realizada con la autorización de sus titulares, salvo excepción prevista por la ley.
Diríjase a CEDRO si necesita reproducir algún fragmento de esta obra.
www.conlicencia.com - Tels.: 91 702 19 70 / 93 272 04 47

Editado por HarperCollins Ibérica, S.A.
Núñez de Balboa, 56
28001 Madrid

Nación Stasi
Título original: A Darker State
© David Young, 2018
© 2020, para esta edición HarperCollins Ibérica, S.A.
Publicado por HarperCollins Ibérica, S.A., Madrid, España
© De la traducción del inglés, Carlos Jiménez Arribas

Todos los derechos están reservados, incluidos los de reproducción total o parcial en cualquier formato o soporte.
Esta edición ha sido publicada con autorización de HarperCollins Ibérica, S.A.
Esta es una obra de ficción. Nombres, caracteres, lugares y situaciones son producto de la imaginación del autor o son utilizados ficticiamente, y cualquier parecido con personas, vivas o muertas, establecimientos comerciales, hechos o situaciones son pura coincidencia.

Imagen de cubierta: Shutterstock

ISBN: 978-84-9139-683-3

Para Stephanie, Scarlett y Fergus

PRÓLOGO

Diciembre de 1976.
Al oeste de Polonia.

La perra tiraba de él, y así atravesaron el monte bajo que crecía en Wyspa Teatralna: las ramas heladas se quebraban con facilidad, soltaban un crujido seco que marcaba el avance de la pareja. Había caído una gran helada, aunque estaban todavía a principios de invierno. El río alrededor de la isla del Teatro ya se había congelado, de parte a parte, por todas sus orillas. Kazimierz Wójcik no sabía lo gruesa que sería la capa de hielo. ¿Aguantaría el peso de una persona? ¿El de un coche o el de un tanque? Lo había visto antes así, muchas veces, pero siempre cuando ya estaba avanzado el invierno: a finales de enero, o en los primeros días de febrero.

—¡Śnieżka! ¡Śnieżka! —gritó, y tiró con fuerza de la correa. Pero el animal estaba en su elemento con un clima tan frío: era una perra de trineo de raza siberiana, el instinto de tirar de algo se le había desatado, y Kazimierz no tenía casi fuerza para oponer resistencia con el único brazo que le quedaba sano. Ya hacía bastante con sujetarla y no caer al suelo. Intentaba evitar que Śnieżka echara a correr por la orilla y llegara al agua helada.

No quería perderla.

Ya había perdido bastantes cosas en la vida.

Si no, que se lo dijeran a los alemanes, al otro lado del río, que se llevaron de recuerdo su brazo izquierdo y le dejaron aquel, amojamado. Esos amiguitos socialistas que teníamos.

O que decían que teníamos. Porque Kazimierz y más hombres y mujeres de su edad, los que quedaban, no los veían así: amigos suyos no eran, ni de nadie de su generación. Los *Szkopy* alemanes, esos carneros castrados, según los llamaban los polacos como él, tenían que rendir cuentas por muchas cosas.

La perra se paró de golpe en lo alto del promontorio que bordeaba el río: tenía las orejas de punta y el pelo erizado, de color blanco, a juego con el bigote y la barba de Kazimierz.

El viejo y la perra se quedaron por un momento como una estatua, imitando las ruinas de piedra del teatro que daba nombre a la zona. Solo perforaba aquel silencio el zumbido de la maquinaria en la fábrica de lana que los alemanes tenían al otro lado del río; eso, y el aliento entrecortado del propio Kazimierz. Las nubes de vapor se transformaban en hielo nada más entrar en contacto con las puntas de su vello facial.

Śnieżka había visto algo, allí donde acababa el cauce helado del río y empezaba la playa de guijarros.

Kazimierz siguió la mirada de la perra con los ojos, miró más allá de su propio bigote, cubierto de escarcha, y se fijó en algo oscuro, apelmazado. Había perdido mucha vista desde aquellos tiempos en los que trabajó de relojero en Leszno, antes de la guerra, justo al lado de la antigua frontera. Luego lo reasentaran en esta nueva linde, cien kilómetros más al oeste; olvidada ya toda posibilidad de dedicarse a la relojería, con el brazo izquierdo consumido.

El bulto parecía un abrigo de pieles. «A lo mejor lo puedo poner a secar y venderlo», pensó Kazimierz. Pero estaba arrebujado en un guiñapo, y sintió náuseas al caer en la cuenta de lo que, con toda probabilidad, había debajo del abrigo.

Un cuerpo.

Un cuerpo inmóvil y muerto.

Kazimierz tiró con fuerza de Śnieżka. No quería problemas, así que se olvidarían de aquello que habían visto. Era mucho más seguro.

Hay que ir con la cabeza gacha; ir por la vida evitando siempre meterse en líos. Así había sobrevivido Kazimierz todos estos años, y no iba a cambiar ahora.

Pero la perra tenía otra idea en la cabeza.

Empezó a tirar de la correa y llevó a su amo a rastras por el bancal hasta el lecho del río. A Kazimierz no le quedó otra que seguirla, mientras iba trastabillando y tiraba frenéticamente de la correa para que no se le soltara su fiel compañera.

Al final, la tuvo que dejar por imposible, para no caerse, y empezó a llamarla a voces. Pero Śnieżka se quedó clavada nada más llegar al fardo de pieles.

Se quedó clavada y empezó a aullar.

Un quejido terrible que indicaba pánico o lamento. Y Kazimierz comprendió que en apenas un instante se había esfumado todo intento de mantener en secreto aquel hallazgo.

Finalmente, los ojos y el cerebro del viejo asimilaron lo que era el bulto.

No era un cuerpo, eran muchos: cuerpos de ratas muertas.

Estaban contorsionados, fundidos en una masa de pelo oscuro ribeteada de blanca escarcha. Y lo que hizo que temblara fueron las colas.

Decenas, montones de colas sin vida, sujeta cada una a su propio y peludo cuerpo.

1

Septiembre de 1976.
Strausberger Platz, Berlín Oriental.

La fresca brisa de septiembre le daba a la *Oberleut-nant* de la Policía del Pueblo Karin Müller en plena cara, un rostro al que se le había pegado un poco el sol. Tuvo que apartarse con la mano las puntas de pelo rubio, para que no se le metieran en los ojos al mirar el reloj por tercera vez en un minuto. Ya pasaban cinco minutos de la hora, y no había señales todavía de su jefe, el *Oberst* Reiniger. Y eso que él le había insistido que llegara a tiempo.

No se sentía muy «*Oberleutnant*» precisamente en este momento. De hecho, aunque no habían pasado muchos meses desde su último caso, que la llevó hasta Halle-Neustadt, una ciudad al sur de la capital del Estado, ya casi ni se acordaba de lo que era ser policía; y mucho menos de dirigir una brigada de homicidios. Llevaba semanas desempeñando a tiempo completo el papel de madre que se queda en casa; cosa rara en la pequeña república, en la que a los bebés los mandaban a la guardería casi nada más nacer, y a las madres, de vuelta al puesto de trabajo.

Ahora, parada en la salida norte de la estación de

metro de Strausberger Platz, sintió que echaba de menos horrores a los bebés mellizos que había dejado en casa. Casi como si le desgarraran las telas del corazón. Tenía la desagradable sensación, además, de que, fuera lo que fuera lo que quisiera Reiniger, la vida familiar que acababa de empezar no iba a salir muy bien parada: aquellos dos milagros de criaturas, Jannika y Johannes, los bebés que todos los médicos consultados le habían dicho siempre que no podría tener.

Tragó saliva, se llevó la mano a la frente para hacer de visera y miró al este, a Karl-Marx-Allee, maravillada de su esplendor. Sí que era verdad que la República no era un país perfecto. Los métodos del Ministerio para la Seguridad del Estado que salieron a la luz en una investigación anterior, en la que tuvo que ocuparse de los reformatorios para adolescentes, sumados a la búsqueda de bebés desaparecidos en Halle-Neustadt, le habían metido el miedo en el cuerpo al ver cómo se las gastaba el Estado para el que trabajaba. Pero esta magnífica avenida, jalonada a ambos lados de hermosos edificios, revestidos de planchas de hormigón, daba fe de lo mucho que de bueno tenía el sistema socialista. Vivir en apartamentos como aquellos en París costaría un ojo de la cara. Puede que aquí, los que ocupaban los puestos altos en el Partido tuvieran prioridad, pero también había trabajadores normales y corrientes. Las mujeres que efectuaron la labor de desescombro, por ejemplo; ocupadas en limpiar heroicamente toneladas y toneladas de escombros en las ruinas de Berlín después de la guerra, para así arrimar el hombro en la construcción de una nueva capital del Estado: a ellas les habían dado prioridad a la hora de elegir esos apartamentos. Palacios de alquiler, así los llamaban, y Müller veía bien por qué.

Giró sobre los talones y encaró el lado opuesto, volvió a mirar en dirección al centro de Berlín y la torre de la televisión, y más allá, a la Barrera de Protección Antifascista, pasada la magnífica fuente que había en el centro de Strausberger Platz, cuya agua, azotada por el viento, dejaba una fina capa de vapor dispersa por toda la plaza. Aspiró una bocanada de aire húmedo y dejó que las partículas microscópicas de espuma le impregnaran la cara. Había arcoíris en miniatura allí donde el sol hendía el agua. Nunca llegaba a formarse el arco completo, sino que se deshacía al ritmo pautado por los chorros de la fuente.

Entonces, al trasluz de uno de los arcoíris, vio que se acercaba un hombre obeso de mediana edad. Iba con la cabeza gacha, y recordaba un poco a un pingüino al caminar. Cada pocos pasos, se quitaba las gotas de agua de las charreteras, sin duda, para llamar la atención sobre el rango que ostentaba, más que para limpiárselas. O, al menos, eso era lo que sostenía Tilsner, el ayudante de Karin. Al *Unterleutnant* Werner Tilsner, el coronel de la Policía del Pueblo le parecía pretencioso y aburrido. Sin embargo, a Müller le caía bastante bien, y según se acercaba a ella, lo recibió con una amplia sonrisa.

—Tiene buen aspecto, Karin —dijo, y le sonrió también con franqueza, mientras le estrechaba con fuerza la mano que ella le tendía—. Le sienta bien la maternidad, no hay más que verlo.

—Yo no estoy tan segura, camarada *Oberst* —dijo Müller, y se echó a reír—. Ya lo oyó usted mismo por teléfono anoche: el apartamento es un caos en este momento. —Reiniger la había llamado a su apartamento por la línea directa de la Policía, justo cuando estaba en pleno desbarajuste doméstico porque los bebés se habían cogido cada uno un berrinche. Además, el piso de un dormitorio en el que vivían ya no daba de sí para Müller, su novio, Emil Wollenburg, que trabajaba de médico en el hospital, los propios mellizos y Helga, la abuela de Müller, de cuya existencia se acababa prácticamente de enterar.

Reiniger blandió un brazo, como si al hacerlo, los problemas de Müller fueran a desaparecer por arte de magia.

—Habrá que ver qué se puede hacer con lo de su alojamiento. Puede que haya encontrado la solución, y siento haber tardado tanto, pero ya sabe cómo es esto. Tuve una reunión en el café Moskau y pensé que me vendría bien dar un paseo cuando acabó. De hecho, la persona con la que me reuní me preguntó por usted.

—¿Ah, sí? —Müller se alegró de que sus colegas de la Policía del Pueblo no se hubieran olvidado del todo de ella en el tiempo que había estado de baja por maternidad—. ¿Quién era?

—Una persona que, si acepta usted mi pequeña proposición, va a volver a ver bastante otra vez.

Había algo en la sonrisita de Reiniger que hizo que a Müller le saltaran las alarmas en el acto. «Va a volver a ver bastante otra vez», había dicho, como dando a entender que sería algo que iba a pasar, lo quisiera ella o no.

Müller fue consciente de cómo le cambiaba la cara, aunque había intentado no mudar la expresión de sus rasgos. Pero lo que dijo Reiniger a continuación no la sorprendió.

—Era su antiguo contacto en el Ministerio para la Seguridad del Estado, el *Oberst* Jäger.

Jäger, el coronel de la Stasi de finos modales y pinta de presentador de televisión de la República Federal Alemana.

16

Un manipulador que no dudaba en utilizar su mucha influencia: un hombre de cuidado.

Al parecer, Reiniger no tenía prisa en ir al grano. Por eso se pasó lo que duró la comida en la terraza del restaurante, ubicada en el semicírculo umbrío de la Platz, hablando de niños, intercambiando con Müller historias de cuando fue padre por primera vez, hacía ya años, y de cómo había revivido todo eso al ser abuelo, apenas hacía un año.

Para ser sinceros, la conversación fue tan amena que a Müller casi se le había pasado el miedo que le había entrado antes, al oír otra vez el nombre de Jäger. Tampoco es que odiara al oficial de la Stasi; se mostraba ambivalente al respecto. Tenían métodos, él y la agencia para la que trabajaba, que pecaban de despiadados, crueles, turbios. Pero fue Jäger quien encontró a su abuela, Helga; y eso le permitió a Müller echar raíces, o algo parecido, después de haberse sentido como un bicho raro en su familia adoptiva, durante los años de su niñez y primera juventud que pasó en las boscosas colinas de Turingia. Y puede que, si Jäger acabara otra vez siendo parte de su vida laboral, lo convenciera para que averiguara algo sobre su padre biológico, quien, por lo que ella sabía, tuvo que ser un soldado soviético del ejército vencedor que dejó a su madre embarazada de ella cuando era adolescente, en los últimos días de la guerra o poco después.

Al final, Reiniger soltó un eructo que esparció los efluvios de lo que había comido por toda la mesa y que, regado con el olor de la cerveza de trigo, dio contra la cara de Müller. Ella hizo como que no se enteraba. Luego, su superior se pasó la servilleta por la boca, escupió en ella, repitió la operación y examinó los tropezones de salsa rojinegra con cierta mirada de satisfacción.

—En fin, espero que le haya gustado la comida tanto como a mí, Karin.

—Mucho, camarada *Oberst*. Una no tiene la oportunidad de comer todos los días en un restaurante de este nivel.

—Me alegro, me alegro. Así podemos pasar ahora a la segunda parte de esta excursioncita suya. ¿No tendrá que volver hoy antes, no?

—Para nada. —Müller recordó los lloriqueos de Jannika y Johannes de la noche anterior, y cómo Helga se las apañó para calmarlos. La abuela podía perfectamente ocuparse de los dos ella sola.

—Muy bien, pues entonces, vamos por los abrigos. Iremos a ver algo que creo que le va a gustar.

Reiniger sacó su propia llave para entrar en el portal de un bloque de apartamentos pegado a una de las torres que dominaban las cuatro esquinas de Strausberger Platz. Todo allí era de un blanco reluciente y limpio; nada que ver con su derruido bloque de apartamentos en Schönhauser Allee.

El ascensor se elevó con rapidez, sin dar tirones, hasta el piso que Reiniger había seleccionado en una hilera de botones de metal, enmarcados por una luz verde de neón. Era el sexto. Cuando salieron, vio que el suelo y los detalles arquitectónicos guardaban el mismo gusto por la opulencia. Era hormigón pulido, y los diseñadores se habían esmerado en hacerlo pasar por mármol o piedra blanca. Müller albergaba la sospecha de que al menos una parte era de verdad, aunque sabía que el efecto logrado en el exterior de todos los edificios de la Allee se debía al inteligente empleo de piezas de cerámica.

El llavero de Reiniger tintineó como el sonajero de un niño cuando lo sacó del bolsillo y metió una de las llaves en la cerradura de una pesada puerta de roble. La abrió y le hizo señas a Müller para que lo siguiera dentro, sin decirle todavía a qué venía aquel pequeño recorrido por el edificio.

Cuando ya estaban dentro, Reiniger abrió los brazos con otro de aquellos gestos que recorrió el espacioso pasillo, en el que cabía una mesa de comedor, tal y como Müller podía comprobar con sus propios ojos. La que allí había parecía sacada de una tienda de antigüedades. Lo más probable era que el apartamento fuera de un alto miembro en el aparato del Partido. Pero, si tal era el caso, ¿por qué le ofrecían a Müller aquella visita guiada?

—¿Qué le parece? Impresionante, ¿a que sí?

—Vaya si lo es, camarada *Oberst*. —A estas alturas, Müller ya habría dejado a un lado la mención del rango que ostentaba su superior, por muchas estrellas que tuviera; pero sabía que a Reiniger le gustaba que le recordaran, tantas veces como fuera posible, lo alto que había llegado en la escala de mando. Y no iba a ser ella la que lo dejara con las ganas.

—Mire a su alrededor. Es un apartamento de tres dormitorios, y no se ven muchos. Por eso mismo, hay cola para solicitarlos. Me parece que puede incluso que hayan juntado dos pisos en uno.

Müller entró primero en el salón, decorado con muebles ultramodernos: una mesa de madera con formas curvas, un sofá de cuero de imitación muy original, todo blanco, con armazón de cromo reluciente. Lo más impresionante eran los amplios ventanales, que inundaban de luz cada rincón de aquel espacio. Müller se acercó despacio para asomarse. Por ponerle pegas, se podría decir que la vista abarcaba solo un lateral de Strausberger Platz, así que no se veía toda la plaza desde allí. Pero sí bastante: la fuente y la fina nube de vapor que la rodeaba, en la que entraban y salían dos niños a todo correr; las torres imponentes del lado este de la plaza; el inicio de Karl-Marx-Allee, largo y majestuoso, que dejaba atrás la entrada del metro y seguía durante varios kilómetros hasta convertirse en la carretera del este de la República Democrática Alemana, y más allá, hasta Polonia.

La abrumaba tanto lujo. Y hacía que se sintiera un poco culpable también, porque ponía de manifiesto algunas de las desigualdades existentes en lo que, en teoría, era una sociedad igualitaria. ¿De verdad eran las *Trümmerfrauen*, las mujeres que llevaron a cabo la labor de desescombro, las que tenían a su alcance el alquiler de apartamentos como aquel?

Müller volvió al pasillo, del que salían todas las piezas del apartamento. Se veía un rincón de la cocina, amueblada con armarios ultramodernos. También estaba abierta la puerta del baño, provisto de todo tipo de detalles.

Reiniger se sentó a la mesa del comedor en mangas de camisa, cosa rara en él, y dejó la chaqueta, con sus charreteras de relucientes estrellas, colgada en el respaldo de la silla. Tenía delante unos papeles, extendidos en el tablero mismo de la mesa, y un bolígrafo al lado.

—Venga —dijo, y señaló la silla que tenía enfrente—. Tome asiento y desglosaré para usted todo el proceso.

Müller arrugó el entrecejo.

—¿Cómo que todo el proceso, qué proceso?

Reiniger lucía una sonrisa franca en el semblante. Tenía los dientes de un blanco que no era normal en una persona de su edad. Müller sabía que, al igual que ella, no fumaba, y miraba con cara de pocos amigos a Tilsner cada vez que encendía un cigarrillo. Pero, aparte de eso, seguro que se pasaba su tiempo sacándoles brillo a los dientes, tal y como hacía con las estrellas de las charreteras. Si no, es que había dado con un dentista muy bueno. Reiniger cogió el bolígrafo.

—Sí, está el tema del alquiler, y hay que explicar alguna cosilla.

Müller notó que se ponía blanca, y sintió un temblor que le nacía en lo más hondo del estómago.

—Yo..., bueno, ni siquiera entre los dos... podríamos permitirnos nada como esto, camarada *Oberst*. El sueldo de una teniente de la Policía no da para tanto, ni con el de un médico del hospital, por mucho que le sumemos la pensión de mi abuela.

—Le sorprendería, Karin. Esto no es mucho más caro que cualquier otro piso en la República Democrática Alemana. De hecho, es más barato que otros. No llega ni a cien marcos al mes. Seguro que puede con eso, ¿no?

Müller notó que el corazón le iba a cien. Pues claro que podían con eso. Prácticamente costaba lo mismo que el apartamento de Schönhauser Allee. «Tiene que haber letra pequeña. Siempre la hay». Empezó a pasear la vista con aire furtivo por todo el apartamento. Reiniger la miraba con ojos de zorro.

—Si está haciendo lo que me parece que está haciendo, Karin, no hay de qué preocuparse. Es un apartamento de la Policía. Ha sido registrado palmo a palmo, buscando cámaras y micrófonos. Está limpio.

Reiniger le dio la vuelta a uno de los documentos y,

de un empujoncito, se lo puso delante a Karin. Ella vio su nombre impreso en el contrato de alquiler, sin firmar todavía. Pero detectó en el acto un error del texto mecanografiado que aguardaba su firma. Pasó el dedo por la graduación que precedía a su nombre.

—Me temo que aquí hay un error, camarada *Oberst*. Pone «comandante». Pero yo no soy comandante, soy teniente.

—Bueno, sí, eso podría resultar un problema. Pero eche un vistazo a la otra firma que lo refrenda.

Reconoció la letra angulosa de Reiniger encima de su nombre impreso.

—¿Usted cree que yo iba a firmar un documento que tuviera un error tan garrafal, Karin? Porque si lo cree es que no me conoce.

—No…, no entiendo —dijo Müller.

—Pues es que hay un problema. O lo había, más bien. Y es que un apartamento como este solo lo puede alquilar un oficial de la Policía con rango de comandante y de ahí para arriba.

—Entonces…

—Entonces, por lo general, como simple *Oberleutnant*, eso sí, muy valorada, no podría optar a un piso así. Sin embargo, las cosas han cambiado desde que está de baja por maternidad. Lo hemos discutido mucho. Nos damos cuenta de que le resultaría difícil volver al trabajo y, a la vez, cuidar de los mellizos; aunque deduzco, de su situación personal, que su abuela le podría ayudar mucho, vamos que podría ocuparse de los mellizos a tiempo completo, ¿es así?

Müller asintió, pero no dijo nada: de la conmoción, se había quedado sin palabras.

—A su vez, los de la Policía del Pueblo queremos

sacar de usted todo el potencial que tiene, y nos damos cuenta de que no puede ir por ahí dando vueltas de un lado para otro al frente de una brigada de homicidios.

A Müller le entró miedo de pronto. Lo que tenían pensado para ella iba a ser ponerla a rellenar papeles. Papeleo pero del bueno, como encargada de un equipo de chupatintas. Pues si se trataba de eso, lo que iba a decir era que no, y punto. Aunque dejó, por el momento, que Reiniger siguiera, sin interrumpirle.

—Lo que ha habido ha sido una especie de reorganización. No solo para buscarle acomodo a usted, aunque es parte de lo mismo. Hace ya tiempo que nos preocupa que haya brigadas de homicidios que trabajan por su cuenta y riesgo en las distintas regiones del país; nos consta que no les falta buena fe, pero también que opera cada una según su idiosincrasia. No podemos permitir que eso siga siendo así en los casos que más repercusión tienen, así que vamos a crear un departamento paraguas que se ocupe de los delitos más graves. Tendrá su base en Keibelstrasse, y trabajará en estrecha colaboración por arriba con otras agencias y ministerios. Seguro que no tengo que darle muchos más detalles, porque usted misma ha trabajado así en los dos últimos casos.

Trabajar en colaboración con la Stasi. Reiniger se refería a eso. Y ahí entraba Jäger en escena.

Reiniger seguía embalado, aunque había bajado la voz, por mucho que dijera antes que el apartamento estaba «limpio».

—No le habrá pasado desapercibido que el Ministerio para la Seguridad del Estado mostró evidente interés en usted en sus dos últimos casos. De lo que puede que no se haya percatado, dado su rango anterior, es de que en circunstancias similares, a la Policía del Pueblo se la deja al margen de las investigaciones y toma el control lo que se conoce como MFS, la brigada de operaciones especiales de la Stasi.

Müller arrugó el ceño. La conversación tomaba un derrotero inquietante. El tono jovial de Reiniger había dado paso ahora a una seriedad que se podía cortar en el ambiente.

—Por lo general han sido casos con connotaciones políticas, o casos de los que el Ministerio ha juzgado oportuno que el ciudadano de a pie no averigüe más de lo que necesita saber. Hasta el punto de dejar en la inopia, en ocasiones, a las propias familias de las víctimas.

Reiniger se miró primero un hombro y luego el otro, como para admirar las estrellas de las charreteras, olvidando por un momento que había dejado la chaqueta del uniforme colgada en el respaldo de la silla. O como para asegurarse de que realmente era coronel de la Policía, de que estaba de verdad al mando. Müller empezaba a albergar serias dudas.

Su superior carraspeó.

—En fin, que como se puede imaginar, si esto continúa así, si se extiende a más casos, la *Kripo* acabará perdiendo muchas de sus competencias a la hora de enfrentarse a los delitos graves e intentar resolverlos.

Müller vio cómo Reiniger se retorcía las manos. Luego la miró fijamente.

—Así que por eso estamos creando este departamento nuevo. Para dar un golpe de timón, si se puede decir así. Nos será entonces más fácil defender la necesidad de contar con nuestro propio equipo de especialistas, para asumir el control de los asesinatos más graves, y no tener que ver cómo nos los quitan de las manos y se los dan sin más a la Stasi.

Müller notó que se le tensaba todo el cuerpo hasta constreñirle la garganta. Tenía la sensación de que le estaban preparando el terreno para que volviera a fallar, de que tendría a la Stasi en contra desde el minuto uno. Porque si ese era el caso, solo habría un ganador.

—Será un equipo pequeño —siguió diciendo Reiniger, que cogió el contrato de alquiler y le dio la vuelta—. Pero tendrá competencias no circunscritas a una zona única del país, y supervisará todas esas investigaciones de asesinato. Sobre todo las que puedan, vamos a decir, sacarle los colores a la República Democrática Alemana. Vamos a ascender a Werner Tilsner para que se una a este equipo y trabaje como ayudante suyo. Hay letra pequeña, sin embargo. Seguro que sabía que la iba a haber. Y es que tiene que empezar ya mismo y dar por terminada su baja de maternidad.

Müller estaba a punto de decir que no. Los mellizos solo tenían seis meses. No sentía que estuviera preparada, por mucho que se lo adornaran. Pero, antes de que abriera la boca, Reiniger volvió a la carga.

—No diga nada apresurado. Escuche lo que tengo que ofrecerle. Tanto usted como Tilsner se saltarán un par de tramos en la escala de mando. Él ya está trabajando en su nuevo puesto, aunque no sabe nada del suyo, en caso de que acepte. Será su *Hauptmann*, y usted será la comandante Karin Müller de la Policía del Pueblo. —Esa carta era el triunfo de Reiniger, e hizo ostentación pasando un dedo por debajo del nuevo rango de Karin estampado en el contrato de alquiler—. Mire a su alrededor, Karin. ¿Sería justo que le negara todo esto a su familia? No va a tener otra oportunidad como esta jamás en la vida. No es un trabajo para estar con el culo pegado al asiento, si es eso lo que teme. Será trabajo de policía del bueno, labor detectivesca de verdad. Y se la ha elegido por su experiencia previa en sus relaciones con la Stasi. Pero también será la jefa, y podrá solicitar el apoyo que le haga falta. Le puedo asegurar que, de esa manera, podrá seguir cuidando de su familia como usted quiera. —Reiniger levantó el bolígrafo de la mesa y extendió el brazo para ofrecérselo a Müller.

Ella alzó una mano, como para cogerlo, pero la dejó a medio camino, suspendida en el aire.

Porque, ¿qué quería en realidad? ¿Estar separada de los hijos que tanto había deseado, y a tan tierna edad?

¿Tener a la Stasi otra vez siguiendo cada uno de sus movimientos, lo que con total certeza harían?

2

Septiembre de 1976.
Senftenberger See, Bezirk *de Cottbus.*

Al presentarse y darle la mano al capitán de la *Kripo,* a Tilsner casi se le olvida el rango que ostentaba ahora.

—*Unt...*, perdón..., *Hauptmann* Werner Tilsner, camarada.Había ascendido a *Hauptmann,* ya no era un simple *Unterleutnant.* No es que le importara mucho el cargo, ni constatar que el *Oberst* Reiniger le había puesto en bandeja un ascenso doble que se saltaba dos rangos y dejaba atrás los de *Leutnant* y *Oberleutnant.* Lo que le importaba a Tilsner era saber por qué. Por qué lo habían mandado otra vez sin previo aviso a un punto perdido en el mapa de la República, teniendo que dejar atrás su amada Berlín. En este caso, a la ribera de un lago artificial en pleno cinturón industrial de Lusacia, rodeado de lignito.

—Un sitio precioso, ¿a que sí? —dijo su homónimo de la Policía local, que había malinterpretado la mirada de pasmo en los ojos de Tilsner por una de admiración. Tilsner, siendo como era, ya se había olvidado del nombre del oficial, así que se limitó a asentir, para no liarla. Retumbaba dentro de su cabeza lo que le habría dicho

Karin: «¿A que si hubiera sido una mujer no te habrías olvidado del nombre, eh?».

Karin, o, para ser más exactos, la *Oberleutnant* Karin Müller. Él no esperaba que se incorporara de nuevo al trabajo, nada menos que con un par de mellizos recién nacidos a los que tenía que criar.

En este punto, el viento que erizaba la superficie del lago batió repetidamente contra la lona de la carpa montada por la Policía local. A un lado, los barquitos del club de vela varados en la playa se sumaron al fragor, y las velas a medio plegar y los acolladores batían al ritmo sincopado que les marcaba Eolo. Tilsner se llevó la mano a la frente y la dejó ahí un instante, luego se la pasó por el pelo. Se avecinaba migraña, y la veía venir.

Hizo un esfuerzo por concentrarse.

—Disculpa, ¿camarada *Hauptmann*...? —El nombre no lo recordaba, pero el cargo sí que se lo sabía al dedillo.

—Schwarz. Helmut Schwarz —respondió el otro. Y si Schwarz sentía que era desconsiderado por parte de Tilsner olvidar dos veces cómo se llamaba, lo disimulaba bien, porque se le dibujó una leve sonrisa en la cara—. ¿Querías ver el cadáver o has venido nada menos que desde Berlín para quedarte mirando un punto en el vacío?

Ahora fue Tilsner el que esbozó una sonrisa. Schwarz parecía buena gente. Mejor compañía que Jonas Schmidt y sus miserias, el de la Policía Científica que había viajado con Tilsner en el Wartburg y no había dicho ni media palabra en todo el viaje. Por lo general, Tilsner daba gracias cada vez que Schmidt ponía fin a uno de sus tediosos monólogos. Pero la nueva versión callada del forense era todavía peor. Algo le pasaba, eso saltaba a la vista, aunque el *Kriminaltechniker* no daba señal alguna de que fuera a contarle a Tilsner qué era.

Schwarz levantó un faldón de la carpa para que entrara su colega de Berlín. Tilsner no sabía cómo se sentía su anfitrión con aquella iniciativa de las altas esferas que Reiniger había sido el encargado de implementar: mandar al equipo de Tilsner, un tándem formado por Schmidt y él mismo, para ponerse al frente de las investigaciones.

Se apartó una mosca de la cara de un manotazo, irritado por el zumbido del insecto.

Del cuerpo solo alcanzaba a ver la parte inferior de las piernas, de una palidez y una hinchazón casi obscenas después de llevar tanto tiempo debajo del agua. Lo rodeaba un pequeño ejército de agentes, fotógrafos de la Policía y forenses, y no dejaban ver mucho más.

Schwarz buscó la oreja de Tilsner, como si estuviera a punto de revelarle un cotilleo sabroso.

—Le pusieron peso para que no saliera a la superficie. Lo hemos encontrado de milagro. Alguien no se esmeró lo suficiente y, al final, el cuerpo debe de haberse liberado de lo que fuera que lo retenía allí abajo. A lo mejor el agua corroyó lo que lo ataba al lastre y acabó saliendo a flote.

Eso ya lo sabía Tilsner. Reiniger lo había puesto al día con todo lujo de detalles. Pero no pensaba hacerse el listillo con la Policía local. Porque tendría que echar mano de ellos en cualquier momento.

Ocupó el sitio que le dejaron en el corro y vio que Schmidt hablaba con unos y con otros y asentía con la cabeza, justo enfrente de él.

—¿Así que no sabemos todavía la causa de la muerte? —preguntó el orondo *Kriminaltechniker*, desde detrás de las gafas de culo de vaso que usaba.

—Soy patóloga, no maga —replicó la mujer de mediana edad y mirada fiera que se inclinaba sobre el cadáver, en el otro extremo.

—Pero ¿sabemos cuánto tiempo estuvo el cuerpo en el agua? —siguió diciendo Schmidt.

—Lo remito a mi anterior respuesta —dijo la mujer, en tono cortante, y expulsó todo el aire del voluminoso pecho que no pasó desapercibido a Tilsner—. Si me deja usted seguir con mi trabajo, camarada, a lo mejor lo averiguo y todo. Aunque no podré afirmar nada con total certeza hasta que no le hagamos la autopsia.

Tilsner vio cómo la mujer hurgaba en la cara del joven con un instrumento que parecía un espéculo y se apartaba alguna mosca que otra de las que le revoloteaban a ella por el pelo, sin brillo, de un negro azabache que tenía que ser teñido, seguro. Corría prisa por levantar el cadáver y meterlo en la cámara de refrigeración. Menos mal que la autopsia pensaban hacérsela esa misma tarde, eso le dijeron. En cuanto acabara este examen externo inicial, podrían llevar el cuerpo a la vecina ciudad de Hoyerswerda.

Como no había logrado sonsacarle ninguna información valiosa a la patóloga, Schmidt miró a Tilsner como pidiendo disculpas, pero su compañero le hizo señas con la cabeza para que cejara en el intento.

—Tú deja que se ocupe ella por el momento, Jonas —susurró—; que no parece muy simpática la mujer.

Tilsner se volvió para decirle a Schwarz, en voz baja:

—¿Por qué no lo intentas tú? Aquí la doña a lo mejor atiende mejor a las preguntas de alguien que ya conozca.

Schwarz esbozó una sonrisa conspiratoria y asintió con un leve movimiento de la cabeza.

—Venga, Gudrun, podías ser un poco más simpática con las visitas que tenemos de Berlín. Tiene que ser un caso importante para ellos si los han mandado venir desde tan lejos. Tienes la gloria al alcance de la mano.

La patóloga levantó la cabeza y fulminó a Schwarz con la mirada, luego siguió centrando toda su atención en el cadáver.

—No más de dos semanas —gruñó.

—¿Que no hace más de dos semanas de qué? —preguntó Schwarz.

—Pues de que lo tiraran al agua, ¿de qué va a ser si no?

—¿Y en qué se basa para decir eso? —preguntó Tilsner.

Esta vez fue el detective berlinés el que recibió una mirada glacial.

—¿Este quién es, Helmut? ¿Otro fisgón?

—Es el camarada *Hauptmann* Werner Tilsner. Ya te he dicho que ha venido nada menos que desde Berlín, Gudrun. Así que te agradecería que le hicieras partícipe también a él de las ganas de ayudar y cooperar que te caracterizan.

—¿Dos capitanes de Policía en un mismo caso? ¿No será eso demasiada munición hasta para vosotros?

Tilsner se echó a reír.

—Estoy de acuerdo —dijo—. Seguro que el camarada Schwarz se habría apañado perfectamente él solo, camarada Gudrun... —Tilsner le tendió la mano. La patóloga la estuvo mirando unos segundos, luego dejó a un lado sus utensilios. Se limpió la mano derecha en el mono blanco, sin quitarse el guante, y estrechó con firmeza la de Tilsner.

—Fenstermacher. Doctora Gudrun Fenstermacher. Nada de camarada, si no le importa.

A Tilsner le sorprendió que la mujer quisiera prescindir tan a las claras del saludo que la ligaba a un compañero miembro del Partido Comunista. Pero es que no tenía pinta de ser de las medrosas; más bien parecía encantada en el papel de verso libre, sin pararse mucho a pensar en las consecuencias.

—«Ciudadana», si me quiere designar usted con esa tontuna de nombres, pero camarada nunca. —La patóloga le sostuvo la mirada al oficial venido de Berlín—. Lo que me lleva a afirmar que el cadáver no ha estado más de dos semanas en el agua es el estado de las manos y los pies. Muestra arrugas, como se podrá usted imaginar. —Levantó el brazo izquierdo del joven, a modo de ilustración de lo que decía, y le dio un poco la vuelta, para que Tilsner y el resto vieran las pequeñas estrías formadas en la parte inferior de una mano pálida de ceroso aspecto. Luego cogió el dedo índice con dos de los suyos—. Pero la piel todavía no se ha desprendido del todo —siguió diciendo, sin soltar el dedo del cadáver—. Eso suele ocurrir entre la primera y segunda semanas de inmersión, ya sea en agua salada o, como en este caso, en agua dulce. Es decir, que no llevaba aquí más de dos semanas. Cuando le hagamos la autopsia completa esta tarde, podré darles una estimación más aproximada. Ahora mismo, yo diría que una semana.

—Impresionante —dijo Tilsner con una sonrisa—. Gracias.

—De impresionante no tiene nada. No es más que ciencia. Y yo no hago más que mi trabajo. Con una como yo vale, no hace falta que tengan que venir de dos en dos, como es el caso de ustedes y sus policías de la Científica. —Le dirigió a Schmidt una sonrisa sarcástica.

—En cualquier caso, nos es de gran utilidad —dijo Tilsner—. Ya sé que estamos al principio de las investigaciones, pero si hubiera algo, lo que fuera, que nos pudiera decir...

—Pues me choca un poco una cosa. Y es que no presenta los síntomas típicos de ahogamiento. Por lo menos, no todos juntos.

—Es decir, que sea quien sea la víctima, ¿lo mataron antes de que cayera al agua?

—Puede. ¿Ve estas marcas que rodean la zona del estómago? —La mujer dibujó con los dedos un círculo en el aire, a unos milímetros del cadáver, allí donde la piel estaba un poco más oscura y formaba dos líneas concéntricas—. Puede que se las hicieran con una cuerda o algo parecido, lo que fuera que utilizaran para atarle el peso al cuerpo y que bajara al fondo del lago. Pero, por el momento, todo son suposiciones.

»Y supongo que la muerte fue por asfixia —siguió diciendo—. Pero no por ahogamiento. No presenta moratones en el cuello, o sea que, en este estadio de la investigación, yo diría que tampoco fue por estrangulación.

—¿Y entonces? ¿Le taparon la cara con una almohada? —preguntó Tilsner.

La mujer alzó los hombros con indiferencia.

—Pues no lo sé... todavía. —Levantó entonces el brazo izquierdo del cadáver y señaló la muñeca. Luego hizo lo mismo con el brazo derecho—. ¿Ven esas marcas de ahí?

—¿Le ataron peso ahí también? —preguntó Schwarz.

La mujer negó con la cabeza.

—Son ligaduras. Y le abrasaron la piel cuando el pobre muchacho quiso quitárselas.

Tilsner arrugó el ceño.

—¿O sea que lo torturaron?

La mujer alzó una mano.

—No lo sé, no lo sé. Y vale ya de tanta pregunta, si no les importa. Les he contado lo que sé por el momento.

—Es decir, ¿que no sabemos quién era este joven, ni tampoco por qué a los que cortan el bacalao en Keibel-strasse les ha parecido oportuno mandarnos a Schmidt y a mí aquí abajo? —Tilsner no sabía muy bien a quién dirigir aquella pregunta.

Schwarz dijo que no con la cabeza. Luego se le iluminó la cara.

—Ah, no. Hay otra cosa, por otro lado. ¿Se lo puedes enseñar, Gudrun?

La patóloga levantó otra vez el cuerpo, tirando del brazo izquierdo, lo volvió un poco para que quedara expuesta la parte inferior, a la altura del omóplato, cerca del hombro. Un tatuaje. El joven muerto tenía grabado en la piel de manera permanente una especie de emblema en tinta negra.

—No tenemos ni idea de qué es —dijo Schwarz—. Se parece un poco a la letra griega pi.

Schmidt, que se había sumido en un huraño silencio, muy parecido al que lo embargó en el Wartburg, abrió ahora la boca.

—Tiene más pinta de ser cirílico, al ser aquí en la República, ¿no creen? Se parece un poco a la letra ele. Pero no acaba de tener la misma forma.

Tilsner guardó silencio. No había ayudado a sus hijos a hacer los deberes de ruso y, en el colegio, no lo había estudiado. De hecho, con todo el asunto de la guerra, en el colegio no es que hubiera hecho gran cosa. Pero eso no quería decir que no le diera a la mollera. Y había algo en ese tatuaje que le resultaba conocido.

—Pues claro —dijo la patóloga—. Porque está a medio hacer.

—¿A qué te refieres con que está a medio hacer? —preguntó Schwarz, y dejó traslucir en la voz cierto tono de fastidio—. Eso no lo habías dicho antes.

—No, porque lo he visto mejor ahora. En esta parte del cuerpo sí que se ha desprendido la piel. O bien los peces le han dado algún mordisco. O...

—¿O qué? —preguntó Tilsner.

—O le han cortado adrede parte del dibujo.

—¿Para que parezca otra cosa?

—Puede —respondió Fenstermacher—. No puedo aducir ningún motivo.

—Pero ¿cuánto falta del dibujo?

Fenstermacher no había soltado todavía el cadáver, pero con los brazos musculados que tenía, no parecía que le costara mucho tenerlo en vilo.

—No sabría decir cuánto. Solo que, si miran ambos extremos de nuestra ele cirílica, o la pi griega, o lo que sea, verán que la parte de arriba, la de abajo y el lado izquierdo son un poco curvilíneos.

Schmidt se animó de repente, como si, por un momento, aquel entusiasmo que lo caracterizaba fuera más fuerte que el lastre que lo había sumido en la negrura.

—Tal y como están las cosas, camaradas, yo diría que lo que nos queda es el tercio izquierdo del dibujo. Y que tiene que ser, con toda seguridad, un círculo, del que faltan los otros dos tercios.

Hacía horas que Tilsner no se sentía reconciliado con su colega el *Kriminaltechniker*, pero ahora, volvía a tenerle el mismo afecto de siempre. Porque había logrado que viera la luz de repente: tuvo conciencia de la imagen y vio a las claras de qué se trataba.

Era una ciudad pequeña al este de la República, justo en la frontera con Polonia, a orillas del río Oder. Lo más cerca que se podía estar del mausoleo de Lenin en Moscú, sin abandonar los confines de la *Deutsche Demokratische Republik*. O sea, que sí, que a lo mejor la ele cirílica que había intuido Schmidt tenía algo que ver en todo aquello.

Aunque no era una ele.

Ni una pi.

Tilsner sabía que lo que el dibujo mostraba en realidad eran dos iniciales entrelazadas en cursiva, no una. Y que eran latinas, no griegas, ni cirílicas.

Y sabía también cuáles eran las letras que faltaban. Pero no pensaba dar a entender que conocía la solución del enigma. Por mucho que los otros se rascaran la cabeza y arrugaran el ceño.

Tilsner y Schmidt habían dejado atrás la orilla del lago y, a unos treinta minutos, vieron una hilera detrás de otra de *Plattenbauten*, bloques de apartamentos construidos con planchas de hormigón que se elevaban de la campiña de la Alta Lusacia. Era casi como volver unos meses atrás en el tiempo, al caso previo, en Halle-Neustadt. Otra ciudad socialista modélica surgida de la nada, aunque esta servía de dormitorio para los mineros del lignito, mientras que la otra hacía lo propio para los trabajadores de las plantas químicas.

Tilsner le dio un manotazo al volante del Wartburg.

—¿Lo ves, Jonas?, si nos hubiera dado por la minería del carbón, tendríamos pisos a estrenar igual que esos.

Schmidt no respondió. «Sigue de morros», pensó Tilsner.

Tilsner iba siguiendo el coche de Schwarz, hasta

que lo perdieron en un cruce, al poco de pasar Senftenberg. Pero el capitán de la Policía local le había explicado con todo detalle cómo llegar al depósito de cadáveres y en ningún momento se perdieron. Tilsner albergaba la secreta esperanza de que su colega se animara un poco al ver cómo rajaban un cadáver en canal. Los forenses disfrutaban de lo lindo con ese tipo de cosas. Y fuera lo que fuera lo que agobiaba a Schmidt, no debería consentir que afectase a su trabajo.

Cuando llegaron al depósito de cadáveres del hospital de la zona, pudieron comprobar que Fenstermacher no había perdido el tiempo y se había puesto ya manos a la obra. Pero había más sorpresas; porque Tilsner vio allí también una cara que le resultó conocida: la de su antigua jefa.

—¿Qué haces aquí? —susurró Tilsner, y se acercó furtivamente a Müller, que no quitaba el ojo de las incisiones que la patóloga estaba haciendo en el cuerpo del joven—. Yo pensaba que te habías hecho niñera ya de por vida.

—Querrás decir: «Yo pensaba que se había hecho usted niñera, camarada comandante».

Tilsner se frotó el entrecejo.

—¿Cómo que «comandante»? ¿Qué pasa, que ahora regalan los ascensos?

Por un momento, sintió una punzada de irritación: pensaba que iba a ser el macho alfa de esta nueva y especializada brigada de homicidios. Y resulta que seguía siendo el ayudante de Karin, solo que ahora ambos ostentaban nuevos rangos. Y, si tenía que ser sincero consigo mismo, por él, encantado. Porque, cuando se tiene demasiada responsabilidad, se suele acabar asumiendo también el exceso de culpa si las cosas salen mal.

—Tú ten cuidado, camarada *Hauptmann*. —Müller soltó una sonrisa irónica y luego añadió en voz baja—: En mi mano está revocar tu ascenso si me da la gana, así, como el que no quiere la cosa. —Chasqueó los dedos para dar énfasis a sus palabras.

El chasquido les granjeó una mirada de pocos amigos de la patóloga.

—Una agradece que haya silencio cuando está trabajando, ¿saben? Me ayuda a concentrarme, sobre todo cuando empuño uno de estos. —Señaló con la cabeza el bisturí que esgrimía con una mano.

Entonces Fenstermacher volvió a inclinarse sobre el cuerpo y empezó a hacer una incisión en la parte superior del cuello del joven. Cuando le pareció del tamaño apropiado, metió la mano dentro de la cavidad.

—¡Ajá! —exclamó con una alegría que a Tilsner le pareció fuera de lugar—. Tal y como yo pensaba. —Tenía en la mano un trozo de algo rojo, cubierto de moco y sangre seca, y lo blandió con gesto triunfal—. No acababa de entender cómo este joven pudo morir asfixiado si no presentaba las típicas señales de ahogamiento ni estrangulación. Aquí, damas y caballeros, está la respuesta.

—Y esa respuesta, camarada Fenstermacher, ¿qué es exactamente? —preguntó Müller.

—No podía respirar. Y por eso murió. Y no podía respirar porque tenía este calcetín incrustado en la tráquea.

Tilsner tuvo ganas de llevarse la mano al cuello también, pero se aguantó y respiró hondo varias veces. No solían afectarle las muertes violentas, había visto cosas mucho peores en la guerra, cuando era adolescente. Pero notó que Müller también estaba pálida de la impresión.

—¡Hostia! —exclamó el *Hauptmann*—. Vaya forma de irse al otro barrio.

—Sí, muy desagradable —apuntó la patóloga—. Y no pudo hacerlo él solo, porque es imposible tragarse algo así sin que intervenga el efecto reflejo de las arcadas. O sea que ya tenemos la respuesta; y es muy posible que todos ustedes, señores oficiales de la Policía, no hayan hecho el viaje en balde. Porque, con toda certeza, a este chico lo asesinaron. Y lo hicieron de una forma que llama la atención por lo sádica que fue.

3

Seis meses antes (marzo de 1976).
Pankow, Berlín Oriental.

—Venga, gafotas. A ver, muéstranos cómo te defiendes sin ellas.

Miro lo que esgrimen delante de mí.

Mis gafas.

Sé que están ahí, pero no las veo bien. Son solo una mancha borrosa, como tantas otras cosas.

Esas gafas mías de culo de vaso.

Tienen que ser así de gruesas en los bordes para que en el centro haya suficiente concavidad, es eso lo que le da sus contornos exactos al mundo que veo con ellas, no el borrón en el que se convierte cuando me las quito.

Doy manotazos por todas partes, intento agarrarlas. Pero es inútil.

—Por favor, Oskar, devuélvemelas —suplico. Aunque no le veo bien la cara a quien me atormenta, sé que es él por la voz.

—Por favor, Oskar, devuélvemelas —repite él con voz de pito. Luego deja caer las gafas al suelo y me llega el ruido del plástico y el cristal, despachurrados, cuando un pie las pisotea.

—¡Ahí va! Perdóname, rarito. Qué sitio más tonto para dejar las lupas, ¡a que sí!

Noto que me escuecen los ojos porque se me están llenando de lágrimas. Me pongo de rodillas y rebusco por el suelo para recuperar lo que queda del estropicio.

Es la segunda vez que me pasa este año.

Mutti y papá se pondrán furiosos.

Pero no hago más que pensar en ello, cuando recibo el primer golpe en un lado de la cabeza, luego otro, luego más golpes, en la espalda y en el culo. Me hago un ovillo y me llevo las manos a la nuca; y con los codos, me tapo la cara, pidiéndoles que paren. Luego oigo un grito.

—¡Oye, tú, Krüge! Déjalo en paz. Y vosotros, gentuza, meteos con uno de vuestro tamaño.

—Anda, cállate, Winkler. Que no eres más que otro rarito igual que él.

No me quito los codos de la cara hasta que no me los aparta Jan Winkler. Los amigos de Oskar se ríen, pero es una risa amortiguada por la distancia, a medida que se alejan, después de haber saciado, por el momento, el impulso sádico que los mueve.

—Venga, Markus, que ya se han ido. Anda, déjame que te ayude a recogerlas, aunque me temo que han quedado para el arrastre. ¿Estás bien?

Me sacudo la ropa, noto que me van bajando las pulsaciones, agradecido de tener un amigo aquí, en la *Oberschule* Ernst Thälmann de Pankow.

—Solo son unos moratones. No tengo nada roto, no creo. —Flexiono los brazos. Mañana los tendré hinchados. Y el ojo, morado. Aunque lo que más duele, como siempre, es el orgullo, lo poco que me queda de él.

—No son más que unos matones —dice Jan—. Lo mejor es pasar de ellos.

Hago lo posible por fijar la vista en su cara, pero no puedo. Aunque sé qué aspecto tiene. Cara de niño guapo. Gusta a todas las chicas, pero Jan Winkler pasa de ellas. Y eso hace que les guste todavía más.

—Agárrate a mi brazo —dice—. Te acompaño a casa.

Doy gracias por la ayuda. Gracias, también, aunque parezca extraño, por que Oskar Krüge haya esperado hasta que han acabado las clases, hasta el último día de la semana, para tomarme como víctima de sus juegos sádicos. Menos mal que no tengo que volver ahora al colegio e inventarme cualquier excusa tonta.

Sé que podría caminar yo solo, pero me gusta ir del brazo de Jan. Me lleva como sin esfuerzo. Casi nada le cuesta mucho esfuerzo a Jan Winkler. Es el primero de la clase. Va derecho a la universidad. No es como yo. Ya sé que soy la vergüenza de mi padre, que es forense de la Científica en la Policía del Pueblo. Jan es tan listo como le hubiera gustado a mi padre que fuera yo. Cada semana, en la comida del domingo, el *Kriminaltechniker* Jonas Schmidt no hace más que preguntarme, y noto que no estoy a la altura, le sale la decepción por todos los poros cuando le relato lo bien que voy —o, más bien, lo mal que voy— en varias asignaturas. Cómo le gustaría tener un hijo igual que Jan Winkler.

Jan me sube al tranvía, sin soltarse de mí, para llegar antes a casa.

—¿No te desvía mucho de tu camino esta ruta? —le pregunto.

—No te preocupes. ¿Para qué están los amigos, si no te pueden echar un cable cuando más lo necesitas? Seguro que tú también lo harías por mí.

«Sí, sí, Jan, claro que lo haría», pienso. «Lo que pasa es que tú nunca te verías en una situación así». Lo pienso, pero no le digo nada.

—Ánimo, Markus. Oskar ya se habrá olvidado de todo el lunes. Te buscaré en el colegio.

No hace falta más que mirarle a la cara a mi madre cuando abre la puerta del apartamento para ver en ella el reproche.

—No sea usted muy dura con él, Frau Schmidt —dice Jan—. Es que le he echado una carrera y hay que cruzar un descampado. A Markus se le enganchó un pie y acabó en el suelo. Yo creo que está bien, pero no se puede decir lo mismo de las gafas. —Le da los pedazos rotos de cristal y plástico a *Mutti*, aunque los tres sabemos que no tienen arreglo. Pero le estoy agradecido de que no le haya contado la verdad sobre los matones. Si *Mutti* fuese a ver al director y llevaran a Oskar a su despacho, solo serviría para empeorar las cosas, y en la siguiente paliza me dejaría algún hueso roto, algo mucho peor que el orgullo herido y las gafas hechas papilla.

—Hum —suspira mi madre—. En fin, gracias por ayudarlo a volver, Jan. Ha sido un detalle por tu parte. Seguro que tu madre no tiene que aguantar este tipo de cosas.

—Huy, yo también le doy guerra con más de un rasguño, Frau Schmidt, no se vaya usted a creer que no.

Entro tambaleándome en casa, con ganas de llegar al baño para ver los destrozos, cuando Jan me grita desde la entrada, antes de que mi madre le dé con la puerta en las narices.

—¿Qué haces este fin de semana, Markus? ¿Te apetece quedar mañana? Me van a traer un ciclomotor nuevo.

Mi madre aguza el oído al oír eso.

—No quiero que montes en un escúter, Markus. Y menos sin gafas.

—Mamá —suspiro.

—No se preocupe, Frau Schmidt, que lo cuidaré. Se puede agarrar a mí bien fuerte. Y el motor no tiene mucha potencia. Ni vamos a ir muy lejos.

Mi madre baja la guardia ante los encantos de Jan y su cara bonita. Pasa lo mismo con todas las mujeres y todas las chicas. Se le dan bien y ya está. Ojalá me enseñara algún truco.

—Bueno, vale. Como dices, imagino que no tiene la culpa de que se le hayan roto las gafas, y ya van dos veces. Tiene un par de repuesto, aunque son viejas y menos resistentes.

—Genial. En eso quedamos entonces. Ya me encargo yo de que no le pase nada. Usted confíe en mí, Frau Schmidt.

—Eso espero, poder confiar en ti.

—Entonces, Markus: quedamos a las diez en punto mañana por la mañana en mi casa, ¿vale? No llegues tarde.

—¡Hala! —Con esa palabra mía basta. Jan está de lo más orgulloso.

—Es genial, ¿a que sí? —dice.

Aunque con las gafas viejas no veo tan bien como me gustaría, salta a la vista que es un ciclomotor impresionante. Paso la mano por la superficie de metal reluciente del depósito de gasolina, pintado de color mostaza y con forma de gajo.

—Yo pensaba que la lista de espera para comprar

uno de estos era larguísima, como la de los Trabis. Le digo que mi padre ha tenido que esperar años para hacerse con su coche, y eso que trabaja en la Policía.

—Sí que lo es, pero mi padre se las ha apañado para saltársela.

No sé a qué se dedica el padre de Jan, solo que ocupa un puesto bastante alto en la escala de mando. No es de la Policía, ni del Gobierno, pero trabaja en algo así. Jan nunca da detalles. Siempre me pongo rojo en presencia de su padre. Tiene ese magnetismo personal que caracteriza a Jan; y es de él, más que de su madre, de donde le vienen a Jan esos rasgos de chico guapo que llaman tanto la atención.

—¿De qué marca es? —pregunto, consciente del tono que delata mi voz, entre ingenuo y maravillado.

—Es una Simson S-50. El último modelo. Llevan solo un año fabricándola.

—¿Me vas a llevar a dar una vuelta?

—Enseguida. Primero tenemos que esperar a unos amigos con los que he quedado y luego saldremos todos juntos.

Lo dice con un entusiasmo que no comparto. Me genera ansiedad conocer a gente nueva y nunca se me da bien. A las mínimas de cambio, me azoro, y no soporto que me pregunten cosas sobre mí. Mi vida es tan aburrida… Seguro que todos son muy guais y tienen los últimos modelos de moto. Iré de pegote entre ellos, nada más.

—Yo pensaba que no íbamos más que a dar una vuelta a la capital del Estado.

—Qué va. Vive la vida, Markus. Hace un día estupendo. Hoy te llevo al extranjero.

—¿Al extranjero? —Me cruzan la mente imágenes ridículas de nosotros, en grupo, saltándonos la Barrera

45

Antifascista de Protección con las motos. *Republikflücht-lingen* motorizados. No quiero tener nada que ver con eso. No quiero que mi padre se avergüence más de mí. Ya está bastante cabreado con las notas de colegio—. A mi madre no le va a hacer ninguna gracia, Jan. Quizá sea mejor que no vaya. ¿No me puedes dar una vuelta rápida alrededor de la manzana, antes de que lleguen los otros?

Me revuelve el pelo de la coronilla, un gesto de una intimidad que me desconcierta.

—Bobadas, señorito Schmidt. Tú te vienes conmigo en el ciclomotor. Como invitado de honor, nada menos. Y no te preocupes, que no queda lejos.

—Pero ¡si has dicho que vamos al extranjero!

—Bah, que lo decía en broma. ¿Cómo vamos a ir al extranjero desde aquí? No querrás que escalemos el Muro, ¿no?

Es raro, porque, cuando llegan los otros con sus flamantes motocicletas, me encuentro más relajado. Rodean el ciclomotor de Jan, lo admiran y lo acarician, igual que yo hace unos minutos. Y, en vez de reírse de mí, como habría hecho Oskar Krüge, parece que me tengan envidia, porque soy el que va a ir de paquete en la nueva Simson S-50.

Jan lleva un conjunto muy bonito de cuero negro, ajustado, a juego con la moto nueva. Mientras él acelera en seco, monto detrás, sin saber dónde poner las manos. Él me las coge con una de las suyas y rodea su torso con mis brazos. Me noto raro, casi como si tuviera que ser su novia la que lo agarra así, y no este amigo suyo adolescente, el gafotas, con el que se meten los matones.

—¡Agárrate fuerte y no te sueltes! —grita, para que lo oiga por encima del rugido del motor, a través del casco que me ha prestado. Mi madre lo dejó muy claro cuando salí de casa esta mañana: tengo que llevar casco, aunque casi ningún amigo de Jan se ha molestado en ponérselo—. Tú solo acuérdate de inclinarte conmigo cuando vaya a tomar una curva —dice Jan—. Verás que me dejo caer para adentro. A veces, si no lo has hecho antes, parece una postura antinatural, y puede que te pida el cuerpo echarte para el otro lado. No lo hagas. Tú inclínate como yo. Recuerda: si te agarras fuerte, todo irá bien. Te lo prometo.

Vamos rumbo al sur, al *Fernsehturm*, en el centro de la capital del Estado. Siempre que lo veo me levanta el ánimo, me recuerda tiempos mejores, cuando hacía cola con *Mutti* y papá, al poco de que lo abrieran. Entonces era un chico de diez años que abría los ojos al mundo, maravillado; orgulloso de que su padre —un científico importante que trabajaba en la Policía del Pueblo— pudiera conseguir entradas para ser de los primeros en subir. Y de ver cómo los subía a toda velocidad un ascensor que parecía de la era espacial, mientras mirábamos por el techo de cristal, boquiabiertos con los avances de la tecnología moderna, cada vez más rápido, hasta el mirador, a doscientos metros de altura. Ver la vista de Berlín, por primera vez en mi vida: Karl-Marx-Allee, toda recta en dirección al este, donde estaban nuestros amigos de la Unión Soviética; el Spree, que se abría paso por la ciudad con sus meandros; el perfil dentado del Muro. Desde allí arriba se veía en todo su misterio Berlín Occidental, un lugar que no sabía si algún día me dejarían visitar.

Recuerdo la seguridad que me daba tomar de la mano a mi padre, lo importante que me sentía al hacerlo. Casi me siento ahora así, de paquete en la motocicleta recién estrenada de Jan, el vehículo más deseado del pequeño convoy que formamos. La hilera de motos entra ahora en la mismísima Karl-Marx-Allee, rumbo al este, aunque Jan no ha desvelado cuál es nuestro destino. Me agarro todavía más fuerte con los brazos a su cintura, dejo caer el peso encima de él, siento que, por fin, aquel es mi sitio. Retira una mano del puño del manillar y me da un apretón en el brazo —es solo eso, un apretón—, y zumba el motor entre nuestros muslos. Un gesto amistoso de quien me enorgullezco de llamar mi amigo.

4

Seis meses más tarde (septiembre de 1976).
Senftenberg, Bezirk de Cottbus, Alemania del Este.

Otra ventaja que traían consigo los ascensos, y el
haber pasado a trabajar para el recién creado Departamento de Delitos Graves, era que a Müller y a Tilsner les
habían buscado alojamiento en el hotel más lujoso de la
zona, el Interhotel am See. Tilsner no veía la hora de
probar la piscina y la sauna antes de la cena, pero Müller
quería repasar lo que sabían sobre el caso hasta la fecha;
y, además, tampoco le hacía demasiada gracia que su
ayudante viera el horror de cicatrices que le había dejado
la cesárea. Sanarían, por supuesto, pero como quien había asistido el parto era un aficionado —por muy ducho
que estuviera en la práctica su amigo de la infancia, Johannes Traugott—, eso había dejado huella. Müller no tenía
ninguna prisa en mostrarse desnuda en el *spa* del hotel.

Las cicatrices eran casi como un estigma que el caso
previo le había dejado en el cuerpo. Puede que en un
año, si lograba ponerse morena en verano, se notaran
menos. Con el ascenso le habían aumentado el sueldo, y
Emil, los mellizos, Helga y ella podrían permitirse ir de
vacaciones a la costa; al mar Negro, en Bulgaria, quizá.

Recién lavados y acicalados, después de pasarse todo el día viendo cómo abrían un cadáver, se sentaron los dos a una mesa en el bar del hotel.

—¿Qué vas a tomar? —preguntó Tilsner.

—¿Una Vita Cola, quizá? Con hielo.

—¿Quieres algo con un poco más de chispa?

Negó con la cabeza. Desde el inesperado embarazo, el alcohol le revolvía el estómago.

Tilsner fue a la barra y volvió con una cerveza para él, el refresco de cola de Müller y dos vasitos colmados de un líquido incoloro.

—Me hace falta algo más fuerte después del festival de sangre y entrañas que hemos tenido hoy. Si tú no te vas a tomar el tuyo, yo puedo con los dos.

—¿Qué es?

Tilsner sonrió.

—Vodka Blue Strangler. Era tu favorita, ¿no te acuerdas?

Müller hizo como que le daba una arcada.

—Pues aquella vez en el cementerio te dieron arcadas de verdad.

—Qué va, te equivocas, Werner. Estaba muy resfriada, solo era tos, para sacar las flemas.

Tilsner rio, luego apuró el vodka de un trago y dio un golpe con el vaso vacío encima de la mesa, lo que le granjeó las miradas desaprobatorias de los parroquianos, pues era aquel un bar de bastante categoría.

Müller se quedó mirando un momento el chupito que tenía delante, luego lo tomó con dos dedos e hizo lo propio. Tuvo que aguantarse las ganas de toser al notar el líquido ardiente en la garganta.

—Yo creía que no había que dar con el vaso en la mesa. Eso es de fascistas, ¿no?

Tilsner encogió los hombros con indiferencia y le dio un trago a la cerveza.

—¿Dónde está Jonas?

—En su habitación. Quise que viniera a tomar algo con nosotros, pero dice que tiene que llamar a casa; y que bajará a cenar, pero tarde, quizá.

Tilsner soltó un prolongado suspiro.

—Ya no se lo pasa uno bien con él. No es que fuera la alegría de la huerta, pero al menos te taladraba a base de palique. Ahora abre menos la boca que la Mona Lisa. Yo creo que esto le viene desde Halle-Neustadt, ¿verdad?

Müller dijo que sí con la cabeza.

—Problemas de familia. Bueno, problemas con el miembro adolescente de la familia, creo yo.

—El problema es que nunca lo ha llevado bien derecho. Porque si fuera mi hijo, Marius...

—Ya, o sea que ahora de repente eres el parangón del padre virtuoso, ¿no, Werner? Yo nunca te he visto así.

La pulla dio en el blanco, al parecer. Tilsner se puso un poco rojo y encogió los hombros con un gesto significativo.

—Bueno, la cuestión es que no tiene ningún dato sobre este caso que no tengamos nosotros. Y tampoco está en lo cierto con esa teoría del alfabeto cirílico.

—Y tú sí que lo estás, ¿no?

—En efecto, camarada comandante, lo estoy. —Había sarcasmo en su voz, pero Müller no se lo tuvo en cuenta. Se conocían demasiado bien como para andar con camarada esto, camarada lo otro, solo lo decían cuando estaban de broma.

—Y ¿tenías pensado sacarme de mi ignorancia alguna vez o se trata de una información preciosa que guardabas para otros? —Müller miró con toda la intención el reloj occidental que relucía en la muñeca de Tilsner y que era motivo de mofa entre los dos—. Para los que te proporcionaron ese reloj de lujo, por ejemplo. —Un reloj que, a ojos de Müller, había sido siempre señal flagrante de que Tilsner recibía más ingresos, aparte del sueldo que cobraba en la Policía, puede que del Ministerio para la Seguridad del Estado.

Tilsner suspiró otra vez y se llevó la mano a la frente.

—Joder, no empieces con eso otra vez. Cambia el disco, anda. Claro que iba a contártelo. —Echó mano al interior de la chaqueta y sacó una fotografía tipo Polaroid—. Antes de encerrarse con un mohín en su habitación, el *Kriminaltechniker* Schmidt hizo algo de utilidad y le sacó esta foto al cadáver. —Se la dio a Müller.

Ella estuvo examinando aquel símbolo tan extraño. Sí que se parecía bastante a alguna letra del alfabeto griego o del cirílico, aunque Müller no sabía gran cosa del primero de ellos. Pero las clases de ruso que recibió en el colegio le decían que aquella letra quedaba lejos de la ele rusa, tanto en caja alta como en caja baja.

—Y mientras tú te ponías guapa para bajar a cenar, yo he estado trabajando, mira tú por dónde. Tienen hasta la última tecnología en las oficinas de este hotel, incluida una fotocopiadora, y en la biblioteca infantil he encontrado un libro que estaba buscando.

—¡¿En la biblioteca infantil?!

Tilsner asintió con la cabeza.

—Un anuario de la *Oberliga* de fútbol. El del año pasado. Con detalles de todos los equipos que militaban en la primera división, el escudo del club, etcétera. Aunque, menos mal que era el del año pasado y no el de este.

A Müller le interesaba poco el fútbol. Ella era más de los deportes de invierno. Solo quería que Tilsner fuera al grano, y rápido. Aquello se parecía a alguna de las demoradas explicaciones de Schmidt.

—¿Y? —lo apuró impaciente.

Tilsner sacó una fotocopia de otro bolsillo de la chaqueta, un dibujo en forma de círculo que había recortado, y que no tendría ni dos centímetros de diámetro. Luego lo puso al lado de la fotografía del tatuaje.

Müller vio en el acto que el símbolo del tatuaje casaba perfectamente con la primera mitad del escudo de fútbol fotocopiado. Las dos únicas letras que saltaban a la vista en el resto del emblema eran una a y una hache, pero entonces vio la palabra que formaban.

—¿S-T-A-H-L? Es decir, ¿acero? ¿Qué tiene eso que ver con el fútbol?

—Es el equipo de Eisenhüttenstadt en la *Oberliga*, BSG Stahl; o, para ser exactos, el equipo que esa ciudad tenía en la *Oberliga*.

Eisenhüttenstadt. La ciudad metalúrgica. A orillas del río Oder, justo en la frontera con Polonia, en el límite extremo de la República por el este.

—¿Cómo que el equipo que tenían? ¿A qué te refieres con eso?

—Bajaron de categoría la temporada pasada, debido a un escándalo en el pago de primas ilegales. Pero no a segunda división, sino directamente a tercera regional. Tardarán años en recuperarse, si es que lo logran. —Tilsner se columpió en las patas traseras de la silla y se llevó ambas manos a la nuca, muy pagado de sí mismo   . Al parecer, los hallaron culpables de entregar cantidades ilegales en metálico a algunos jugadores yugoslavos que habían fichado. Aunque se rumorea que tiene más que ver con los patrocinadores de mi equipo, el Dynamo de Berlín, celosos de sus éxitos.

Aunque ni le interesaba gran cosa ni sabía mucho de un deporte en el que hombres adultos daban patadas a un balón de cuero, rodeados de un mar de barro, Müller sí que estaba al tanto, por lo menos, de que el Dynamo tenía fama de ser el equipo de la Stasi, el ojito derecho de su director, Erich Mielke. Habían corrido rumores de varios tejemanejes para debilitar a los equipos rivales cuando habían cosechado demasiados éxitos y amenazaban el cetro del Dynamo.

—Me parece fascinante, pero no viene al caso.

Tilsner abrió los brazos.

—¿Quién sabe?, tal vez no en este punto de las investigaciones. Pero puede que sí acabe teniendo relevancia. De cualquier manera, lo que sí sabemos, gracias a esto —señaló la foto del tatuaje—, es que la víctima tenía algo que ver con Eisenhüttenstadt y su equipo de fútbol. O sea que, a falta de algo más, hasta que no veamos si los registros dentales o las huellas digitales casan con los de alguien, esto, por lo menos, es un punto de partida.

Müller asintió despacio con la cabeza.

—Bien hecho, Werner. ¿Cuánto tardarías en ir allí?

—Pues podría ir esta noche y llevarme a Schmidt. Pero don Gruñón seguro que tiene alguna excusa en la recámara. ¿Qué te parece mañana a primera hora?

—Eso estaría muy bien. Desgraciadamente, tengo que volver primero a la capital del Estado. Empezamos la mudanza al nuevo piso mañana.

—¿Tan pronto?

—Ya está vacío, y en mi piso no cabemos: es un caos. Total, que no tiene ningún sentido demorarlo más.

—Y ¿dónde está el piso nuevo exactamente?

—Ah, ¿no te lo he dicho? En Strausberger Platz.

—¿Cómo? ¿Uno de esos apartamentos de lujo, justo en la plaza? Yo pensaba que los tenían reservados solo para los gerifaltes.

—Está al lado de esos; es decir, que solo da a una parte de la plaza. Pero es una monada. Y aunque no sabía si aceptar el ascenso o no, ya veo que tiene sus ventajas.

—Y ¿cómo se ha tomado tu novio, el médico de hospital, lo de que vuelvas al trabajo?

Müller encogió los hombros con indiferencia.

—En esta República, los hombres cuentan con que sus mujeres tienen que ponerse a trabajar. Y las mujeres cuentan también con eso. El problema es que los hombres, además, esperan que sus mujeres o sus parejas sean las mujercitas de la casa.

Tampoco le iba a dar a Tilsner todo lujo de detalles sobre cómo reaccionó Emil. Lo llamó después del encuentro con Reiniger y Jäger, y se quedaría corta si dijera que lo notó menos entusiasmado que ella. Aunque el apartamento a estrenar de Strausberger Platz era impresionante, empezaron picajosos y acabaron a grito pelado, hasta que él puso fin a la discusión colgando bruscamente el teléfono.

Müller recogió los documentos desperdigados por encima de la mesa y se los devolvió a Tilsner.

—En fin, que no estamos aquí para discutir cuestiones relativas a mi cambio de domicilio. Yo creo que lo primero que tendrías que hacer es ir al cuartel general de la Policía de la ciudad y echar un vistazo a los ficheros de personas desaparecidas. Luego, a lo mejor te puedes pasar por el equipo de fútbol ese, aunque imagino que si no se trata más que de un hincha, habrá miles, así que quizá no sean de mucha ayuda. Si puedo, me acerco en coche desde Berlín mañana por la noche. Tú decides si

montamos el teatro de operaciones en el mismo Eisenhüttenstadt o donde tienen el cuartel general de la Policía de la zona.

—Y ¿dónde es eso, tú lo sabes?

—Lo más seguro es que sea en Frankfurt.

—¿Frankfurt? —preguntó un sorprendido Tilsner.

—An der Oder, idiota. Frankfurt an der Oder, no la
Frankfurt de la Alemania Federal, parece obvio. —Entonces lo vio guiñar un ojo. O sea que se había estado
quedando con ella. Müller le lanzó una sonrisa sarcástica—. Que yo sepa, Eisenhüttenstadt está en el *Bezirk* de
Frankfurt.

5

Al día siguiente.
Karl-Marx-Allee, Berlín Oriental.

Otra de las ventajas del nuevo trabajo fue que mandaron hasta una compañía de mudanzas para ayudar a Müller y a Emil a hacer el traslado al nuevo apartamento. Así, mientras Emil se encargaba de organizarlo todo, Müller decidió hacer una escapada y salir con Helga a pasear a los mellizos. Su abuela tenía que sacarlos muchas veces para que no estorbaran con la mudanza.

—¿A que no te importa, *Liebling*? —Emil sonrió y le dio un piquito en los labios.

—Nos apañaremos. A lo mejor te conviene no dejarnos mucho tiempo solos, por si quieres asegurarte de que lo estamos poniendo todo en su sitio. Pero hasta que no acabemos con el desembalaje, la verdad es que no es sitio para los mellizos.

Empujaba el carrito de dos plazas por Karl-Marx-Allee y les hacía monerías a los bebés para que la miraran. Unos bebés que, según le habían dicho siempre los médicos, no podría concebir debido a las secuelas físicas de lo que le sucedió en la academia de Policía, años atrás. Unos bebés nacidos en circunstancias traumáticas que bien habrían podido dar como resultado la muerte de ambos, y de la suya también. Y sin embargo, ahora que ya los tenía, había decidido dejarlos y volver a trabajar.

Casi le dijo que no a Reiniger en el apartamento de Strausberger Platz. Casi. Pero la tentó el piso de mayor tamaño; eso y lo goloso del doble ascenso y el desafío que suponía empezar de cero; y se halló a sí misma firmando los papeles delante de la atenta mirada del coronel de Policía.

Antes de que la tinta estuviera seca, Reiniger hizo una llamada de teléfono y apremió a quien fuera que estuviera al otro lado de la línea a que se uniera a ellos para celebrarlo con unos chupitos. A Müller no le sorprendió. Porque quien estaba al otro lado de la línea no podía ser otro que Jäger, y según daban cuenta de los tragos, lo primero que pensó Müller fue que estaba brindando con el diablo. Y se echó a temblar al notar cómo Jäger pasaba revista a su casa, con aires casi de propietario.

Cuando, por fin, salieron los tres del bloque de apartamentos, la inquietud se le transformó en miedo. Justo enfrente, había aparcada una autocaravana Barkas B1000, y la indolencia con la que los ocupantes ocultaban la cámara de vigilancia detrás de las cortinas entornadas rayaba en pura provocación. Pero así serían las cosas. Sabía a qué se atenía cuando estampó su firma en la línea de puntos.

—Daría lo que fuera por saber qué estás pensando —dijo la abuela de Müller, mientras iban paseando juntas por la calle.

Müller no quería compartir sus recelos.

—Pues solo estaba dándole vueltas a la suerte que tengo, Helga. —Miró a la mujer de más edad y le sonrió. Casi todo el mundo en Berlín la había tomado por su madre, más que por su abuela. Ese era el único pero que se le podía poner al descubrimiento que había hecho sobre su verdadero pasado: que su madre biológica estaba muerta. Murió de pena, todavía adolescente, con el corazón destrozado, apenas unos años después de dar a luz a Müller. Le habían arrebatado a su hija para dársela a otra familia, a los pocos días de nacer. Müller todavía no había logrado encontrar al padre, y era probable que jamás lo encontrara.

—¿Estás contenta con el piso nuevo? —preguntó Helga—. Tenía la impresión de que siempre estaba estorbando en el viejo, y que Emil se agobiaba por eso.

Müller detuvo el carrito un instante y miró a su abuela a los ojos.

—No creo que fuera así. De todas formas, ahora nos sobra espacio. Y que estés con nosotros es un regalo del cielo, no pienses que es otra cosa.

Helga sonrió, asintió con la cabeza y metió la mano en el carricoche para tapar bien a los mellizos con la manta. Müller emprendió camino de nuevo y llevó el carrito a un café con mesas en la terraza y una vista del centro de la capital del Estado. Se veía el *Fernsehturm* y, más allá, la parte occidental.

—¿Cómo se ha tomado que vuelvas a trabajar?

—Era lo que esperábamos, nunca pensamos otra cosa. Nada ha cambiado en realidad. Pero te agradezco tanto que estés aquí; porque sin ti, no nos apañaríamos.

Helga volvió a meter la mano debajo de la capota del carrito y les pellizcó la mejilla a Johannes y a Jannika.

59

—Para mí es un privilegio, Karin. Y tú lo sabes. Después de lo que hemos pasado, y de que nos encontráramos…, el que hayas tenido a estos dos pequeñines…, pues la verdad es que es un verdadero milagro. Así que haré lo que esté en mi mano para ayudar, y tú no te preocupes. Pero me pregunto si no os convendría casaros a Emil y a ti.

Para Müller era precipitado ponerse a pensar en eso ahora.

—Lo bueno siempre lleva su tiempo —respondió, echando mano de un viejo dicho alemán, a modo de parapeto. Todavía no habían curado del todo las heridas de su ruptura matrimonial con Gottfried. Lo único que sabía de él era que estaba a salvo, al otro lado del Muro, y que había empezado una nueva vida. Pero no tenía más noticia de él que aquella carta mecanografiada que le envió. ¿Quizá la Stasi había interceptado las otras cartas que él le mandara? Le habían dejado cruzar a la parte occidental porque lo consideraban un enemigo de la República; alguien con quien Müller no debería estar casada, al ser funcionaria del Estado y trabajar para la Policía del Pueblo.

Pero aquella pregunta de Helga en relación con Emil tenía su razón de ser. ¿El futuro de Müller estaba con él o había empezado aquella relación por puro despecho?

Se quedaron las dos calladas, y ya habían llegado al *Ampelmann* en el cruce, cerca del café. Cuando estaban esperando a que se pusiera en verde, Helga carraspeó.

—Ya sé que no soy quién para decirte esto, Karin, pero si me permites tirar de otro proverbio: no responder es ya una respuesta en sí.

La ira le pudo a Müller por un momento, y fue consciente de que se le notaba al preguntar:

—¿A qué te refieres exactamente?

Helga levantó ambas manos en señal de paz.

—Ya sé que no es asunto mío, te lo acabo de decir; ni quiero meterme donde no me llaman. Solo deseo lo mejor para ti y para estos cariñines. Me refería a que, en este caso, se podría decir que «no preguntar es también una forma de responder». Y si él no te pregunta, a lo mejor, con eso, ya te está diciendo bastante.

Müller le dio a su abuela la callada por respuesta, aunque sabía que la mujer se preocupaba por ella, y que quizá no anduviera desencaminada aquella advertencia suya.

Pero lo que hizo fue cambiar de tema.

—Mira, hay una mesa libre en la terraza. Démonos prisa para que no nos la quiten.

En lo que quedaba del paseo, evitaron el espinoso tema de la relación entre Müller y Emil. Pero a ella se le avivó la inquietud respecto a su nuevo puesto en cuanto volvieron a Strausberger Platz y llegaron al portal del bloque de apartamentos: fue revelador el temblor de las cortinas en la caravana que había aparcada enfrente. Vigilaban hasta un paseo inocente con sus hijos y la bisabuela de los bebés. Lo vigilaban y, sin duda, lo grababan también.

Ese mismo día, cuando por fin se fueron los hombres de la mudanza, Emil, Helga y ella se dispusieron a comer, ya bien entrada la tarde, rodeados de cajas sin desembalar provenientes del antiguo piso.

Müller había metido a Jannika y Johannes en sus

cunas, pero los bebés estaban inquietos y no se quedaban dormidos. Al parecer, también Emil tenía un humor de perros.

Müller ya se iba a levantar de la mesa una tercera vez, pero Helga estuvo más rápida y le dijo que se quedara donde estaba.

—Vosotros seguid comiendo tranquilos, que ya voy yo.

Eso hicieron Müller y Emil, pero en silencio, solo roto por el ruido que hacía Emil al masticar la comida y que, últimamente, ponía a Müller de los nervios. La seguía atrayendo; era un hombre apuesto, de eso no había duda. Pero estaba empezando a descubrir cosas de él que la irritaban más que Gottfried cuando se ponía insoportable. Y el ritmo machacón de sus mandíbulas era solo una de ellas. La actitud que tenía con su abuela, quien, para él, no hacía más que meterse donde no la llamaban, era otra.

Emil tragó, por fin.

—¿Quieres que hablemos? —indagó Müller.

—Hablar, ¿de qué? Las decisiones ya las has tomado tú sola, al parecer, y aquí estamos.

—Yo creía que era lo que tú querías, un piso más grande. No hacías más que quejarte de que en el antiguo no cabíamos. Te dije en todo momento que volvería a trabajar. Solo que ha sido antes de lo que esperábamos.

Emil frunció los labios, como si fuera a decir algo pero lo hubiera pensado mejor en el último momento.

—Me va a hacer falta tu apoyo, Emil —suplicó—. Este trabajo nuevo… He de dedicarle toda mi atención, por lo menos al principio. Y tendré que ausentarme de la capital del Estado.

—Espero que no sea de la noche a la mañana.

—No. Bueno…, espero que no. Pero tengo que ir para reunirme con el resto del equipo y seguir pistas en Frankfurt y Eisenhüttenstadt esta noche. —Müller fue consciente de que se enrollaba un mechón de pelo en el dedo, algo que hacía a menudo cuando le preocupaba algo.

—¿Esta noche? ¿La primera que pasamos en nuestro nuevo hogar? Bueno…, tu nuevo hogar, como tanto te gusta recalcar a ti.

Müller dejó cuchillo y tenedor encima de la mesa. Primero, los mellizos. Y ahora, Emil. Estaba claro que no iba a comer gran cosa.

Emil cayó en un hosco silencio que fue interrumpido por el timbre estridente del teléfono. Müller fue a cogerlo y vio la mirada de desdén con la que Emil fulminaba el aparato.

—Karin. —Era Tilsner—. ¿Tienes un segundo?

Justo en ese momento, rompió a llorar Johannes. Karin vio que Emil se tapaba los oídos con las manos.

—¿De qué se trata, Werner?

Antes aun de que Werner abriera la boca para responder, vio con el rabillo del ojo que Emil abandonaba la mesa y se ponía el abrigo.

—Espera un segundo, Werner. —Tapó el auricular con la mano—. ¿Adónde vas, Emil? —susurró con un poso de urgencia en la voz.

—Vuelvo al hospital. Me han hecho el turno esta mañana y ahora me toca a mí corresponder y hacer el de última hora de la tarde.

—Espera, ¿no íbamos a…?

Pero se fue dando un portazo. Müller respiró hondo un par de veces, hizo por recomponerse.

—Perdona, Werner. Es que ha surgido un problemilla otra vez con uno de los niños. —Era mentira, pero no quedaba lejos de la verdad. Porque esos días pensaba a menudo que Emil se comportaba como un niño mimado.

6

Esa noche.
Frankfurt an der Oder.

Otro bar, otra ciudad de la República, esta vez en la frontera este. La margen opuesta del río, unida a Frankfurt por un puente, era territorio polaco, la ciudad de Słubice.

Schmidt y Tilsner ya estaban sentados a una mesa. Müller los vio, cruzó todo el bar, se sentó y dejó doblada su gabardina roja en el respaldo de la silla.

—¿Entraste con el pie derecho en tu casa nueva? —preguntó Tilsner.

—Pues sí y no —respondió Müller. Tilsner alzó las cejas, como invitándola a que se explicara, pero a ella no le apetecía estando Schmidt presente. Lo que hizo fue encogerse de hombros—. Todo va bien —mintió. De hecho, había llamado por teléfono a Emil al hospital, al ver los humos con los que se había despedido, con la esperanza de llegar al fondo del asunto y que él le dijera a qué se debía su mal humor. Pero la conversación telefónica se deterioró a los pocos minutos y acabó convertida en nueva riña. Discutieron porque él había decidido que, finalmente, no se iría a vivir con ellos. Müller, Helga y los mellizos sí que se quedarían en el apartamento nuevo de Strausberger Platz: Müller no pensaba ceder en eso. Pero, al menos por el momento, Emil viviría en el apartamento de un dormitorio que le proporcionaba el hospital.

—Y vosotros, ¿qué? —preguntó centrando de nuevo la atención en el caso—. ¿Ha habido algún progreso en la identificación de nuestro chico del lago?

—Creemos que sí, ¿verdad, Jonas?

Schmidt asintió con la cabeza. Seguía sin hablar mucho, pero esta noche, por lo menos, se lo veía de mejor humor.

—Creemos que hemos identificado a su hombre, camarada comandante. —Al parecer, el nuevo rango que ostentaba fluía con naturalidad en boca del *Kriminaltechniker*, aunque seguía sonándole raro que se dirigiera a ella así, como si se refiriera a otra persona completamente distinta.

—Y ¿habéis intentado ya poneros en contacto con los padres?

—La verdad es que todavía no —dijo Tilsner—. Hasta última hora de la tarde no dimos con el fichero de desaparecidos en cuestión. Pero la edad, el aspecto físico y el vínculo con Eisenhüttenstadt encajan, según creemos; aunque no se dice nada del tatuaje. Es como si hubieran traspapelado el fichero aposta, como si no quisieran que lo encontráramos. Y tenía grapada una nota que daba a entender que ya no era asunto de la Policía.

—¿Cómo? ¿Trasladaban el expediente a otro ministerio?

—Exacto. Y seguro que adivinas a cuál.

Müller dijo que sí con la cabeza, luego arrugó el entrecejo.

—Pero ¿por qué?

—Estoy convencido de que lo averiguaremos a su debido tiempo, si es que quieren que lo averigüemos, claro está. A lo mejor tiene que ver con el escándalo de pagos ilegales del que te hablé. Y... —Tilsner bajó el tono, y su voz fue un susurro con tintes de conspiración—. No te des la vuelta, pero mira cuando puedas, sin que se note mucho, justo detrás de ti. Hay un tío que nos ha seguido en todo el trayecto desde la comisaría central de Policía, estoy seguro, y no deja de mirarnos con esos ojillos brillantes. Y a beber no ha venido, porque no ha probado ni una gota de la cerveza que pidió.

—¿Qué aspecto tiene?

—Es rubio, con cara de sanote, guapo, y tiene la mandíbula cuadrada como yo. —Se pasó la mano por el mentón sin afeitar y Schmidt entornó los ojos—. La verdad es que se parece un poco a tu Emil. —Tilsner sonrió irónico—. Pero no creo que sea él. A no ser que vayas por ahí follándote a agentes de la Stasi.

Müller dijo que no con la cabeza y descartó la idea de ponerle las peras a cuarto a Tilsner, aunque no le hacía ninguna gracia que minara su autoridad delante de Schmidt. Aparte de que no serviría de nada. Lo único que haría Tilsner sería sacudirse de encima el rapapolvo con una risotada. Müller pensó que mejor se levantaría para ir al servicio y le daría un buen repaso con la vista al hombre en cuestión.

—Pero bueno —siguió diciendo Tilsner—, el caso es que te hemos concertado una cita con los padres para mañana por la mañana. Tal y como pensábamos, viven en el mismo Eisenhüttenstadt. El chaval trabajaba de aprendiz en la planta siderúrgica, y ahí tenemos otra vía abierta para la investigación. Aunque es verdad que en la planta, o en algo relacionado, trabaja prácticamente la ciudad entera. Es una ciudad de nueva construcción, como Hoyerswerda y Ha-Neu, solo que, en vez de lignito o componentes químicos, aquí es la metalurgia lo que le da la vida. Hemos pensado que vendría bien un toque femenino para darles la noticia, ¿verdad que sí, Jonas?

—Pues, estoy seguro de que la camarada *Ober...*, perdón, la camarada comandante Müller tendrá más tacto que tú, camarada *Unter...*, perdón, al final me acabaré acostumbrando. En fin, que tendrá más tacto que tú, camarada *Hauptmann*.

Tilsner soltó un resoplido.

—Créeme, Jonas, espero que no se me dé bien nunca eso de decirles a los padres que su hijo está muerto.

Müller aprovechó aquel combate dialéctico entre sus dos colegas para excusarse y dirigirse al servicio, poniendo buen cuidado, de paso, en echarle el ojo al supuesto agente de la Stasi. Pasó a su lado y no pudo evitar llamar la atención del hombre, que la miró a los ojos y le puso el pulso a cien.

Amaneció un día prácticamente idéntico al anterior en lo meteorológico, o eso le pareció a Müller según conducía de vuelta a la frontera con Polonia desde Berlín: ventoso pero con mucha luz. Aparcó el Lada nuevo al lado del coche de Tilsner en la calle principal de Eisenhüttenstadt, y vio cómo su ayudante y el forense se orientaban para dar con el apartamento de los Nadel. Porque el cadáver al que llamaban «el chico del lago» ya tenía nombre: Dominik Nadel, de dieciocho años.

Había algo nuevo y fresco en el ambiente de aquella ciudad recién construida, pese al cercano pasado industrial que acumulaba y al humo que salía de las chimeneas de la planta siderúrgica. Al menos en esta época del año, parecía libre de las boinas de contaminación que asolaban el aire de la capital del Estado, y de Ha-Neu también. A lo mejor tenía algo que ver con el tiempo que hacía en aquel septiembre ventoso. El corazón industrial de la ciudad orquestaba todas las perspectivas. La calle principal llevaba en línea recta a la planta siderúrgica, que aparecía en el horizonte como una presencia imperiosa y venía a recordar a todos los ciudadanos lo afortunados que eran por tener piso propio en la ciudad; y por tener trabajo: por trabajar para la República de Trabajadores y Campesinos.

Tilsner alisaba el plano de la ciudad en el capó del Wartburg mientras Schmidt sujetaba las esquinas que doblaba el viento.

—Viven en el *Wohnkomplex I*, es decir, en la ciudad nueva, pero en la parte más vieja de la ciudad nueva. Data de los años cincuenta, mientras que estos bloques de aquí… —Tilsner abarcó con el brazo todo el entorno—. Estos son mucho más recientes. Mira, están todavía en construcción ahí.

Müller vio las grúas en pleno funcionamiento, las placas de hormigón que levantaban para dar forma a las paredes de los nuevos apartamentos. El martilleo y el estruendo del cemento y del metal reverberaban por encima del ruido del tráfico.

—Viven en lo que era la Stalinstadt original —añadió Schmidt, que señalaba el plano—: la primera de nuestras ciudades de nueva planta y, en teoría, la mejor.

Müller pensó que la construcción de la Stalinstadt original tenía pinta de ser de la misma época que su nuevo piso en Karl-Marx-Allee. Y, al igual que a Karl-Marx-

Allee, llamada en su día Stalin-Allee, le cambiaron el nombre cuando el camarada Stalin perdió el favor de la Republica Democrática Alemana, al principio de los sesenta.

—Vale, pues si sabéis ir, abrid camino que yo os sigo.

Müller pensó que ir los tres en delegación a ver a los padres podía ser demasiado. Así que, una vez que dieron con el bloque de pisos, mandó a Schmidt de vuelta a reunirse con el equipo de forenses de la Policía local, para ver si habían descubierto algo que pudiera serles de utilidad en la investigación.

Ya delante del portal, Müller se puso su gabardina roja, haciendo caso omiso de las cejas levantadas de Tilsner. Llevarla puesta le daba fuerza para enfrentarse a la desagradable tarea que tenía por delante.

Sería difícil aventurar, por la cara que pusieron, si Herr y Frau Nadel tenían una idea aproximada de la información que manejaba la Policía en ese punto de las investigaciones. Parecían una pareja tímida, que evitaban mirar a los ojos y se frotaban una mano con otra, sentados los dos juntitos en el sofá de pana oscura del apartamento.

—Entonces, como ya sabrán, Herr y Frau Nadel, hemos concertado esta visita con ustedes porque somos una brigada nueva que investiga la desaparición de su hijo. —Müller jugó con la posibilidad de contarles sin más dilación la terrible noticia de que habían encontrado muerto a Dominik, asesinado para más inri, aunque pensaba ahorrarles el detalle de que tenía un calcetín metido a presión en la garganta. Muchas veces, el proceder más amable era soltarlo de golpe. Pero ella estaba allí para obtener información, no solo para ofrecerla. Y el pésame tendría que esperar. Si les contaba en el acto que estaba muerto, puede que se cerraran en banda y no soltaran prenda; o que el dolor les impidiera aportar nada relevante al caso. Así que, por muy desalmado que pudiera parecer, iba a tener que demorar al máximo la revelación de la funesta noticia.

—¿Qué pueden contarnos de Dominik? Cualquier cosa podría ser de utilidad. Lo que le interesa, sus amigos, si tiene algún enemigo, el tipo de chico que es. —Müller tuvo cuidado de referirse a su hijo en presente—. Esa clase de cosas. ¿Alguna vez había hecho algo parecido antes?

Al principio, hubo un silencio, como si los padres no pudieran hablar de puro aturdimiento, o por el hastío de tener que contarles la misma historia a una sucesión de agentes de Policía. Müller y Tilsner eran los últimos en llegar y, por tanto, tendrían que ganarse la confianza del matrimonio.

Finalmente, Frau Nadel empezó a hablar en voz baja, mientras que su marido, con la mirada clavada en el suelo, seguía retorciéndose las manos.

—Sí que estuvo fuera un tiempo el año pasado. Pero dijo que se lo pedían como aprendiz.

—¿Como aprendiz? —indagó Tilsner. Müller y él sabían perfectamente dónde estaba colocado de aprendiz el chico, pero cuanto más pudieran sonsacarles directamente a los Nadel, más información de primera mano tendrían. Y más detalles todavía desconocidos para ellos les podrían revelar los padres.

—En la planta siderúrgica. Al parecer, le iba bien. Por lo menos, eso nos contó.

—¿Y novias? —preguntó Müller—. ¿Salía con alguien?

—Es un poco joven para eso. —intervino Herr Nadel, y a Müller le sonó un poco a la defensiva. Y era, además, una respuesta desencaminada. Porque ¿desde cuándo eran los dieciocho años una edad demasiado temprana para tener una relación? Vio que Tilsner la miraba con el rabillo del ojo. Claramente, él pensaba lo mismo que ella.

—¿Qué le gusta hacer en su tiempo libre? Seguro que tiene algún interés en la vida, aparte del trabajo —siguió diciendo Müller.

—La moto. Está obsesionado con eso —dijo la madre.

—Hum. Nunca debimos dejarle que se comprara una —añadió el padre, y se ganó una mirada fulminante por parte de su mujer—. No hace falta que me mires así. Les voy a contar lo que pienso. Tenemos que ser sinceros para que nos ayuden a encontrarlo.

Müller pasó por alto la significativa mirada que le dirigió Tilsner. No estaba dispuesta todavía a contarles la aparición del cadáver en las orillas de un lago artificial, a unos cien kilómetros más al sur.

—¿A qué se refiere con lo de que está «obsesionado»?

—Pues a que siempre está toqueteándola. La desmonta, la vuelve a montar, compra pequeñas piezas para tunearla, ese tipo de cosas. Siempre tenía las manos llenas de grasa… —Frau Nadel se echó a reír al recordarlo, luego, la risa se le ahogó en la garganta y tomó tintes de sollozo ahogado, cuando la terrible realidad se hizo todavía más presente—. Perdón, me refiero a que las tiene…, las tiene siempre llenas de grasa. —Se llevó una mano a un ojo para limpiarse una lágrima, y el marido le tomó la otra con la suya y se la apretó—. Y luego estaban esas reuniones en el club.

—¿Reuniones en el club? —apuntó Tilsner.

—Pues creo que era un club. Nunca nos dio muchos detalles. Pero empezó a faltar a las reuniones de la Juventud Libre Alemana para ir a ese club de motociclistas.

—Hicimos lo que pudimos para quitárselo de la cabeza —añadió Herr Nadel—. ¿A que sí, *Liebling*? Pero es que siempre ha sido un poco solitario; siempre ha querido ir por su cuenta. Aunque es un buen socialista. —La mujer asintió al oír esto último.

«De tan bueno socialista que era el pobre dejó de asistir a las reuniones de la juventud comunista», pensó Müller.

—¿O sea que lo único que le interesaba eran las motos? —preguntó Tilsner. Müller sabía qué estaba pensando. Que si tal era el caso, ¿a qué venía lo del tatuaje del Stahl Eisenhüttenstadt?—. ¿Deportista no era, ni nada que se le pareciera?

—Pues… —dudó Frau Nadel.

—No tenga ningún apuro en contárnoslo todo, Frau Nadel —dijo Müller—. Toda la información que podamos reunir nos vendrá bien para las investigaciones. —Aunque Müller seguía sin estar dispuesta a revelar el verdadero alcance de dichas investigaciones: había pasado a ser un caso de paradero desconocido a uno de asesinato; y un asesinato de lo más brutal y sádico, para ser exactos.

La madre de Dominik soltó un suspiro.

—Estaba muy metido en el tema del fútbol. Quería llegar a profesional. Hasta que la tomó con las motos. Nos dio mucha pena que lo dejara.

—¿O sea que jugó en un equipo? —preguntó Tilsner.

Herr Nadel dijo que sí con la cabeza.

—En los juveniles del equipo de aquí, el BSG Stahl.

—¿El Stahl Eisenhüttenstadt? —dijo Tilsner haciéndose el sorprendido—. Son buenos, ¿no? Solían estar en la *Oberliga*.

—Solían —confirmó Herr Nadel. Luego, al parecer, prefirió no añadir nada más.

—¿Así que dejó una carrera prometedora en el fútbol para irse por ahí con la moto el fin de semana? —preguntó Müller—. Parece raro.

Los Nadel dijeron que sí a la vez con la cabeza.

—Quisimos disuadirlo —aseguró la madre—. Pero no quería ni oír hablar de ello. Dijo que ya estaba bien de fútbol. Me daba la sensación de que se estaban metiendo con él por algo, como si lo acosaran, pero nunca supimos por qué.

—Era muy del Stahl, aparte de jugar en el equipo juvenil —dijo el padre—. Tenía hasta un tatuaje del escudo del equipo en un hombro.

—¿En qué hombro? —preguntó Müller, aunque tanto ella como Tilsner conocían de sobra la respuesta.

—En el izquierdo —dijo la madre—. Pero acabó tan harto, que se lo estaba quitando. Qué estupidez, eso de los tatuajes. No sé por qué la gente se estropea el cuerpo de esa manera. Nos enfadamos mucho cuando se lo hizo. Pero, por lo menos, se lo quería quitar.

—¿Cómo que se lo quería quitar? —preguntó Tilsner.

—Como era muy grande, le dolía mucho quitárselo. Logró borrar como dos tercios del escudo, y luego me parece que, por el dolor, lo dejó. Al final se le infectó y la piel no curó como es debido…

—Una estupidez por su parte —dijo el padre negando con la cabeza—. Pero es nuestro hijo. Dondequiera que esté, sea cual sea el lío en el que se haya metido, queremos que vuelva.

Müller comprendió que no podía hurtarles por más tiempo la aciaga noticia. Suspiró hondo y luego tomó aire con igual demora, preparándose para la ocasión.

—Herr y Frau Nadel... —Müller vio que la expresión en las caras de los padres pasaba de la duda al miedo—. Hemos tenido que hacerles esta serie de preguntas para confirmar los hechos, pero me temo que la información que acaban de darnos sobre el tatuaje de Dominik no deja lugar a dudas.

—¿A... qué... se refiere? —preguntó la madre con la voz quejumbrosa, mientras su marido apartaba la mano de la suya para abrazarla con fuerza.

Por más que lo intentaba, a Müller le era imposible mirar a la mujer a los ojos; ni a ella ni al marido. Lo que hizo fue fijar la vista en una pelusa que había en el suelo de linóleo y hablarle a ese punto perdido en el espacio.

—Hemos encontrado el cuerpo de un varón joven...

—¡Oh, Dios mío! —chilló la mujer, y hundió la cara en el pecho de su marido.

—... en Senftenberg, a orillas del lago artificial que hay allí. Creemos que es Dominik. De veras que lo siento...

Con el rabillo del ojo, Müller vio cómo la ira deformaba los rasgos de la cara del marido.

—¡¿Lo sabían desde antes de entrar por esa puerta, a que sí?! —gritó—. ¿Por qué no nos lo dijo y punto, para sacarnos de la agonía de no saber?

Müller miró a los ojos a uno y luego al otro.

—Lo siento, pero lo que han dicho del tatuaje a medio borrar despeja prácticamente todas las dudas que teníamos de que se trata del cuerpo de su hijo.

—¡No! ¡No! ¡No! —gritó la mujer, y le daba golpes con las manos al abdomen del marido.

Müller les dio a los Nadel unos momentos para que se consolaran mutuamente.

—Lo siento, Fray y Herr Nadel. Créanme que, de verdad, lo siento. Pero me temo que tendrán que ir al depósito de cadáveres de Hoyerswerda, mañana, para identificarlo formalmente. Los acompañará un agente de la Policía del Pueblo.

7

Más tarde ese mismo día.
Eisenhüttenstadt.

—No les hemos sacado mucho —dijo Tilsner—. A lo mejor teníamos que haberlos apurado un poco más.

—Si te digo la verdad, Werner, no tuve estómago para tanto.

En cuanto Müller reveló que la Policía sabía con certeza que Dominik estaba muerto, la entrevista con los padres tocó a su fin. Y aunque no habían entrado en los detalles nauseabundos de las causas de la muerte, los dos detectives vieron que los Nadel no les iban a contar mucho más. Antes de salir del apartamento, Müller consiguió sacarles la dirección de los amigos de Dominik, por pocos que fueran: un par de colegas de sus días de fútbol y los nombres de otros aprendices que trabajaban con él en la planta siderúrgica. No lograron averiguar nada más sobre aquel club de motos tan misterioso. Volverían a sondear a los padres cuando hubieran asimilado la conmoción inicial de saber que su hijo estaba muerto. Tilsner estaba convencido de que, aunque no tuvieran más detalles, no podía ser muy difícil seguirle el rastro al club —o banda o lo que fuera—, hablando con las tiendas y talleres de motos.

Ya era casi de noche cuando Tilsner, que iba al volante, enfiló por Lenin-Allee, rumbo a la planta siderúrgica.

Müller se fijó en las colas que había a la entrada del teatro, con su fachada clásica, y pensó que ojalá pudiera pasar la noche entretenida en algo más liviano que la investigación de un asesinato. Además, se echó en cara a sí misma no haber llamado a casa todavía para ver qué tal le iba a Helga con los mellizos. Ni había telefoneado a Emil. Miró a Tilsner, a los mandos del vehículo, le vio la mandíbula cuadrada, poblada con más barba de lo que era habitual en él, iluminada con un resplandor amarillo cada vez que pasaban debajo de una farola en la creciente oscuridad de la noche. No le había costado nada volver a la rutina, y se sentía cómoda: Tilsner y ella otra vez trabajando juntos.

Tenían delante el resplandor de la planta siderúrgica, que iluminaba el penacho de humo, cada vez más presente en la distancia. Había amainado definitivamente el viento y aquella columna blanca parecía una escalera de nubes que llevara al cielo.

Era la planta metalúrgica de la Ciudad de la Fundición, a la que todo el mundo en la zona llamaba EKO.

Al principio, ni Tilsner ni ella entendieron el significado de aquellas siglas, cuando unos apesadumbrados Nadel les habían dado a regañadientes la lista de contactos de Dominik, la mayoría de los cuales ya tenían gracias a la colaboración con la brigada de la Policía local. Resultó que era un acrónimo de la planta que infundía vida a la ciudad, y uno de los motores de la República Democrática Alemana. EKO. También conocida como *Eisenhüttenkombinat Ost*: donde trabajó en su día Dominik Nadel, ahora occiso.

Müller y Tilsner mostraron la placa de la *Kripo* en recepción, donde los equiparon con casco, mono y botas de seguridad reforzadas con puntera de acero, antes de permitirles el acceso al complejo. Incluso entonces, los acompañó en todo momento un trabajador experimentado.

Müller notó que rompía a sudar, ataviada con aquel mono grueso. Había refrescado con la llegada de la noche, pero allí dentro parecía pleno verano. Los dos detectives habían averiguado que Dominik estuvo empleado hasta hacía poco como aprendiz en la zona de altos hornos. Un trabajo que no perdonaba, el que menos, según palabras del trabajador fornido y coloradote que los servía de guía por la planta.

—Yo conseguí librarme —dijo, no sin cierta aspereza—. Es un trabajo duro. Vuelves a casa al acabar el turno como si hubieras pasado por el horno tú y no el hierro: literalmente cocido. Me parece que no hay tortas por entrar ahí de aprendiz. Eso sí, una vez que le coges el tranquillo, tienes trabajo para toda la vida, si eso es lo que quieres.

Müller se mordió la lengua. En la República Democrática Alemana, todos los trabajos eran de por vida, si eso era lo que el trabajador quería.

Llegaron a otra zona de vestuarios, con taquillas y ganchos llenos de monos parecidos a los que llevaban ellos.

—Me temo que tendrán que cambiarse otra vez aquí, si es que siguen queriendo ver el punto exacto en el que trabajaba Nadel.

Müller observó cómo Tilsner le decía que sí al hombre con la cabeza y una expresión estoica dibujada en la cara. Según venían en el coche, él había opinado que con encontrar a algún compañero de Dominik que estuviera de tarde, les valdría. No tendrían más que llevarlo a alguna dependencia anexa e interrogarlo, mejor que hacerlo en el puesto de trabajo en sí. Müller puso reparos. La Policía tenía que actuar siempre, según ella, movida por la propia reconstrucción de la vida de las víctimas y de los posibles asesinos, no había mejor procedimiento.

Era la única forma de meterte en su pellejo; descubrir qué los movía en sus acciones.

Te ponías en su piel y llegabas a entender sus vidas.

Las vivías, prácticamente.

«Así debe de sentirse un astronauta», pensó Müller. «Aunque ellos tienen la ventaja de flotar en el espacio interior». Mientras que Tilsner y ella pesaban un quintal, lastrados por los monos blancos resistentes a las altas temperaturas y unas sobrebotas que se ponían encima de los zapatos. Con todo y con eso, lo peor era la máscara para la cara, dotada de una pantalla ignífuga. Tilsner parecía sacado de una película occidental de ciencia ficción, y aunque no había a la vista ningún espejo para mirarse, seguro que ella presentaba el mismo aspecto ridículo.

«Ignífuga» no parecía un apelativo muy adecuado para la máscara, porque dentro de ella la temperatura subía con cada peliagudo paso que se daba. El guía ya se había convencido de que era inútil todo asomo de comunicación verbal con ellos, y recurría a las manos para indicarles el camino. Se venía a demostrar ahora que la decisión tomada en el coche, la de llevar a cabo los interrogatorios *in situ*, descartando la idea de Tilsner, iba muy desencaminada; que era una absoluta estupidez, más bien.

El guía iba enfundado en un traje dos o tres tallas más grandes que él, parecía un muñeco hinchable, a punto de explotar en cualquier momento, sometido a aquel calor, y había cambiado los gestos que hacía con los brazos para abarcar todo el espacio en derredor con una serie de círculos concéntricos. Müller dedujo que quería decir que ya habían llegado al punto exacto en el que Dominik Nadel desempeñaba su trabajo. Les habían dicho que uno de los trabajadores de aquel turno fue compañero de aprendizaje del chico cuyo asesinato estaban investigando. Su acompañante señalaba ahora a una figura que blandía una especie de pala de mango largo, con la que cebaba una bola de fuego candente. Aunque tenía cerrada la pantalla protectora de la máscara, Müller tuvo que levantar el antebrazo, a modo de improvisada protección, para que el resplandor no le dañase la vista. Todo aquello le daba la razón a Tilsner. De ninguna de las maneras sería posible interrogar al trabajador allí.

En cuanto se vio en la oficina colindante, apartada ya de la calorina que reinaba en los altos hornos, Müller aflojó la ropa de protección a toda prisa. El guía abrió un armario empotrado que ocupaba todo el alto de la pared y les tiró a Tilsner y a ella una toalla y un mono limpio.

—Voy a ver si encuentro a alguien que lo reemplace y se lo traigo —dijo.

Müller esperó a que saliera el hombre y se quitó la capa exterior de ropa que llevaba para secarse bien. Tenía empapadas de sudor las braguitas y la camiseta. Menos mal que llevaba sujetador. Antes de tener a los mellizos, no siempre se molestaba en ponérselo. Incluso ahora, Tilsner le dirigía una mirada no del todo inocente.

—Es solo sudor, Werner. Ni más ni manos. Tan natural como la vida misma.

Tilsner no dijo nada, limitándose a despegarse la camisa empapada y a frotarse con la toalla de arriba abajo. Ahora le tocaba a ella mirarlo con expresión parecida en el semblante. «No lo he visto nunca hacer ejercicio. ¿Cómo coño se las apaña para tener siempre tanto tono muscular?». Tilsner levantó en ese instante la vista y la pilló mirándolo, por más que ella apartara los ojos en el acto.

—Es solo sudor, Karin —la imitó él—. Ni más ni menos. Tan natural como la vida misma.

Müller se puso toda roja de vergüenza, más todavía de lo que lo había estado antes al calor de los hornos metalúrgicos.

No les había dado tiempo todavía a enfundarse los monos, cuando llamaron a la puerta.

—¡Un segundo, por favor! —gritó Müller.

Se vistió a toda prisa, luego echó mano del espejo que llevaba en el bolso, para comprobar que el pelo y el maquillaje estaban en su sitio. Tenía la cara roja y se le había corrido el rímel. Improvisó un arreglo rápido con un pico de la toalla, y se atusó el pelo rubio, esforzándose en devolverle algo de su brillo y lisura natural, aunque tenía todo el aspecto de estar recién salida de una galerna de fuerza ocho, azotada por la lluvia.

—¡Pase! —gritó.

El joven, apenas un chiquillo, la verdad, según le pareció a Müller, se paró nada más cruzar el vano de la puerta, mientras hacía lo que estaba en su mano para no mirarlos a los ojos y cambiaba el apoyo de un pie a otro, como pidiendo a gritos que lo dejaran ir al servicio.

—El ciudadano Schneider dice que quieren hablar conmigo de algo —dijo por fin.

—Así es —confirmó Tilsner—. Tengo entendido que trabajabas con Dominik Nadel.

—Unos meses —dijo el joven, y encogió los hombros con cierta indiferencia—. No lo conozco muy bien.

—Vale —dijo Müller—. Pues este es el *Hauptmann* Tilsner, y yo soy la comandante Müller. Somos de la Policía del Pueblo. ¿Y tú te llamas…?

—Robrecht. Robrecht Manshalle. Estuve de aprendiz con Nadel unos meses. Pero nunca fuimos amigos.

—De eso ya nos hemos enterado, Robrecht —dijo Müller—. Pero cualquier cosa que nos digas nos será de utilidad.

El joven guardó silencio y siguió cambiando el apoyo de un pie a otro.

—¿Y bien? —bramó Tilsner—. Ya has oído a la camarada comandante. Empieza a hablar. Ya.

—No me caía bien. A casi nadie en Hütte. No nos llevábamos bien.

Hubo un instante en el que Müller dudó al oír el término «Hütte». Hasta que cayó en la cuenta de que tenía que ser el nombre abreviado con el que la gente de la zona conocía Eisenhüttenstadt.

—Que te cayera bien o mal no nos ayuda mucho —dijo Tilsner—. Tendrás que esforzarte un poco más. Hurtarle información relevante a la Policía es delito. Si te arrestamos, se irá al garete este trabajito que te has asegurado en la planta siderúrgica.

El joven soltó un suspiro y se tapó la cara con las manos.

—Bueno, el caso es que… no lo sé a ciencia cierta, ¿entienden? Porque yo no soy de esos. No tengo nada que ver con ese tipo de gente.

—¿Qué clase de gente? —preguntó Müller.

—Ya sabe, de esos.

—¡¿De cuáles?! —gritó Tilsner—. Escúpelo, que no estamos para adivinanzas.

Pero Müller ya creía saber a qué se refería el joven, antes de que la palabra se formara en sus labios.

—Maricas —dijo, por fin, Manshalle—. Dominik Nadel era maricón.

8

Seis meses antes (marzo de 1976).
En la carretera de Frankfurt an der Oder.

Esta semana, parece que vamos más lejos. La semana pasada tomamos un desvío al lago Stienitzsee y dimos una vuelta por el *Strandbad*. Pero esta vez, Jan, que va al frente de la hilera de motocicletas, conmigo de paquete, sigue camino, sin detenerse, hasta alcanzar la *Fernverkehrsstrasse* 1. No sé adónde vamos. Espero que no volvamos muy tarde, porque *Mutti* y papá ya se enfadaron conmigo la semana pasada.

Adelanto la cabeza y la echo a un lado todo lo que puedo, para acercarme lo más posible a la oreja de Jan.

—¡¿Adónde vamos?! —grito.

Él me responde, pero sus palabras se las lleva el viento que nos da en la cara.

—¿Cómo?

Vuelve un poco la cabeza, sin quitar ojo de la carretera.

—Ya verás, es una sorpresa.

La verdad es que nunca me han gustado las sorpresas. En la vida, prefiero las certezas. Pero, por mí, vale, con tal de estar con Jan, de ser parte de su banda. Me abrazo otra vez con fuerza a su abdomen. Y, tal y como hizo la semana pasada, retira una mano del manillar y la aprieta contra la mía. Tira un poco de ella, hasta que le rozo por encima del pantalón de cuero. Me da un poco de vergüenza, pero también noto la sensación tan agradable en la boca del estómago.

Siento que me desea. Que me necesita.

Paramos a las afueras de Frankfurt, parece un polígono industrial abandonado. Todos desmontan y dirigen sus pasos a uno de los edificios. Oigo el zumbido de la música *rock* a todo volumen, se filtra por las paredes, antes aun de que ninguno abra la puerta. Cuando por fin lo hacen, el ruido es atronador. Al parecer, todos han estado antes aquí. El hombre de la entrada les deja pasar.

Pero a mí me detiene poniéndome la manaza en el pecho. Jan, que ya ha entrado, se da cuenta de lo que está pasando, vuelve grupas y me agarra de la mano para meterme dentro.

—Viene conmigo —le dice al portero con aires de dominio, como si me poseyera.

Me gusta cómo suena eso.

Dentro, todo está en penumbra, aunque afuera todavía sea de día; las únicas luces provienen de los focos que parpadean al ritmo de la música, una música que no sé muy bien qué es. Jan no me ha soltado la mano, y con la que tengo libre, aparto el humo que me rodea. Hay mucha gente fumando aquí dentro; y el olor tiene algo de acre, de empalagoso, nunca antes había olido nada igual.

Caigo en la cuenta, de repente, de qué es, y me entra miedo.

Es hierba, droga.

Joder, como hubiera una redada de la Policía, irían todos a la cárcel. Siento que estoy traicionando algo. Mi padre es policía —bueno, forense de la Científica—, y siempre me dice que tenga cuidado con sitios como este.

Pero a Jan no se lo ve preocupado lo más mínimo. Saca un librillo de papel y un paquete de tabaco de liar. Coge una pizca de tabaco con dos dedos, lo extiende encima de un papelillo. Luego mete la mano en el bolsillo, busca otra cosa. Es una piedra pequeña envuelta en papel arrugado. Después de desenvolverla, parte un trocito y lo va desmenuzando encima del tabaco. Luego lo lía. Alguien le ofrece fuego de su mismo porro. Agacha la cabeza y ya son dos los puntos de luz anaranjada que perforan las sombras: dos puntitos de fuego.

Se vuelve a mí.

—¿Quieres probar un poco, Markus, pequeñín?

No me gusta que me llame así. Es como si se estuviera riendo de mí, como si yo fuera su juguete. Me pongo nervioso, pero no quiero decepcionarlo. No quiero cortarle el rollo, ser el pelota de la clase, el hijo de un policía.

Alargo la mano para que me pase el porro.

Pero él la toma con la suya y tira de mí, hasta que tenemos las caras pegadas la una a la otra, bañadas por el resplandor del porro. «Así», susurra. Veo cómo da una calada larga, y aspiro por la nariz el aroma, de una dulzura punzante.

Entonces se inclina sobre mí y ya no son las caras las que están pegadas, son las bocas. Abro la mía e inhalo el humo penetrante. Echa un poco para atrás la cara, pero no deja de mirarme a los ojos. Como si me fuera a succionar el alma del cuerpo.

—Trágatelo, aguántalo bien adentro en los pulmones, y luego lo vas echando despacio. —Hago lo que me dice, noto su brazo todo el rato alrededor de mi cintura, tira de mí para acercarme a él. Dejo que el humo me salga lento por nariz y boca, noto que la droga me pega fuerte casi en el acto. Me siento liviano, risueño, feliz, como si por fin me hubiera encontrado a mí mismo.

Jan se inclina otra vez sobre mí, y yo supongo que me va a suministrar otro chute, con el boca a boca, como antes. No me doy cuenta hasta que no tiene sus labios pegados a los míos, nuestras bocas están abiertas, y esta vez, no hay humo en sus pulmones. El chute que me da no es de humo de hachís. Lo que me mete en la boca es la lengua, y no me resisto. Tampoco cuando baja la mano por mi espalda, me agarra las nalgas y me aprieta contra él.

9

Dos meses más tarde (mayo de 1976).
Un bosque en Alemania del Este.

—Es un sensor de movimiento. Se dispara en cuanto alguien entra en el coche.

El oficial de la Stasi asintió con la cabeza y fijó la vista en el artilugio.

—Y ¿es de fiar?

—Lo es si está bien puesto, prácticamente el cien por cien de las veces.

—¿Prácticamente? —Miró con gesto severo al otro, un científico caído en desgracia por haber cometido algún acto indecoroso de índole sexual. Le había encargado este trabajo y, a cambio, lo sacaría de la cárcel. El oficial de la Stasi no sabía de qué lo habían acusado, pero tampoco le importaba. Solo quería un experto que se plegara a sus designios.

—En Irlanda lo emplean a todas horas. Si el IRA echa mano de estos aparatitos, puede usted estar seguro de que será lo más de fiar que encuentre.

—Vamos a verlo. Lo mejor siempre es probar las cosas antes de comérselas.

***

El hombre pidió que lo ayudaran a colocar el explosivo en los bajos del vehículo. El oficial se negó. No podían correr el riesgo de dejar ningún rastro; no podía quedar huella forense de ningún tipo. Tomarían nota de ello, habría una ficha en algún cajón, en algún despacho de la República. Al Ministerio le gustaba tomar nota en sus fichitas. Pero nada de nombres de las personas implicadas.

Había un problema: dar con algo que pesara más o menos lo mismo que el objetivo. Algo que se moviera de forma parecida. El oficial tenía que echar mano de algún favor que le debían en el Tierpark. Nadie le negaba favores al Ministerio para la Seguridad del Estado, por la cuenta que les tenía.

Llevaban semanas entrenando al animal. Era una bestia que no carecía de cierta inteligencia, tenía mayor tamaño que la mayor parte de los miembros de su especie. Y más hambre también. Aprendió pronto a abrir la portezuela del Mercedes, tal y como lo haría una mano humana. Aprendió a meter la llave en el contacto y a accionarla con un golpe de muñeca para arrancar. Si no hacía exactamente eso, el animal no recibía su recompensa: la fruta. Y dado que, en aquellas semanas de aprendizaje, le habían reducido la ingesta en las comidas, era una fruta que le sabía especialmente dulce y deliciosa.

Lo observaban todo con unos prismáticos desde su escondrijo, en lo más intrincado del bosque. Otro agente del Ministerio había soltado al animal desde la trampilla trasera de un camión. Según las instrucciones, debía alejarse de allí en el acto y no mirar por el espejo retrovisor. No tenía ni idea de cuál era el propósito de la tarea que le habían encomendado.

Al principio, al animal le costó detectar la presencia del coche.

Cuando por fin lo hizo, fue caminando hasta allí despacio, con el paso furtivo, sin parar de inclinar la cabeza a un lado y a otro, como si quisiera asegurarse de que ningún rival le disputaba el premio.

Sabía lo que tenía que hacer; se acercó a la puerta del conductor, que no estaba cerrada con llave.

Notaba el oficial de la Stasi lo tenso que estaba el hombre, agachado a su lado. Como algo saliera mal, sabía que lo volverían a encerrar en Hohenschönhausen. Puede que, peor aún, lo mandaran a Bautzen II.

Vieron el brillo del sol en la llave de metal cuando el animal la acercó a la ranura del arranque.

Hasta el oficial de la Stasi se notó un poco tenso un par de segundos. Sabía que al hombre que tenía al lado ni le llegaría la camisa al cuerpo.

Y entonces llegó la explosión. Primero vieron un fogonazo de luz, anaranjada y blanca.

Menos de un segundo después, el estallido y la onda expansiva que les daba en la cara.

El bosque se sumió en un silencio casi absoluto, solo roto por el repiqueteo de la metralla y la ceniza que caían como cae la lluvia.

Y puede que al cabo de un minuto, volvió a oírse el canto de los pájaros. La naturaleza se reafirmaba de nuevo a sí misma.

Notó la exhalación del hombre que tenía al lado: un trabajo bien hecho. Pero lo que sintió el oficial de la Stasi, apenas un instante pasajero, fue algo parecido a la pena. Pena por tanta destrucción. No por la vida del chimpancé cebado que se había visto, sin duda, reducido a miles de trocitos de tendón y hueso, volados por los aires; destruido ya el *tejido blando y la última comida —la fruta aquella de tentador aspecto—, jamás probada.*

No. Lo que le daba pena era el Mercedes. Un símbolo de la decadencia occidental, del capitalismo occidental, cabía decir. Pero qué buenos motores tenían, ¡la hostia!

10

Cuatro meses más tarde (septiembre de 1976).
Eisenhüttenstadt.

—¿Dónde está Schmidt? —preguntó Tilsner—. ¿No tenía que estar cooperando con los de la forense de la Policía de aquí, para ver si les sacaba algo más? Mira que no es de los que le hacen ascos a una comida de gorra.

Habían quedado los tres en verse en un restaurante que tenía buena pinta y que le llamó la atención a Müller en la Strasse des Komsomol, una calle de atractivo aspecto que partía en dos el *Wohnkomplex II*, pero no había ni rastro del *Kriminaltechniker*.

—Le di permiso para volverse a la capital del Estado —dijo Müller, sin apartar los ojos de la carta del restaurante.

—¿Por qué coño has hecho eso? Joder, a mí también me encantaría volverme a la capital del Estado, pero es la primera investigación que ponen en manos de nuestra recién creada brigada de especialistas. Como la caguemos con esta, pensarán enseguida que ha sido todo una idea estúpida. Y entonces, a tomar por culo los ascensos y el suplemento de sueldo que conllevan, y seguro que acabamos patrullando las calles otra vez. O peor todavía, nos mandarán a regular el tráfico y a poner multas por exceso de velocidad al personal, multas de aparcamiento para el resto de nuestras míseras e insignificantes vidas.

Müller dejó caer la cabeza entre las manos.

—Corta el rollo ya, Werner. Dijo que tenía problemas familiares urgentes.

—Eso lo dijo también en Halle-Neustadt. ¿Se puede saber qué son esos problemas familiares? Seguro que has averiguado de qué se trata, antes de dejarlo que se escapara.

Müller hizo caso omiso de aquel comentario.

—¿Qué te apetece? Yo creo que voy a ser predecible y pedir el *Goldbroiler* con patatas fritas.

Tilsner dio un golpe encima de la mesa.

—¡Karin! ¿Me quieres decir qué le pasa?

—Chis —lo apuró ella con un chasquido de los labios mientras paseaba la vista por todo el restaurante, preocupada por si el resto de los comensales se fijaba en ellos y ponía el oído atento a la discusión—. A ti no te importa si le he pedido o no detalles de sus problemas familiares antes de dejarlo marchar. Y aunque me lo hubiera contado, con ese humor de perros que tienes hoy, nunca te desvelaría sus secretos. —Dejó el menú encima de la mesa con un demorado gesto que tenía algo de definitivo—. A ver, ¿qué vas a comer? ¿O nos olvidamos de esto y nos vamos derechos al hotel?

Tilsner frunció los labios y empezó a hojear el menú.

Lo cierto era que Müller no le había preguntado a Schmidt por el motivo exacto de sus problemas. Tenía que ver con su hijo Markus, que fue lo que le pasó también en Ha-Neu. Solo que esta vez la cosa tenía más urgencia, y había acudido a pedirle permiso a ella, como su superior, con más miedo en el cuerpo. Müller pensó que no estaría a lo que tenía que estar si se quedaba. Más les convendría ponerlo todo en manos de los de la Policía Científica de Hütte, o la de Frankfurt, por ahora, en caso de que les hiciera falta.

Además, aquel comentario de Robrecht Manshalle hacía unas horas en la planta siderúrgica la había descompuesto un poco. La homosexualidad, ya fuera masculina o femenina, le interesaba más bien poco. Sabía que, en lo tocante a sus gustos, ella era del todo heterosexual, pero la homosexualidad no era delito en la República Democrática Alemana, aunque a más de uno no le habría importado que sí lo fuera. He ahí otro ámbito en el que su pequeño país era más abierto de mente, y más justo también, que muchos otros al otro lado del Muro. Eso sí, por cómo Manshalle había hablado de Dominik Nadel, Müller creyó intuir un prejuicio y cierta estrechez de miras, y eso la desasosegaba.

No paraba de darle vueltas al tema, aguardando a que Tilsner decidiera por fin lo que iba a comer, cuando notó que su ayudante le daba con el pie por debajo de la mesa.

Ya iba a llamarlo a capítulo, cuando él se le adelantó.

—No mires, pero el rubito del otro día, tu guaperas, el del bar de Frankfurt, viene otra vez de visita. Sí que se mueven aquí, sí.

Müller hizo caso y no se dio la vuelta, limitándose a meter la mano en el bolso y sacar el estuche de maquillaje. Abrió la tapa, y lo puso de forma que pudiera ver la puerta de entrada en el reflejo. Justo en ese instante, entraba el agente de la Stasi, o el hombre que ellos creían que era agente de la Stasi y no les había quitado ojo de encima en el bar de Frankfurt.

¿A qué venía tan acusado interés? ¿Sería uno de aquellos agentes de la Stasi en Misión Especial contra los que Reiniger la había prevenido? Seguía observándolo con todo detalle, subrepticiamente, cuando notó que Tilsner le daba otro toquecito con el pie.

—Ya ves que tan guapo no es —susurró él—. Y ya sé lo que voy a pedir.

11

Al día siguiente.
Eisenhüttenstadt.

—Cualquiera diría que en este campo se celebraron en su día partidos de la *Oberliga*, y que hasta al Dynamo de Berlín le imponía respeto jugar aquí —dijo Tilsner.

—¿A qué te refieres con que cualquiera lo diría? —Ocupaban los asientos delanteros del Lada de Müller, aunque Tilsner estaba al volante. Habían dejado el coche del *Hauptmann* en el recinto de la Policía del Pueblo de Frankfurt. Fue él quien se decantó por un poco de lujo soviético, semilujo más bien, dejando atrás por un día el sentido práctico de la Alemania del Este que ofrecía el Wartburg—. No es que me importe mucho, claro está, a mí el fútbol no me interesa nada en absoluto. Pero ¿por qué dices que cualquiera lo diría?

—Tú mira todo esto. Un campo pequeño que está hecho una mierda, con barras de latón que hacen las veces de asientos… y solo dos filas, además. Tiene más pinta de campo de un equipo de pueblo.

Müller encogió los hombros con indiferencia y salió del coche. Había un agujero en la valla que circundaba el campo, y se veía que estaban en pleno entrenamiento.

Los gritos perforaban el aire de la mañana, mientras uno de los entrenadores lanzaba un balón detrás de otro a los jugadores, que salían con él pegado al pie, uno detrás de otro también, y regateaban lo que parecía ser una hilera de conos de plástico de señalización.

Cuando Tilsner la alcanzó, después de cerrar el coche, se dio cuenta de que, en el corto trayecto desde Frankfurt, todo habían sido teorías sobre el caso, y no habían hablado nada sobre qué estrategia iban a seguir en los interrogatorios esa mañana: si lo harían de forma individual, de modo que pasaran los jugadores y el personal del club de uno en uno, o en grupo. Tenía más sentido interrogarlos de uno en uno, por si había quien ocultaba algo.

—Quiero que estemos los dos presentes en cada interrogatorio —dijo Müller—. Si la que pregunto soy yo, tú te fijas en la actitud postural, y viceversa.

Andaban detrás, sobre todo, de los que habían jugado con Dominik Nadel, o de sus entrenadores. Cuando Nadel estaba en los juveniles, apuntó Tilsner, el primer equipo jugaba en la *Oberliga* de la República, la división de honor. Había por lo menos dos chicos, compañeros de Nadel en el filial, que habían fichado por clubes mayores y mejores. Pasaron lista a los nombres que les habían dado los de la Policía del Pueblo de la zona, de cuando pensaron que era un caso de desaparecidos, antes de que se convirtiera en la investigación de un asesinato. Uno jugaba en la actualidad en el equipo de Tilsner, el Dynamo de Berlín, en la capital del Estado.

—Pues a Berlín tengo que volver mañana —dijo Müller—, para ver a Helga y a los niños.

—¿Estarán bien, no? —dijo Tilsner.

—Los niños están bien. Ella está bien. Pero yo soy su madre, y ya llevo dos noches seguidas sin dormir en casa. No quiero que se olviden de mí.

—A ti no hay quien te olvide, Karin.

Müller respondió al sarcasmo de su ayudante con una sonrisa falsa.

—Pero qué persona más encantadora eres. En fin, ¿qué hay de los otros?

—Uno es un delantero centro con futuro, el Dynamo de Dresde puso la pasta encima de la mesa para ficharlo antes que nadie. O sea que o bien montamos otro viaje para ir al sur o a ese lo dejamos estar…, o nos ocupamos de él por teléfono.

—Por teléfono no quiero interrogarlo. Es fácil mentir al aparato. Un día u otro tendremos que ir a Hoyerswerda en algún momento de las investigaciones, eso seguro. Dresde no queda lejos. ¿Qué pasa con los que todavía están aquí?

Tilsner volvió a repasar la lista.

—¿Podríamos empezar por el número 1?

—¿A quién te refieres?

—Al portero. El que era el portero de los juveniles, pero que ha ascendido al primer equipo ahora.

—Vale, venga, vamos a llamarlo.

Karlheinz Pohl era un joven larguirucho que le sacaba la cabeza a Müller y al mismo Tilsner. La comandante señaló la silla al otro lado de la mesa que habían preparado para los interrogatorios en el bar del club, y el portero encajó su desgarbo allí con no poca dificultad.

—¿Cómo va la cosa? —preguntó Tilsner, para romper el hielo—. ¿Tenéis partido este fin de semana?

—Sí —respondió Pohl—. Jugamos fuera, en casa del BSG Chemie Wilhelm-Pieck-Stadt.

A Müller la sorprendió el tono atiplado de voz del muchacho, más cercano al registro de un niño. Aunque debía de tener dieciocho o diecinueve años, puede que hasta veinte. Era una voz que chocaba, también, con su masculinidad. Pese a ser alto, Müller le notó el cuerpo musculado; y el olor mentolado del linimento que acaban de aplicarle a los músculos especiaba el ambiente, unido al más reconocible aroma almizclado de un cuerpo masculino recién sudado.

—¿Así que eres de Guben? —preguntó Tilsner. Wilhelm Pieck, el primer presidente de Alemania del Este, era de Guben, aunque aquella parte de la ciudad quedaba ahora en territorio polaco. Müller sabía que el nombre de Pieck se lo habían añadido a Guben a principios de los años sesenta, con lo que la ciudad ostentaba ahora una denominación un tanto desmadejada: Wilhelm-Pieck-Stadt Guben. Solo los más papistas que el papa, que salían al quite a la primera de cambio con los mandamientos del Partido, se molestaban en decir el nombre completo.

—Eso es. Van los primeros en la liga. Aunque hay cierto descontento porque se rumorea que fichan a sus jugadores también al otro lado del río.

—¿Del Oder? —preguntó Müller.

—No, del Neisse. Pero desemboca en el Oder a los pocos kilómetros.

—¿Así que tienen jugadores polacos en el equipo? —preguntó Tilsner—. Eso no parece justo, ¿no?

—No. —Según lo dijo, se rio—. Nos quitan el mérito a nosotros.

—En fin, como te podrás imaginar no hemos venido a hablar de fútbol, o por lo menos, no solo de eso

—dijo Müller—. Nos interesa lo que nos puedas contar sobre Dominik Nadel, que creo que jugaba contigo aquí, en los juveniles.

Pohl asintió con la cabeza, impertérrito, al parecer.

—Ya les he contado a los de la Policía de aquí lo que sé, y no es mucho. Me caía bien Dom. Pero no todo el mundo pensaba lo mismo. Partió peras un poco con mucha gente del equipo.

—¿Por qué razón? —preguntó Tilsner.

Pohl dudó un momento antes de responder. Luego frunció el ceño.

—La verdad es que yo no soy quién para decirlo.

—Sí que lo eres, porque la pregunta te la hace la Policía. Y no somos la Policía de toda la vida. Somos más que eso: la Policía Criminal. Los *K*.

—Con los que hablé antes también eran de la *Kripo*.

—Ya lo sabemos —dijo Müller—. Pero es que ha cambiado el cariz de las investigaciones, porque se ha hallado el paradero de Dominik.

Al joven portero se le dibujó una expresión de alivio en el rostro.

—¿Lo han encontrado? Vaya, eso sí que son buenas noticias.

—Hum —suspiró Tilsner—. De buenas tienen poco para Dominik, o para sus padres. Lo han encontrado asesinado.

A Pohl se le puso la cara blanca en cuestión de segundos.

—Hostia.

«Una palabra que es mejor evitar en la República Democrática Alemana», pensó Müller. Le dio al joven unos segundos para que asimilara la noticia.

—A ver, Karlheinz. No hace falta que te diga que la

investigación toma a partir de ahora un carácter muy distinto. Por lo tanto, tienes que ponernos al día de lo que les contaste a los de la Policía de aquí, absolutamente todo. Y más cosas que no les hayas contado, si se te ocurre algo.

La imagen que emergió de Dominik Nadel fue la de un futbolista joven que lo daba todo en el campo y que, aunque tímido, al principio cayó bien a todo el mundo. Según Pohl, era un centrocampista con talento, aunque le faltaba todavía un poco de presencia física en el campo. El club tenía puesta la esperanza en que diera el estirón en un par de años. Pero pasó algo que empañó las relaciones entre Nadel y la directiva. Pohl no sabía muy bien qué era, o no quería decirlo.

—¿O sea que, así, de repente, casi de un día para otro, Dominik Nadel pasó de ser un jugador del equipo juvenil, querido por todos, a ser un paria? Y no tienes ni idea de por qué. ¿Es eso lo que nos estás contando?

—Sí, eso es.

Müller se dio cuenta de que el portero desviaba un instante la mirada a la izquierda, el típico gesto de cuando alguien no está diciendo la verdad.

—Por aquella fecha, o al poco tiempo, también pasó algo en el club, ¿no? —preguntó Müller.

—Se podría decir así, aunque eso sería quedarse corto.

—Bajasteis tres categorías por problemas con las cuentas —dijo Tilsner.

Pohl asintió.

—¿Hubo relación entre ambas cosas? —preguntó Müller.

—¿Entre qué cosas?

Tilsner soltó un demorado suspiro.

—No nos tomes por tontos, Karlheinz. La caída en desgracia de Dominik y el escándalo de los cobros ilegales. La camarada comandante, aquí presente, te ha preguntado que si guardan relación.

—Que yo sepa, no. —Vuelta a lanzar los ojos a la izquierda, notó Müller. Estaba convencida de que Pohl sabía mucho más de lo que daba a entender. Aunque, por ahora, no tenía pinta de que pudieran sonsacárselo a la fuerza.

—Vale, olvidémonos de eso por el momento —dijo—. ¿Qué nos puedes decir de Dominik como persona? ¿Tenía novia, que tú supieras?

El joven se puso un poco rojo.

—No.

—¿Y no te parece raro? —preguntó Tilsner—. Todo el mundo dice que era un chaval guapo.

Pohl encogió los hombros con indiferencia.

—Me parece que sí que sabes por qué no tenía novia, ¿a que sí, Karlheinz? —preguntó Müller.

El joven portero soltó un suspiro de resignación.

—Vale, mire, ya sé por qué lo pregunta. Pero no es algo que yo supiera, ni que sospechara, cuando estaba aquí. No es más que un rumor que ha empezado a correr a partir de su desaparición.

—Ya no está desaparecido. Te acabamos de decir que lo han encontrado. Asesinado.

Pohl ventiló la frustración echando el aire despacio por la nariz, y volvió a inspirar otra vez por ahí, con la boca cerrada en un frunce.

—Ya lo sé. Aunque ya veo adónde quieren ir a parar. Que era marica. Pero, como acabo de decir, yo solo lo sé de oídas. Y cuando estaba aquí, nadie iba diciendo eso de él. O, al menos, yo nunca se lo oí a nadie.

***

La historia se repetía con el resto de jugadores y entrenadores de la lista. A Müller le pareció que todos ocultaban algo. Ninguno sabía por qué Dominik Nadel y el club habían roto relaciones, ni qué motivo tendría nadie para matarlo.

Al último que interrogaron fue al entrenador de la cantera, quien se atuvo a la línea oficial seguida por todos. Solo que, al final del interrogatorio, según salían, Müller notó que algo le rozaba un costado, casi como si un carterista le metiera mano al bolsillo de la chaqueta. Tilsner iba delante de ella y ya ganaba el pasillo, así que no había sido él, eso saltaba a la vista. Se volvió para encarar al entrenador y él negó con la cabeza de forma casi imperceptible.

Müller pasó la mano sin que se notara mucho por encima del bolsillo de la chaqueta. Le habían metido algo dentro, un papel o un sobre. ¿Por qué? ¿Y a qué venía tanto secreto? A lo mejor el otro sospechaba que Tilsner podía ser un agente de la Stasi. Y si tales eran sus sospechas, puede que fueran bien encaminadas; aunque, respecto a Tilsner, todo era más complicado en realidad, y Müller nunca sabía de qué pie cojeaba su ayudante. Solo sabía que nunca la había dejado tirada.

También llegó a preguntarse si habría micrófonos ocultos en el bar y quizá el hombre pudiera saberlo. O cámaras. O ambas cosas. La presencia del agente de la Stasi que los seguía revelaba que esta mostraba un interés creciente por Müller y por el caso que los ocupaba. Un interés por el equipo de fútbol de la ciudad, eso también parecía fuera de toda duda.

12

Al día siguiente.
Strausberger Platz, Berlín Oriental.

Müller no sabía si la cosa iba a funcionar o no. A Helga se le notaba a la legua que no aprobaba lo que hacía su nieta; flotaba ese rechazo como una nube densa por todo el apartamento. Hasta los mellizos le hurtaban a su madre una mísera sonrisa.

—Lo siento, Helga. No pensaba estar fuera dos noches. Ya sé que no habíamos quedado en eso.

—Tu trabajo se complica a veces. Comprendo que los horarios no son como los de todo el mundo.

Mas, por mucho que dijera eso su abuela, Müller se sentía culpable, y notaba que, en parte, Helga le echaba en cara esa culpa, como si así quisiera asegurarse de que no volviera a ocurrir nada parecido. Sabía que Jannika y Johannes, con solo seis meses de edad, eran demasiado pequeños para no ver a su madre por las noches. También era verdad que Frankfurt quedaba solo a cien kilómetros de Berlín. Así que tendría que coger el coche para desplazarse hasta allí cada mañana y volver a dormir a casa por la noche; a no ser que se desencadenaran los acontecimientos.

A lo mejor el entrenador de fútbol podía ayudar a esto último.

La nota solo decía que quería verse con ella y hablar, pero que habría que esperar hasta dentro de tres días, después del partido decisivo contra Guben, y que tendría que ser en Neuzelle, un pueblo cercano a Hütte, en la carretera que llevaba al sur.

Notaba que le pedía el cuerpo un descanso en el apartamento nuevo, porque todavía no había disfrutado del entorno. Pero Emil había aprovechado su vuelta a Berlín para quedar con ella a tomar un café. Miedo le daba a Müller pensar lo que el padre de sus hijos fuera a decirle.

También notó lo cansada que estaba Helga. El subidón de adrenalina le había dado alas a aquella mujer que había vuelto a conocer algo parecido a la maternidad en la persona, nada menos, que de sus bisnietos; pero ahora que Müller había vuelto a casa, la anciana se vino abajo ante los ojos de su nieta. O sea que se llevaría con ella a los mellizos en el corto paseo hasta el Kino International, en cuyo bar, a sugerencia de él, había quedado con Emil.

A pesar de lo difícil que era la relación con él, eco no tan lejano de la que había tenido con Gottfried, Emil la recibió con verdadero afecto, y a Müller se le pasó un poco el miedo que le producía aquel encuentro.

—¿Qué tal se han portado? —preguntó él, sin despegar la mirada de los mellizos, dormidos en el carrito que Müller había subido en el ascensor—. Tienen buen aspecto los dos.

—Están bien. Todos nos vamos asentando, aunque

este caso en el que trabajo me obliga a desplazarme a Eisenhüttenstadt y eso me aparta de ellos más de lo que yo querría. Y tú también te has apartado más de lo que yo querría. Quiero que seas parte de su vida…, que lo seas de la mía también. Como tenemos ahora tanto espacio en el piso nuevo, me encantaría que te vinieras a vivir otra vez con nosotros. Helga tiene ahora su propio cuarto y estamos mucho mejor. Hasta le he comprado una televisión de segunda mano… Y ya no tiene que estar todo el rato en el salón.

Emil sonrió. «Con la sonrisa, se le ilumina la cara. Vuelve a ser el hombre del que me enamoré el año pasado en Ha-Neu. Sentiría horrores perderlo», pensó Müller.

—Yo también lo he estado pensando, y me gustaría que lo intentáramos otra vez, si tú quieres.

A Müller le dio un vuelco el corazón. «Pues claro que quiero intentarlo». Se inclinó sobre él, acercó la cara de Emil a la suya y lo besó en plena boca. Vio que el camarero, en la barra, hacía una mueca de desaprobación. No le importó.

Müller vivía feliz sin saber nada de fútbol. Pero era consciente de que sobre el equipo de Tilsner, el Dynamo de Berlín, caían acusaciones de que su principal benefactor, Erich Mielke, el director de la Stasi, había intervenido para debilitar a su gran rival, el Dynamo de Dresde. Supuestamente, había obligado a este último a vender jugadores al equipo berlinés.

Sabía que para interrogar a Florian Voigt, el joven lateral que había jugado con Dominik Nadel en los juveniles del Eisenhüttenstadt, y que rayaba ahora a gran altura en el empeño del Dynamo de Berlín de arrebatarle el título al de Dresde, no tendría más remedio que volver a Hohenschönhausen, donde Gottfried estuvo preso en la cárcel de la Stasi. Afortunadamente, el campo del Dynamo, el Sportforum de Berlín, no quedaba dentro del recinto de la Stasi, de lo contrario, no creía que le hubieran dado permiso para verse con Voigt.

El permiso lo tenía. Y ojalá que, después de aquel encuentro, Tilsner y ella abrieran por fin brecha en la investigación del caso.

Lo que primero que le llamó la atención de Voigt fue que era bajito. Bajito y nervudo, con el pelo tieso, para ir a juego. Es posible que los comentaristas deportivos lo describieran como un jugador diminuto. Era también muy nervioso, y Müller se dio cuenta de ello enseguida. Puede que fuera solo cosa de la edad. Porque parecía adolescente. Aunque tenía que estar acostumbrado a jugar delante de mucho público cada semana. ¿Eso no lo había curado de los nervios?

¿No sería que escondía algo?

Estaba segura de que alguien que había jugado en el equipo juvenil del BSG Stahl tenía algo que esconder.

Voigt no quiso sentarse cuando ella le ofreció la silla que le habían dejado en el vestuario para hablar con él. Dijo que prefería dar un paseo alrededor del terreno de juego.

—Allí estaré menos nervioso —afirmó, a modo de explicación.

En cuanto salieron al campo, le pidió perdón.

—Discúlpeme. No quiero que piense que es por falta de ganas de cooperar. Es solo que…, en fin, aquí tenemos más intimidad. Al estar al aire libre. Seguro que sabe a qué me refiero.

—¿A que a lo mejor alguien podía estar escuchando la conversación en el otro sitio?

El joven se detuvo y la miró a los ojos.

—Seguro que sabe quién lleva extraoficialmente este equipo, ¿a que sí?

Müller asintió con la cabeza.

—Bueno, pues ya he respondido a su pregunta. Una cosa más, si quiere usted que hable, esta conversación tiene que ser estrictamente confidencial.

Müller frunció el ceño.

—¿Cómo que confidencial? Soy policía, Florian. No periodista. No esperes que nada sea confidencial conmigo.

—Pues esas son las condiciones.

Esta vez, fue Müller la que se paró en seco.

—Mira, no sé qué películas estadounidenses de detectives habrás visto en la televisión occidental. Pero en la República Democrática Alemana las cosas no se hacen así. —Vio cómo las comisuras de la boca de Voigt dibujaban una curva de fastidio—. No obstante… —Levantó los brazos—. No es fácil tomar notas mientras vamos caminando. Y no llevo grabadora encima, aunque no pienso dejar que me cachees. —Le sonrió al chico—. Hasta ahí puedo llegar en lo confidencial.

—Vale, pero lo que le voy a contar no lo puede hacer público. Ni ser utilizado en mi contra.

Müller arrugó el ceño.

—¿Que no se haga público? Bien, te doy mi palabra. Y lo de utilizarlo contra ti, no tienes nada que temer al respecto si no has cometido ningún delito. A ver, dime, ¿has cometido algún delito?

El joven futbolista tardó unos segundos en responder, y lo que hizo fue seguir caminando alrededor del terreno de juego e indicarle a Müller que lo siguiera. En un extremo del campo, un portero se tiraba a ambos lados para atrapar los balones que un entrenador lanzaba a portería. Pero estaban muy lejos y no les llegaría la conversación; no había nadie más a la vista. Aun así, Voigt dirigió una mirada furtiva a las cuatro esquinas del campo antes de abrir la boca otra vez.

—¿Sabe usted que Dominik era homosexual?

—Sí —asintió Müller.

El joven futbolista alzó las cejas.

—Ah, pues entonces no creo que yo vaya a decirle gran cosa que usted no sepa ya.

—¿Por eso le hicieron el vacío en el BSG?

Voigt negó vehementemente con la cabeza.

—No, no. Hasta donde yo sé, nadie allí estaba al tanto. Créame usted si le digo que eso es algo que uno no va anunciando por ahí cuando está en un equipo de fútbol.

—Y entonces, ¿tú cómo lo sabes?

Voigt volvió a asegurarse de que nadie lo oía ni lo veía antes de responder.

—¿Cómo cree usted que lo sé?

Müller cayó de repente en la cuenta.

—Exacto. Por eso no quería hablar en el vestuario.

—¿Y qué erais, amantes?

—No, no. No diga chorradas. Dominik podría haber estado con quien él hubiera querido. Alguien como yo no habría despertado en él el más mínimo interés. Era un chico guapo, y prefería a los chicos guapos.

—¿Y entonces, cómo te enteraste?

Habían llegado al extremo del campo en el que se

entrenaba el portero. Voigt bajó la voz todavía más al responder, para que no lo oyeran ni el entrenador ni el guardameta.

—¿Sabe usted que a Dom le gustaban mucho las motos?

Müller dijo que sí con la cabeza.

—Pues, digamos que a la panda con la que paraba no la unía solo las motos. Salían por las motos... y un poco también para pasárselo bien. Para pasárselo bien de hombre a hombre, no sé si me explico.

—¿Cómo sabes tú eso?

Voigt soltó un suspiro.

—Vale, muy bien, esto también es un poco chungo. Y un mucho confidencial. —Se detuvo, buscó en la expresión de Müller alguna señal.

Ella suspiró largo y tendido.

—Vale, vale. Confidencial.

—Pues es que cuando dije antes que no había cometido ningún delito, no fui del todo sincero con usted.

—Ándate con ojo, Florian —lo previno Müller—. Ya dejé claro que el trato solo se aplicaba si no había delito alguno por medio.

—Es un delito de poca monta.

—¿Cuál?

—Fumar droga. Costo.

—Vale.

—¿El qué vale?

—Pues que vale, que no me interesa el tema del costo a un nivel de consumo. Lo cual no quiere decir que a mis colegas no les interese. Tú asegúrate de que no te pillamos con nada y ya está. Ahora, a ver, ¿esto qué tiene que ver con Dominik Nadel? Y ¿atañe en algo a su asesinato?

El joven futbolista se detuvo en el sitio y miró a la detective a la cara.

—¿Asesinato? ¡Ay, Dios! Yo creía que había desaparecido, pero esto es horrible. Cuánto lo siento. Me caía bien Dom. Le tenía mucha ley.

Müller inhaló despacio una bocanada de aire. Ya habían dado casi toda la vuelta al campo andando, pero algo le decía que Voigt todavía no había reunido fuerzas para contarle lo que más ganas tenía de contarle.

—Venga, Florian, no me dejes en ascuas. Ya te he dicho que esto es confidencial. ¿Adónde quieres ir a parar?

—La panda de moteros que tenían paraba en un club, a las afueras de Frankfurt.

Müller ya estaba al tanto de ello, como no podía ser de otra manera. Pero no quería que Voigt dejara de hablar para ver si revelaba más información.

—¿Y tú qué hacías allí?

—Me parece que ya se lo he dejado claro, ¿no? Pero yo no era de la panda de moteros. Solo los veía por allí. Y allí veía a Dominik.

—¿Sabes cómo se llama la panda de motociclistas?

El futbolista negó con la cabeza.

—No. Pero le puedo dar el nombre de algunos miembros…, solo que no deberá mencionar mi nombre en ningún momento, y se olvidará de lo que le he contado del costo. También le puedo decir dónde está ese club. Los domingos por la tarde están casi siempre allí.

13

Seis meses antes.
Pankow, Berlín Oriental.

Para cuando queremos volver a Pankow, al apartamento de mis padres, se ha hecho tarde. Me da vueltas la cabeza, del costo. Y del beso. Aunque me ha dolido la frialdad que ha mostrado Jan luego en el club. Se ha pasado el resto de la tarde flirteando con los otros. Me he dado cuenta de que yo no quiero eso. Lo quiero solo para mí.

El viaje de vuelta me sube el ánimo, eso sí. Estaba preocupado por si decidía llevar de paquete a otro. No era el único allí que no tenía moto. Los había que estaban en la misma situación que yo, gente que llegó al club haciendo autostop. Me abrazo a él con fuerza en el camino de regreso, aunque ahora no pone la mano encima de la mía.

Al llegar a casa de mis padres, me bajo de la moto. Parece que va a salir disparado, pero luego se baja él también, calza la moto con la patilla lateral y se quita el casco.

—¿Vas a entrar? —pregunto, con voz de alarma. Porque me parece que a mis padres no les iba a hacer mucha gracia.

—No, no te preocupes, Markus, pequeñuelo. —Da un paso hasta mí, me desabrocha con ternura el barboquejo y me quita el casco—. Qué malotes que hemos sido hoy, ¿verdad?

Digo que sí con la cabeza y me asusta un poco el tono que emplea. También me asusta lo cerca que está de mí, a la puerta misma de nuestro bloque de apartamentos. Podría vernos alguien.

—¿Te gusta ser malote, Markus, pequeño? —Me agarra más abajo de la espalda y tira de mí. Noto su entrepierna contra la mía, igual que en el club, y veo cómo agacha la cabeza, buscando un beso. Pero justo en el último momento, me suelta y se echa a reír.

—¿Pensabas que te iba a besar, eh? Solo quería comprobar que no te huele el aliento a costo. —Me pone algo en la palma de la mano y luego me cierra él mismo los dedos. Miro y es un paquete de caramelos de menta.

—Échate uno ahora mismo a esa boquita tan linda que tienes, Markus. No vaya a ser que tu papá, el policía, se entere de lo que vas haciendo por ahí. —Nada más decirlo, busca con la mirada y con toda intención las ventanas de nuestro apartamento. Descubro, horrorizado, que las cortinas han estado abiertas hasta ese preciso instante, y que alguien las acaba de echar.

Alguien que nos ha estado observando.

Jan se ha dado cuenta también.

—Espero que hayan disfrutado del espectáculo —dice, y se echa a reír.

Abro con mi llave, tengo la vana esperanza de que lo de la cortina haya sido solo imaginación mía. Nada más entrar en el salón, veo que mi padre me está esperando, que la mirada con la que me fulmina atraviesa los cristales de sus gafas de culo de vaso, igual de gruesos que los míos.

—Métete… ahí… ahora… mismo. —Las palabras le salen en un susurro, cada una cae como una amenaza mientras no deja de señalar mi cuarto. Entro en mi habitación y cierra la puerta a su espalda.

—Lo he visto todo —dice, con idéntica y despiadada voz.

—¿A qué te refieres? —Tengo que echarle cara, convencerlo de que se equivoca.

—Te has besado… con ese… —No se atreve ni a decirlo.

—No sé qué es lo que te crees que has visto. Pero te equivocas, padre. Jan no hacía más que quitarme el casco.

Veo en sus ojos cómo lo asalta la duda. A lo mejor, con un poco de suerte, todavía pueda convencerlo.

—No quiero que vuelvas a verlo.

—¡¿Cómo?! Es amigo mío. No hemos hecho nada malo. Estás sacando tus propias conclusiones y no llevas razón.

Mi padre levanta la mano, como dándome el alto.

—Se acabó, Markus. A mí no me sale así ningún hijo mío. Te prohíbo que lo veas. Y no hay más que hablar. Tal y como lo oyes. —Le flaquea la voz de la ira que siente. Nunca antes lo había visto así. Se me llenan los ojos de lágrimas.

Sigue un momento allí, mirándome como si yo fuera una caca de perro, gira sobre los talones y sale por la puerta, que cierra de un portazo.

Me dejo caer de bruces en la cama. Meto la cabeza debajo de la almohada. No quiero pelearme con mi padre. Pero no pienso ceder a sus deseos. Volveré a ver a Jan si me da la gana…, y me da, vaya si me da.

Cojo la almohada y me la pongo debajo, todo lo larga que es. Y luego hago como si fuera Jan, que me consuela, y me aprieto bien contra ella.

14

Seis meses más tarde (septiembre de 1976).
Strausberger Platz, Berlín Oriental.

Tenía a Emil otra vez en la cama. Müller se había abrazado a él en el sofá, pero no hizo falta que se esforzara en excitarlo. Ya estaba él solito a cien. En cuanto entraron en el dormitorio, por fin solos, le desgarró la ropa con las manos, literalmente: le hizo trizas las braguitas. Ella ya estaba excitada, pero al oír cómo se rasgaba aquel tejido, una tela occidental muy cara, el último par que había rescatado del viaje al otro lado del Muro que hizo con Tilsner hacía dieciocho meses, en fin, eso la puso todavía más a punto.

De repente, sonó el timbre de la puerta. Lo pulsaban una y otra vez, con urgencia. Emil, turbado en el frenesí del momento, no tenía ninguna gana de prestar atención a la llamada aquella. Pero Müller sabía que no podía hacer caso omiso. Se escurrió de entre sus brazos, salió de la cama y buscó la bata.

Helga ya se había levantado y atendía al telefonillo.

Le pasó el auricular a Müller.

Ella lo tapó antes de decir con un susurro:

—Lo siento, Helga. Ya me encargo yo, tú vuélvete a la cama.

—De todas formas, no me podía dormir —dijo su abuela, y volvió a su cuarto arrastrando los pies. Creyó percibir cierto tono acusatorio en cómo lo dijo.

Müller centró la atención en el telefonillo.

—¿Es usted, camarada comandante? —Le sonaba aquella voz, pero como tenía la mente en otra parte, no acababa de ubicarla.

—Por favor, ¿quién es?

—¡Camarada comandante! Gracias a Dios. Soy Jonas. El *Kriminaltechniker* Jonas Schmidt. Me tiene usted que ayudar. Por favor.

—Cálmate, Jonas. ¿Tan urgente es que tienes que venir a estas horas de la noche? —Miró el reloj. Era ya de madrugada…, la una casi.

—Es Markus, mi hijo. Ha desaparecido.

Schmidt estaba hecho unos zorros, saltaba a la vista su deplorable aspecto hasta a la escasa luz que daban las farolas de la calle. Tenía a medio abotonar la camisa, el pelo grasiento, enmarañado, y una mirada de loco que no logaban amortiguar las gruesas gafas.

—No sé qué hacer —dijo entre sollozos—. Es que no sé qué hacer.

Müller le puso con suavidad una mano en el hombro.

—¿Puedes conducir?

—Sí, creo que sí. He venido en coche. ¿Por qué? ¿Adónde vamos?

—De vuelta a tu apartamento. Una vez allí, pasaremos revista a los hechos y veremos cuál es la forma más lógica de proceder.

—Pero allí no está. Sé bien que allí no está.

—Ya, Jonas, pero Markus no es un niño de teta. Casi es un hombre ya. Tiene dieciocho años, ¿no?

Schmidt dijo que sí con un cabeceo abatido.

—Vale, pues entonces, la experiencia me dice que, cuando se trata de chicos de esa edad, en realidad no han desaparecido. Suele pasar que se quedan en casa de los amigos... o de las amigas.

Schmidt negó con vehemencia.

—No, no. Usted no lo entiende. Es que... discutimos. Tuvimos una riña muy fuerte. Dijo que no quería volver a verme.

Müller le puso a Schmidt las manos en los hombros.

—Muchas cosas que se dicen en el calor del momento luego se olvidan al día siguiente. Vamos a tu casa, hablamos con tu mujer y analizamos cuáles han sido los últimos movimientos de Markus. Seguro que sacamos por deducción dónde está, y entonces podéis hacer los dos las paces.

—A ver, ¿cuándo fue la última vez que lo viste?

Müller insistió en que Schmidt y su mujer tenían que sentarse en el sofá, que ella les haría un café. El de la Policía Científica ya no daba más de sí y, en ese estado, cualquier información que aportase seguro que no valdría de mucho.

—Hace dos días.

—¿Dos días?

Schmidt dijo que sí con la cabeza.

—Por eso me tuve que volver de Eisenhüttenstadt. Nos habíamos peleado otra vez.

—¿Cómo que otra vez?

—Empezó todo el año pasado, cuando estábamos

investigando el caso de los bebés desaparecidos en Halle-Neustadt. Por eso me alegré de que redujeran la brigada a mínimos y me permitieran volver a Berlín.

Frau Schmidt se subía la bata hasta la barbilla, bien ajustada, y asentía con la cabeza.

—Se metían con él en el colegio, lo acosaban. Volvía muchos días a casa con las gafas rotas porque se había peleado con unos o con otros.

—¿Seguro que era acoso? ¿No sería él el que empezaba las peleas?

Schmidt negó con la cabeza.

—Markus no es de los que se enzarzan en peleas, camarada comandante.

—Vale, así que lo acosaban, pero de eso hace meses —dijo Müller—. ¿Cambió algo o fue a peor la cosa?

—Pues… —respondió Frau Schmidt—. Yo al principio estaba a gusto con el cambio. Había encontrado un amigo nuevo con el que salía los fines de semana. Se lo veía de repente más feliz, más lleno de vida.

—¿Pero eso no duró mucho? —apuntó Müller.

—Jonas, ¿haces el favor de explicarle? —Lo dijo con cierto tono acusatorio en la voz, como si le echara la culpa a su marido de algo.

Jonas Schmidt se tapó la cara con ambas manos, apretó fuerte y las fue bajando despacio. A todas luces, le dolía hablar de aquello.

—Markus y yo siempre hemos tenido una relación muy próxima —dijo con un suspiro—. Tenía la esperanza de que siguiera mis pasos e hiciera carrera como policía en la Científica.

—Le metías mucha presión con las notas del colegio —dijo su mujer.

—Puede —reconoció Schmidt encogiéndose de hombros—. Si es así, lo siento. Yo solo quería lo mejor para él. Haría cualquier cosa por ese chico, y tú lo sabes, Hanne.

Hanne Schmidt no dijo nada, solo lo fulminó con la mirada.

—¿Y fue eso, una discusión por las notas del colegio? —preguntó Müller.

—No…, bueno, sí, pero no solo por eso. Antes sí. Yo ya me había resignado, a lo del colegio. No digo que no ponga de su parte. Es inteligente, ya lo sé, pero no hace nada por lucir el expediente académico, si sabe a qué me refiero. —Müller vio en los ojos de Schmidt una mirada de súplica. Su mujer le puso en la mano el café que había hecho Müller y lo animó a que bebiera.

—Lo comprendo —dijo Müller—. Pero esta riña, las últimas riñas, ¿fueron por eso?

—No…, fue…, fue por algo más personal.

Müller soltó un suspiro.

—Jonas, haré lo que esté en mi mano para encontrar a tu hijo, aunque la experiencia me dice que al final acaban volviendo solos. Pero lo haré solo si no me ocultas nada y eres franco conmigo. ¿Lo entiendes?

Schmidt le dio un trago largo al café.

—La amistad que tenía con ese chico que lo protegía del acoso, Jan, Jan Winkler, pues no me hacía ninguna gracia.

—¿Por qué no? —preguntó Müller. Empezaba a ponerse un poco nerviosa al intuir lo que Schmidt estaba a punto de contarle.

—Me parecía que no era sana. Dos chicos, en una relación así… —Schmidt la miró con una expresión que no hacía falta verbalizar. No le arrancarían la palabra en cuestión, jamás diría que su hijo era uno de ellos, pero

121

Müller comprendió todo el alcance de lo que le quería decir. Como el caso de Dominik Nadel, otra vez la misma historia.

—Y ¿os peleasteis por eso?

Schmidt le daba vueltas a la taza en las manos, vueltas y más vueltas.

—Tuvimos un enfrentamiento bastante serio. Hará como seis meses. Este chico, Jan, acababa de traerlo a casa y lo dejó a la puerta. Me pareció verlos besándose.

Hanne Schmidt le recriminó su actitud.

—¿Cómo pudiste acusarlo sin estar seguro?

Schmidt dejó caer, apesadumbrado, la cabeza.

—Yo solo quería lo mejor para él, pensé que lo estaba protegiendo, ni más ni menos. Pero, bueno, él lo negó todo. Dijo que el chico lo estaba ayudando a quitarse no sé qué, que por eso estaban tan juntos. Pensé que se le pasaría.

—¿Le pediste perdón? —preguntó Müller.

—¿Cómo?

—¿Le dijiste que lo sentías?

—No, ya le he dicho, pensé que no hacía falta, que ya se le pasaría.

La mujer soltó otro suspiro.

—Pero no se le pasó. Y al día siguiente fue la primera vez que se escapó.

Müller lanzó al aire las manos, desesperada.

—¡Jonas! O sea que ya lo ha hecho más veces. Y ha vuelto. ¿Por qué no me lo dijiste antes? ¿Por qué crees que esta vez es diferente?

Schmidt negó con la cabeza.

—Lo sé y punto. Le ha pasado algo. Nunca ha estado tanto tiempo fuera de casa. Se ha metido en un lío, bien sé que sí.

—Todo eso está muy bien, Jonas —dijo la mujer—. Pero la camarada *Oberleutnant* Müller...

—Comandante —dijo Schmidt—. A la camarada Müller la han ascendido, ya te lo dije, *Liebling*.

—Huy, usted perdóneme, cam...

—No tiene importancia, Frau Schmidt. De verdad. Con que me llame Karin me vale. Llámeme Karin, así, sin más.

—Lo que le iba a decir a mi marido, Karin, es que necesita usted ir al meollo de la cuestión, que lo que le hacen falta son datos para ayudarnos a encontrar a Markus.

Müller dijo que sí con la cabeza.

—Me parece que tienen que echarle un vistazo a ese club al que solían ir.

—¡Hanne! —la previno Schmidt.

—¿Qué pasa? Tiene que saberlo, si no, no lo vamos a encontrar. Solían ir a un club los domingos por la tarde. Encontré una entrada en el bolsillo de Markus, un día que le estaba lavando la ropa. Cuando quise hablar de ello con él, se cerró en banda. Y a veces, cuando volvían, olía a...

—¡Hanne, no! No es más que un chisme. No quiero ni que lo menciones...

—A marihuana —dijo su mujer con aciago poder de decisión.

Schmidt soltó un suspiro que denotaba enfado.

—Estoy segura de que era eso —siguió diciendo Hanne.

—Y ¿dónde estaba ese club? —preguntó Müller. Aunque ya había hecho ella sola la deducción: y la llevaba al caso de Dominik Nadel. Se le heló la sangre en las venas. Era un salto muy grande, una casualidad tremenda, aunque estaba segura de que tenía que ser el mismo club.

—En Frankfurt. Frankfurt Oder, claro está.

Müller quiso poner cara de circunstancias. Luego volvió mentalmente a algo que Schmidt le había dicho antes. «Este chico, Jan, acababa de traerlo a casa y lo dejó a la puerta». En coche, supuso Müller. Pero ahora sabía en qué había sido.

Una vez más, sobraba la pregunta que iba a hacer. Pero la hizo, para asegurarse.

—Y ¿cómo iban de aquí a Frankfurt O?

—Winkler tenía moto. Se la compraría su padre, posiblemente —escupió Schmidt—. Luego, Markus se puso a ahorrar y también se compró una. Aunque no sé cómo logró reunir tanto dinero con la paga que le dábamos, ni cómo se saltó la lista de espera. Se lo podría decir Winkler, a lo mejor. Aunque ahí yo iría con pies de plomo.

Müller frunció el ceño.

—¿Por qué lo dices?

—Por su padre. Es un alto cargo —dijo Frau Schmidt sin poder disimular el tono de desprecio.

—¿Un alto cargo de qué? —preguntó Müller.

Schmidt le tomó el relevo a su mujer.

—Nunca lo hemos sabido con certeza. Pero o lo es del Gobierno, o del Partido o…

El de la Policía Científica no acabó la frase. No hacía falta. Müller sabía a qué se refería.

Del Gobierno.

Del Partido.

O de la Stasi.

15

Domingo.
Pankow, Berlín Oriental.

Müller barajó la posibilidad de llevar a Winkler a comisaría para interrogarlo, por mucho que la previnieran los Schmidt. De hacerlo, no sería en relación con Markus Schmidt, quien estaba segura de que volvería a casa sano y salvo; sino para averiguar si tenía algo que ver con Dominik Nadel. No en vano, esa era la principal investigación que ocupaba en aquellos momentos su tiempo y el de su segundo de a bordo. Aunque pensó que quizá obtendría más resultados si se acercara al joven de manera más sutil; así también sería menos probable que el padre utilizara su influencia para interferir en la investigación. Entretanto, convenció a Jonas y a su mujer de que lo mejor que podían hacer por la causa era dormir un poco. Müller se aplicó a sí misma el cuento, aunque no llegó a Strausberger Platz hasta las tres de la mañana, después de pasarse por la comisaría de Keibelstrasse para dar la alerta por la desaparición de Markus.

Intentó hacer el menor ruido posible al entrar en el apartamento, con la esperanza de no despertar a los mellizos, a su abuela ni a Emil. Pero su pareja salió del dormitorio con la mirada borrosa.

—Perdona, no quería despertarte.

Emil esbozó una sonrisa.

—No pasa nada, cariño. —Él le posó un beso leve en los labios y Müller se emocionó tanto que tuvo que tragarse las lágrimas. Era un hombre encantador. Era el padre de sus maravillosos hijos. Y ella quería que lo suyo saliera bien—. ¿Quieres que te haga un café, o algo?

—No, pero muchísimas gracias. Anda, vuélvete a la cama, que estaré contigo en un minuto.

Creía que Emil pondría el grito en el cielo por aquella interrupción de su primer fin de semana en el piso nuevo. Pero, al parecer, estaba encantado de pasar tiempo con los mellizos y darle su toque personal al apartamento, para lo que trajo sus cosas del piso que le había proporcionado el hospital.

Tampoco pasarían el domingo juntos, porque ella tenía que resolver un asunto en el trabajo esa misma tarde. Con ese fin, había mandado recado a Tilsner por radio, conminándolo a que dejara lo que tuviera entre manos en Eisenhüttenstadt y volviera en el acto a la capital del Estado.

—Estás que te rompes de guapo con esa ropa. —Müller miraba con ojos de admiración a Tilsner, ataviado con su uniforme de motociclista, de cuero negro, y un casco parecido al que tuvieron que ponerse para entrar a la planta siderúrgica de Hütte.

—Hum. Espero que en la Policía del Pueblo tengan

mis papeles del seguro al día. Yo, encantado de montar en moto, pero siempre es mejor ir sobre cuatro ruedas que sobre dos, y el tiempo tiene muy mala pinta.

Negros nubarrones iban cubriendo el cielo de la capital del Estado. Se les echaba encima octubre, pero Müller sabía que, por mucha nube que hubiera en el cielo, el parte meteorológico no anunciaba lluvia. Como mucho, algún chaparrón o un poco de llovizna a intervalos irregulares. Nada que fuera a disuadir a Jan Winkler y a sus amigos a la hora de coger la moto y acudir, como siempre, a su punto de encuentro en la frontera este del país.

Tilsner dio unos acelerones con el puño y la moto respondió con un rugido profundo. Echando mano de los privilegios que tenía a su alcance gracias a su nuevo cargo, Müller se las había apañado para sacarle un modelo muy potente del parque móvil de la Policía. Insistió en que fuera una moto sin distintivos, de las que empleaban en labores de vigilancia y seguimiento. Y distintivo no tenía ninguno, pero sí una radio de la Policía disimulada en el casco. Era una MZ ETS Trophy Sport, con un motor de 250 centímetros cúbicos que le permitía ponerse a ciento treinta kilómetros por hora; muy solicitada en el Occidente capitalista, y también en los países socialistas aliados, lo que aportaba divisas a la República Democrática Alemana, nunca sobrada de ellas.

Tilsner la sorprendió con la mirada clavada en el indicador de velocidad.

—Ya sé qué estás pensando. Pero no voy a ir muy rápido, te lo aseguro. Por lo que dice Jonas, estos adolescentes montan máquinas mucho menos potentes, ciclomotores y algún escúter, poco más. —Volvió a elevar la vista al cielo y luego se bajó la visera del casco, con lo que Müller apenas pudo discernir sus palabras—: Lo importante es que no llueva. Y si llueve, tendrás que recogerme en pedacitos de la superficie del asfalto; a mí, y a esta —le dio un golpe a la moto en el depósito del combustible con énfasis.

Sabían más o menos qué ruta iban a seguir los moteros, con Winkler a la cabeza. No esperaban encontrar entre ellos a Markus Schmidt, porque, según parecía, había reñido con Winkler y ya no salía con el grupo en sus escapadas de fin de semana; todo eso, según sus padres.

A Müller le impresionó la casa de los Winkler. Aunque cabía esperarlo, teniendo en cuenta lo que los Schmidt le habían contado del padre. Era una casita que ocupaba su propia parcela en una calle jalonada de árboles. Algo poco común en el centro de Berlín, donde estaban a la orden del día los apartamentos; ya fueran de tipo histórico, como el antiguo de Müller en Schönhauser Allee, o los nuevos *Plattenbauten* diseñados para las zonas residenciales, tipo Marzahn.

Los adolescentes fueron llegando con las motos a la puerta de la casa de Winkler y se pusieron a dar vueltas. Casi parecían caballos de carreras, como las que echaban en las cadenas de la televisión occidental y que hacían las delicias de Gottfried: el juez de salida los alineaba hasta formar una hilera más o menos recta, antes de que alzaran la cinta. Aquí, el juez de salida era el propio Winkler, que también participaba en la carrera.

Müller había planeado con Tilsner la estrategia que iban a poner en práctica. Ella los seguiría en el Lada, para no levantar sospechas. Tilsner iría detrás de ella, pero cuando pillaran caravana —y sabían que habría mucho tráfico—, la moto tomaría el relevo en el seguimiento. Tenían la dirección del club que les había dado Voigt, pero Müller quería saber si se uniría a la banda algún miembro en el camino. Moteros que pudieran llevarles hasta Markus Schmidt y, lo que era más importante, al asesino de Dominik Nadel.

Müller vio enseguida que se iba a quedar rezagada. Aunque el Lada era más rápido que las motos del convoy, tan rápido que le podría echar una carrera a la de gran cilindrada que montaba Tilsner, no se abría paso entre el tráfico igual que los vehículos de dos ruedas. Cuando los perdió, decidió que le convenía más tomar la autopista hasta Frankfurt, mejor que las *Fernverkehrsstrassen* 1 y 5, las principales carreteras de dos sentidos. Sí que era cierto que la autopista daba más rodeo para llegar a Frankfurt, pero pisando a tope el acelerador del Lada a lo mejor llegaba antes. Si iba por el otro camino, nunca los alcanzaría.

El viejo edificio que albergaba el club estaba en una zona industrial venida a menos, a un lado de la carretera 112, nexo de comunicación entre Frankfurt y Eisenhüttenstadt, a orillas del canal Oder-Spree, una vía de agua que comunicaba el río Oder con Berlín.

Müller aparcó a la sombra de un edificio cercano, desde donde veía bien la entrada del club.

Sin duda alguna, con el desvío por la autopista había ganado tiempo, porque Winkler y su banda tardaron todavía al menos diez minutos en llegar, entre una cacofonía de ruidos metálicos. Hubo moteros que empezaron a dar vueltas por la explanada sin asfaltar que había delante del club, tomando las curvas con una inclinación muy parecida a como hacían los motociclistas en los circuitos de competición.

Segundos después de que llegara el convoy, vio con el rabillo del ojo que la moto de Tilsner pasaba por la puerta del club. Haría un cambio de sentido y se reuniría con ella en cuanto no quedara nadie de la banda fuera del local.

—¿Se puede saber exactamente qué buscamos con esto? —preguntó cuando estaban los dos en su escondrijo, un cobertizo abandonado que quedaba a un lado del edificio. Desde allí vigilaban por una ventana rota, entre montones de mierda y sacos vacíos por el suelo. Para fastidio de Tilsner, Müller se había tapado con unos sacos para pasar desapercibida y le pedía por señas que la imitara.

—¿Qué otra cosa podíamos hacer?

—Pues muchas. Como dejarme a mí que llevara a comisaría al tal Winkler para meterle el miedo en el cuerpo. A ver si así cantaba.

—Prefiero no recurrir a eso todavía. Quiero darle todo el tiempo que pueda y apurarlo al máximo. —Müller también quería saber qué puesto ocupaba el padre de Winkler, antes de hacer nada que pudiera ponerlo nervioso; a él, o a su hijo. Si lograban reunir pruebas delictivas que incriminaran al chico, eso les daría más margen de actuación en las investigaciones—. ¿Averiguaste algo en el camino?

—¿Te refieres a algo más, aparte de comprobar en mis propias carnes que un viaje en moto de más de cien kilómetros es incómodo como la madre que lo parió? Pues no. —Tilsner recalcó aquellas palabras negando con la cabeza. Luego remató—: Ni un poquito. ¿Y tú?

Müller soltó un suspiro y dijo que no con la cabeza. Puede que su segundo de a bordo tuviera razón. Puede que estuvieran perdiendo el tiempo.

—¿Por qué no montamos una redada y ponemos el garito patas arriba? —sugirió Tilsner—. Sabemos que ahí dentro hay consumo de drogas.

—Cannabis nada más.

—Pero es ilegal, ¿o no?

Tilsner dejó de lamentar el tiempo que estaban perdiendo cuando Winkler salió del club con otro joven.

—¿Qué se traen entre manos esos dos? —dijo el *Hauptmann*.

Estaban trapicheando. Winkler le dio algo al adolescente más bajito y, a cambio, recibió lo que parecía un paquete, que se metió en el bolsillo de la cazadora de cuero. Luego se dieron la mano. El más bajito, en vez de volver al club, montó en una moto y salió escopetado en dirección a Frankfurt.

—¿Lo seguimos? —preguntó Tilsner.

—No sabemos ni quién es ni qué se trae entre manos. A lo mejor acaba siendo otra búsqueda inútil. Me interesa más Winkler.

El mismo Winkler que se había acercado a una de las paredes del edificio para quitar lo que parecía un ladrillo. No se veía bien. Müller no supo si metía algo en la pared o lo sacaba de allí.

—*Scheisse*, este también se pira —dijo entre dientes Tilsner—. Mira, se está poniendo el casco. ¿Quieres que lo siga?

Müller había tenido sus dudas a la hora de contar

con la policía de uniforme de la zona, o con los de la *Kripo*, para que los acompañaran en labores de vigilancia. Lo descartó porque aquello era solo un sondeo y no quería recurrir a más agentes. Ahora se le presentaba la opción de mandar a Tilsner en solitario, con el riesgo que ello implicaba; porque Tilsner era capaz de dar alcance al joven y propinarle una paliza con tal de obtener información. También podía acompañarlo ella en el seguimiento. Pero es que quería saber qué había metido Winkler en el hueco de la pared, o si había sacado algo de allí. Esto último tendría que esperar.

—Vale, lo seguimos los dos —dijo.

—No tiene ningún sentido, Karin. Daría esquinazo enseguida al coche entre el tráfico.

—Es que no voy a ir en el coche. Voy a ir de paquete contigo en la moto.

De haberse parado a pensarlo, se habría dado cuenta de que era una majadería. Casi tan gorda como la de salir los dos sin refuerzos a pleno bosque en las montañas del Harz, al final del caso de la chica hallada muerta en el cementerio, cuando casi logró que, de paso, los mataran a ambos. Tilsner acabó herido entonces, y buena muestra de lo recuperado que estaba era que Müller ni se acordara ya de aquel tiroteo. Su segundo de a bordo todavía estaba convaleciente de aquel incidente cuando la ayudó en el caso de los bebés desaparecidos. Ahora parecía en plena forma.

Se apretó contra su espalda, y le rodeó con fuerza el torso.

—¡Seguro que lo estás disfrutando! —gritó, para que la oyera por encima del rugido del motor y el golpe de viento que les daba de cara en la frenética persecución de Winkler. Había tirado a la izquierda, nada más salir del aparcamiento del club, para sorpresa de los dos detectives, pues eso indicaba que se dirigía a Hütte, al parecer; o puede que incluso más al sur. «¿Irá a Senftenberg? Eso podría indicar que hay alguna conexión con el caso de Dominik Nadel, cuyo hallazgo allí no habría sido casualidad».

Tilsner tenía todos los sentidos puestos en la carretera y la presa que los precedía a toda velocidad, y tardó unos segundos en contestar. Tuvo que volver un poco la cabeza y gritarle al casco de Müller, que en realidad era su casco. Solo tenían uno, y él insistió en que se lo pusiera ella.

—Seguro que lo disfrutaría mucho más si pudiera ir yo de paquete, ¡con los brazos bien agarrados a tu pecho!

Ella le dio un puñetazo en la espalda.

—¡Oye! A ver qué dices. —La moto dio un respingo que les metió el miedo en el cuerpo, pero Tilsner logró enderezarla. Müller notó que se ponía colorada debajo del casco. Había sido una estupidez reaccionar así.

Luego Tilsner volvió a gritarle algo, a la vez que señalaba con el dedo enguantado el espejo retrovisor izquierdo.

—Mira: tenemos compañía.

Müller vio el reflejo de dos motocicletas que se acercaban a toda velocidad detrás de ellos. Volvió la cabeza por encima del hombro para observarlas mejor. Los dos motociclistas llevaban cascos negros, con la visera reflectante, aunque no parecía que fuera ninguno de los adolescentes que vieron en el club. No sabía mucho de motos, pero era suficiente para comprender que montaban máquinas de mucha más cilindrada.

Una de ellas se les puso en paralelo, con un ligero acelerón, lo que confirmó el cálculo de potencia del motor que había hecho Müller. El motociclista empezó a hacer gestos con el brazo, dando a entender que pararan en el arcén. Aceleró y entonces fue la segunda moto la que se puso a su altura, a un par de metros tan solo de su acompañante.

Repitió los mismos gestos que había hecho el otro.

Müller vio que se acercaban al puente sobre el canal. Tilsner, forzado a llevar la moto al arcén, empezó a tragar el polvo que levantaban las ruedas. Müller lo vio llevarse la mano a los ojos para hacer visera, notó la tensión en los músculos de la espalda de su ayudante, que no llevaba casco.

Se acercaban a toda velocidad al puente.

La carretera se estrechaba en ese punto. Iban derechos a la barandilla de hierro que remataba el puente por ambos lados.

Notó cómo Tilsner forzaba la máquina para volver al asfalto.

—¡Agárrate! —gritó.

Parecía que la MZ iba a librar por los pelos el hueco que quedaba libre y que los metería de lleno en el puente.

El motociclista en paralelo a ellos levantó la mano derecha. Müller tuvo la convicción de que los iba a empujar provocándoles una muerte segura. Se dispuso a saltar para salvar la vida.

Pero solo los saludó con la mano, se ajustó el casco y los rebasó de un acelerón.

Tilsner logró volver al asfalto una décima de segundo antes de que llegaran al puente.

Cuando ya lo habían cruzado, detuvo la moto, y Müller notó que el corazón le volvía a latir a un ritmo normal.

—¿A qué ha venido todo eso? —le gritó a su ayudante, y notó el ronroneo pausado del motor entre las piernas de ambos.

Tilsner se encogió de hombros.

—No tengo ni idea. Y tampoco tengo ni idea de quiénes eran.

Pero Müller sí se hacía una idea bastante aproximada de quiénes podían ser.

16

Cinco meses antes (abril de 1976).
A las afueras de Frankfurt an der Oder.

Algo ha cambiado entre Jan y yo. Esta semana, sigue dejando que vaya de paquete en su moto de camino al club, pero en cuanto estamos dentro me evita. De hecho, tengo la sensación de que todos me evitan.

Lo último son las pastillas. No me fío de ellas. Jan dice que te aceleran la vida, hacen que sea más interesante. Para mí, lo bueno no es necesariamente lo más rápido. Prefiero la placidez que te da el costo, las risitas, pasármelo bien; que no tengas resaca al día siguiente. El único detalle de Jan ha sido ponerme en la mano un puñado de pastillas.

—Tómate una ahora —me dijo—. Son fantásticas para ir en moto. El mundo pasa zumbando a ambos lados; te sientes como si fueras el protagonista de una película. Y los colores parecen tan nítidos... Deberías probarlas.

No sigo su consejo, sino que me meto las pastillas en el bolsillo. Cuando no mire, las tiro.

Observo de soslayo las ventanas del apartamento. No sé si mi padre estará otra vez detrás de las cortinas. Hemos hecho las paces, pero está raro el ambiente entre nosotros. Me parece que el haberme ido ya una vez de casa ha hecho que se piense las cosas. Puede que ya no sea tan duro conmigo a partir de ahora.

La música retumba como antes, pero ya no me lo paso tan bien. Sentado en un rincón, con la espalda apoyada en la pared, no hago más que fumar costo. Quizá demasiado. Es una línea muy fina la que separa el estado inicial, cuando te sientes feliz y todo es bonito, del otro estado, cuando la sensación es como de demasiada felicidad, hasta que al final, empiezas a preocuparte. Y ahora estoy preocupado. No sé muy bien por qué. Aunque si hay una cosa que me inquieta es ver a Jan bailando con otro tío. Seguro que solo lo hace para ponerme celoso. Lo que pasa es que si luego se va con él, a ver cómo vuelvo yo a la capital del Estado, a Pankow. El mundo da vueltas. Me parece que voy a vomitar.

Salgo corriendo afuera y me doblo en dos, con los ojos cerrados por la presión que siento en la cabeza, como si me fuese a estallar, y así vacío las tripas. Me siento fatal. Me parece que no voy a poder volver a Berlín de paquete en una moto. No creo que pueda sostenerme a horcajadas. Tal y como estoy, casi ni me tengo en pie.

En cuclillas, sostengo la cabeza entre las manos porque siento que me va a estallar en mil pedazos. Cierro los ojos. Hago por respirar despacio, hondo.

Cierro los ojos.

Por eso no los veo venir.

Me doy cuenta cuando me falta el aire, cuando tengo ganas de vomitar otra vez al sentir el golpe que uno de ellos me da en el estómago. Me ponen de espaldas contra la pared. Cazadoras de cuero. Gafas de sol. Pero no son moteros.

Noto cómo me llevan a la fuerza los brazos a la espalda y me esposan, el metal raspa mi piel cuando retuerzo las muñecas para liberarme.

—Markus Schmidt. —«¿Cómo saben cómo me llamo? ¡¿Cómo saben cómo me llamo?!».

—Quedas detenido. —«¡Detenido! *¡Scheisse!* ¿Qué le pasará a mi padre ahora? ¿Y a mi madre? Él perderá el trabajo. Nos echarán del apartamento. Me odiará todavía más».

Uno de ellos blande algo delante de mí. Entrecierro los ojos para verlo mejor, pero no me responde la vista. Aunque parece un emblema. Un escudo. Un brazo musculoso. Sostiene en alto un rifle… Lo he visto antes en alguna parte. Pero no sé qué es.

Entonces leo las palabras. El Ministerio para la Seguridad del Estado. La Stasi.

Ahora me deslumbra el *flash* de unas cámaras.

Y recupero, por fin, la voz.

—¿Detenido? —Casi ni me salen las palabras—. Pero si yo no he hecho nada. —Solo de pronunciarlas, ya sé que el aliento me delata, ese olor dulzón que exhala. Llevo toda la tarde fumando costo. Con eso les vale.

Pero no van detrás del costo.

Siguen los *flashes* de las cámaras, y uno de ellos me mete la mano en el bolsillo. De repente, me acuerdo. ¡Las pastillas! Y no anda rebuscando en los otros bolsillos, mete la mano justo en ese. ¡Justo en el que metí las pastillas! ¡Las pastillas que iba a tirar! ¡Las mismas pastillas que me dio…!

Y de repente, lo veo todo tan claro.

Sé quién me ha hecho esto. Sé por qué no buscan en

los otros bolsillos. Solo había una persona que sabía qué me había metido en ese bolsillo.

¡La persona que me dio las pastillas!

El chico que yo pensaba que era mi único amigo. O incluso más que eso.

El chico que me protegía de los acosadores en el colegio.

Jan Winkler.

17

Cinco meses más tarde (septiembre de 1976).
A orillas del canal Oder-Spree.

En menos de una hora, ya estaban de vuelta en el club. Se oía cómo retumbaba la música *rock* dentro, a todo volumen.

—¿Seguimos vigilando? —preguntó Müller.

Tilsner dijo que no con la cabeza.

—Tenemos que buscar un sitio para hablar con calma de todo esto. Nos hace falta otro plan, Karin, que sea mejor que este. No quiero ir por ahí echando carreras de motos como un imbécil. ¿No podemos trabajar como dos detectives de verdad? Te lo pido por favor.

Antes de irse, cuando se aseguró de que nadie los miraba, Müller buscó en el hueco del ladrillo suelto que vio manipular a Winkler. No había nada. Y si lo hubo antes, el joven se lo había llevado.

Al final, resultó que aquel ruego de Tilsner para que tuvieran una reunión y discutieran a fondo los pasos que tenían que dar a continuación cayó en saco roto. No porque Müller no estuviera de acuerdo con él. Las palabras de su ayudante tenían mucho sentido, pero la noticia de la desaparición de Markus Schmidt no se le iba de la cabeza. Al principio, pensó que no era más que una discusión de padres y adolescentes, y que Markus volvería a casa antes siquiera de que mandaran a la primera patrulla en su búsqueda. Al conocer las novedades sobre posibles vínculos entre el club de Frankfurt y Dominik Nadel, más el comportamiento tan sospechoso de Jan Winkler, Müller se quedó con una sensación en lo más hondo que le hizo temer por la suerte del hijo de su forense.

No, la razón por la que la propuesta de Tilsner no llegó a materializarse en reunión fue una nota que le dio en mano la recepcionista, nada más llegar a la comisaría de la Policía del Pueblo en Frankfurt. Iban a buscar una sala en la que celebrar dicha reunión, cuando recibió ese sobre que rasgó en el acto para leer su contenido.

—¿De quién es? —preguntó Tilsner.

—De tu homólogo en Senftenberg. Helmut Schwarz. Dice que su patóloga tiene información relevante sobre el caso.

—¿Qué información?

—No quiere hablar del tema por teléfono ni por escrito.

—Pues eso no ayuda mucho, ¿no? ¿Qué propone entonces?

—Quiere que nos veamos en Hoyerswerda.

—¿Cuándo?

—Lo antes posible. Si es ahora, mejor que mañana.

—Ay, Dios. No me digas que tenemos que coger otra vez carretera y manta. ¿No podemos tomarnos la tarde libre? ¿Irnos a un bar? ¿Hablar largo y tendido sobre el caso?

Müller negó con la cabeza.

—Si tengo que pasarme otra noche lejos de los mellizos, no quiero perder nada de tiempo. Así que vámonos ya. Solo son dos horas en coche.

La verdad fue que no llegó ni a eso. Cuando llamó a Schwarz, el *Hauptmann* propuso que se vieran en el bar del Interhotel de Senftenberger See, el mismo en el que se hospedaron los dos detectives berlineses antes.

Al parecer, a la doctora Gudrun Fenstermacher no le hacía mucha gracia el sitio.

—No ha sido idea mía vernos aquí —dijo—. A mí con una cafetería me habría valido. Pero ustedes, los oficiales de Policía, tienen larga la cuenta de gastos por lo que se ve.

—Aun así, le agradecemos que esté usted disponible un domingo, camarada Fenstermacher —dijo Müller.

La mujer de más edad la fulminó con la mirada.

—Prefiere que la llamen «ciudadana» —terció Tilsner, lo que le arrancó un asentimiento de la cabeza y una sonrisa a la patóloga.

—Bueno, ciudadana Fenstermacher —siguió diciendo Müller—. ¿Qué es eso que ha encontrado?

Fenstermacher bajó la voz dándole a sus palabras un tono de conciliábulo.

—Es un poco raro. No había visto algo así en mi vida.

Müller llegó a preguntarse por qué habían quedado en el bar de un Interhotel si aquella mujer tenía que bajar la voz para que no la oyeran. Hombres de negocios occidentales visitaban los Interhotel, y casi seguro que eran los sitios públicos más espiados de toda la República Democrática Alemana. Pero debió de ser Schwarz el que decidió que se vieran allí. Y podía ser que *Hauptmann* Schwarz, como su colega, el capitán de la Policía de Berlín, Werner Tilsner, sirviera sin pestañear a dos amos a la vez.

—¿Raro en qué sentido? —preguntó Tilsner.

—Pues porque no es normal dar con las sustancias químicas que presenta el cadáver. Acabo de confirmar ahora los marcadores de todos los análisis. A ver, ya los tenía el viernes, pero quería primero repasarlos bien, para sacar conclusiones sobre los resultados que arrojaban.

—Y estas sustancias químicas, ¿exactamente qué son?

—Un exceso de testosterona, y los metabolitos resultantes de la descomposición de la testosterona: el glucurónido de la testosterona, el sulfato de la testosterona. Ese tipo de cosas. Es decir, unos niveles hormonales muy raros. Les puedo dar una lista completa si les sirve, pero lo único que les interesa, créanme, es saber que tienen relación con la testosterona. Que hay un exceso de la misma.

—Y ¿no podría ser por causas naturales? —preguntó Müller.

—No, a estos niveles eso sería imposible. Y hubo algo más que despertó mis sospechas.

—¿El qué? —preguntó Tilsner.

—Pues, a lo mejor fue culpa mía que se me pasara, porque era algo que ya vi en la autopsia y que descarté. Lo atribuí a la propia erosión de la piel por un contacto prolongado con el agua. Pero es que había marcas de inyecciones, todas en el mismo sitio. Al principio, pensé que era solo la cicatriz que deja una vacuna.

—¿Dónde? —preguntó Müller.

—En la parte superior del brazo izquierdo de la víctima, justo debajo del hombro.

—Que es donde suelen ponerse las vacunas, ¿verdad? —preguntó Tilsner—. Entonces, ¿por qué piensa usted que no es eso?

—Porque no tiene esa forma. Y al comprobar los resultados de los análisis, pensé que tenía que volver a ver con más detenimiento las fotos que le saqué al cadáver.

—¿Y cuál fue su conclusión? —preguntó Müller.

—Mi conclusión fue y sigue siendo que a la víctima le pusieron muchas inyecciones en la parte superior del brazo.

Müller arrugó el ceño.

—¿Inyecciones de testosterona? ¿Por qué iba a hacer nadie algo así?

—Puede que las inyecciones fueran de testosterona, pero puede también que fueran de alguna otra sustancia que el cuerpo ya ha depurado y que, por eso, haya segregado un exceso de testosterona. Y si me dicen que por qué, pues entonces ya nos movemos en el terreno de la especulación y, ya creo haberles dicho que, si puedo evitarlo, no me gusta andar con especulaciones.

—Ya, pero ¿y si llego yo, ciudadana, y le aprieto a usted un poco las tuercas? —dijo Tilsner, acompañando sus palabras de su más arrebatadora sonrisa.

—Si me las aprieta usted, mi querido *Hauptmann*, acabaré dándole con la llave inglesa en la cabeza, o con otra cosa en la entrepierna. —Tilsner se echó a reír. Müller no veía el momento en el que la mujer volviera a retomar el hilo de lo que les estaba contando—. No obstante, por tratarse de ustedes, y dado que la Policía del Pueblo, como hace siempre, ha mandado oficiales a mansalva para que hablen conmigo de este crimen en el que el asesino se ha empleado con especial saña, voy a hacer una excepción. Mis sospechas son que a este joven le pusieron las inyecciones a la fuerza, después de maniatarlo o algo parecido. Y cuando digo inyecciones, me refiero a que fueron varias. Por eso presenta también esas marcas en las muñecas.

—Pero ¿quién iba a hacer algo así? —preguntó Müller.

—¡Amiga! Pues eso ya, comandante, no es asunto mío. Y he de decir que me alegro de que no lo sea. En Alemania hay una larga tradición de este tipo de ensañamiento, por mucho que ame yo mi patria. Se dieron muchos casos antes de la guerra, y en lo que duró la contienda.

—Pero eso fueron los nazis —dijo Müller.

—Que seguían siendo alemanes, querida. Aunque, a lo mejor me equivoco. Puede que mis conclusiones vayan desencaminadas. Pero si apuntan en la dirección correcta, tienen ustedes delante una caja de Pandora y lamentarán el día que la abrieron.

18

Cinco meses antes (abril de 1976).
Oficina de la Stasi en Frankfurt an der Oder.

La luz es cegadora y me va a estallar la cabeza. Otra vez tengo ganas de vomitar, pero sé que no me queda nada que echar, solo la bilis. Y no dejo de decirme a mí mismo: «Ojalá le hubiera hecho caso a mi padre. Ojalá le hubiera hecho caso a mi padre».

—Entonces, Markus —dijo el agente, sentado al otro lado de la mesa—, sigues negando saber nada de estas pastillas. Sigues con el cuento chino y, si te soy sincero, creo que no es más que eso, un cuento chino, de que te las metieron aposta en el bolsillo. ¿Es así?

Ya sé que no me cree, pero también sé que no puedo incriminar a Jan. Además, ahora que he soltado esa mentira, tengo que atenerme a ella hasta el final.

—Vale, supongamos que dices la verdad. —Alcanza una carpeta que hay encima de la mesa, por lo demás, completamente vacía, salvo por una máquina de escribir, un flexo y un teléfono—. ¿Cómo explicas esto entonces?

Es una foto en blanco y negro en la que se me ve a la entrada del club. Es posible apreciar, con nitidez, que otro joven de más o menos la misma edad que yo me está entregando algo. No recuerdo cómo se llamaba. Ah, sí, Florian. Eso es. Y esa fue, ¿cuál, mi segunda visita al club? Jan dijo que Florian podía venderme un paquete de caramelos de menta. Los acababan de traer de Polonia, justo enfrente de Frankfurt, al otro lado del puente. Yo le di un billete de cinco marcos y él me entregó la vuelta y los caramelos, que no tenían marca.

—Estaba comprando unos caramelos.

El agente de la Stasi se columpió en la silla y la risa le salió del fondo del estómago.

—Claro, era eso, caramelos. Nada de drogas, caramelos.

—Eran caramelos.

—Qué raros esos caramelos que se compran a la entrada de un club ilegal, ¿no te parece?

Yo me encogí de hombros.

El agente alzó las cejas.

—Pero, claro, no tienes por qué responder a mis preguntas. ¿Podrías mirar esta foto también?

Es la misma escena. Pero ahora, el paquete de caramelos sin marca es más grande.

—¿De qué marca son los caramelos?

—No tienen marca.

—¿Por qué no?

—Eran importados de Polonia.

—¿Caramelos polacos? Ajá. ¿Y por qué no tienen la marca en polaco? Nada malo hay en comprar caramelos en Polonia y venderlos en la República Democrática Alemana. No es delito.

—Yo pensé que…

—Hum, no, me parece que ahí fue donde te equivocaste. Tú no pensaste. No pensaste más allá. En las consecuencias de tus actos. Unos actos que te llevaron a comprar anfetaminas, una droga ilegal, y a tomártelas luego, y a estar en posesión de ellas. Claro que esta foto no tiene por qué ser de ti comprándolas. Mira, echa un vistazo a estas.

Me muestra fotos parecidas, tomadas, salta a la vista, con escasos segundos de diferencia, de cuando compré los caramelos. Las pone encima de la mesa, mirando hacia mí. Hay una, a la izquierda, en la que se me ve con el billete, o los billetes. Otra, a la derecha, muestra el paquete de caramelos, sin marca, que ya tengo en la mano.

—¿O sea que dices que la de la izquierda es anterior en el tiempo a la de la derecha? ¿Que esta operación en la que se te ve comprando un paquete de… —lo deja ahí, un instante, y tose, como sin ganas, en plan sarcástico—, un paquete de caramelos que resulta que no tienen marca? Claro que se ha dado el caso de habernos topado antes con caramelos sin marca…

Lo deja ahí otra vez y cambia las fotos de posición. Ahora la que me muestra con los caramelos en la mano está a la izquierda; la del dinero, a la derecha.

—¿Qué me dices de cambiar el orden del cuento chino? Imagínate que hubiera forma de demostrarlo con un matasellos que indique el tiempo. —Cada vez tengo más miedo. Porque allí están los matasellos, y aparece la fecha y la hora. Me los quedo mirando. Ahora, hasta yo mismo doy fe de que la foto de la izquierda es, según aquello, de cinco segundos antes que la de la derecha.

—¡No fue así! —grito—. Yo era el que los compraba, no el que los vendía.

—Cálmate, Markus. Cálmate. Ya te he dicho que vender caramelos de menta polacos en la República Democrática Alemana no es delito. —Veo que frunce el

148

ceño. Un gesto falso, como lo fruncíría un actor cómico—. Ajá —dice, y ahora lo que finge es la sorpresa—. Ya sé qué es lo que pasa. Que estás preocupado porque no sean lo que se dice caramelos de menta; preocupado por si tenemos razón y, en vez de caramelos, sean anfetaminas. En ese caso, que sean o no polacas bien poco importaría, ¿no?

Ya sé que se me nota la derrota en la cara. Sé que me han derrotado. Sé que he decepcionado a mi padre; con las notas del colegio, y ahora con esto. Esto que es muchísimo peor.

—Sí, importaría muy poco, porque tenemos pruebas de que estabas en posesión de anfetaminas. Te pillaron nuestros agentes a la puerta del club, con las manos en la masa. Pero es que, además —señaló las fotos manipuladas, una detrás de otra—, tenemos pruebas de que vendías anfetaminas. Tráfico de drogas. Y eso, Markus, eso cambia completamente las cosas.

19

Cinco meses más tarde (septiembre de 1976).
Neuzelle, Bezirk *de Frankfurt.*

El bar que había elegido Günther Klug, el entrenador de los juveniles del BSG Stahl Eisenhüttenstadt, no podía haber sido más del agrado de Tilsner, eso saltaba a la vista.

—Sí, señor, aquí sí —dijo.

Para Müller, la propia Neuzelle —un pueblo prusiano histórico, lleno de viejos edificios con encanto— no tenía nada que ver con Hütte, unos kilómetros más al norte. Pero ambas estaban dominadas por una institución, un edificio, o una serie de edificios emblemáticos que las definían y les daban su carisma. En el caso de Hütte, era la planta siderúrgica de Eisenhüttenkombinat Ost, desde su ubicación icónica en el número 1 de la calle del Trabajo. En el de Neuzelle, se trataba de la preciosa abadía elevada sobre una colina de escasa altura a orillas del río Oder. En ambos casos, constituían una patente invitación para los ciudadanos a adorar a cada uno de sus dioses: el dios del trabajo y el comunismo en Hütte, y el de la religión, en Neuzelle.

Reconocieron a Klug en un rincón de la barra, ya

había pedido una cerveza en vaso pequeño y la acunaba en una mano.

—Queríamos agradecerle que haya accedido a entrevistarse con nosotros, Günther.

—Es un placer —respondió el entrenador de fútbol con una voz que era apenas un susurro—. Solo les pido que hablemos lo más bajo posible. Nunca se sabe quién puede estar escuchando, y lo que tengo que contarles es…, en fin, polémico cuando menos. Podría parecer que estoy traicionando al club.

—Eso, el club, ¿qué tal? —preguntó Tilsner.

Klug arrugó el entrecejo.

—¿A qué se refiere?

—Al encuentro del fin de semana. ¿No tenían un partido decisivo contra Guben?

—Ah, sí. Ganamos 3-0. Pero, como bien sabrá, no deberíamos estar en esta liga.

—¿Y tiene eso algo que ver con lo que quiere contarnos, Günther? —preguntó Müller—. ¿Estaba Dominik Nadel implicado de alguna manera en ello?

—¿Implicado? No sé si estaba directamente implicado. ¿Se refiere a cuando tiraron de la manta y se descubrió todo el escándalo?

Müller y Tilsner asintieron a la vez.

—Eso no lo sabría decir. Siento no poder ayudarlos en eso. Lo que sí puedo decir es que Dominik fue uno de los que cargó con la culpa.

—Entonces, ¿por qué cree usted que no lo hizo?

—Porque no podía estar al tanto de los detalles. No olvide que jugaba en el filial, no en el primer equipo. El escándalo salpicaba al primer equipo; si es que llegaba a eso, a escándalo. El club estaba pagando con dinero negro a algunos jugadores. Lo hallaron culpable de contravenir los principios de la sociedad socialista. ¿Cómo iba a conocer un juvenil los tejemanejes de los pagos ilegales a jugadores del primer equipo, pagos que eran secretos? No tenía manera de saberlo. Yo siempre creí en lo más íntimo que era inocente. Fue un chivo expiatorio. Pero si lo tomaron como chivo expiatorio es porque tenía enemigos. Muchos enemigos.

—¿Por qué dice eso? —preguntó Müller.

—Hubo gente que perdió el trabajo, el medio que tenían de ganarse la vida. Por lo menos al principio. Casi todos los jugadores extranjeros implicados eran yugoslavos, los que cobraron en negro. Habían venido aquí con toda la familia, a Eisenhüttenstadt. Algunos a lo mejor ficharon por otros equipos de la República Democrática Alemana. Pero es que incluso esos también habrían vivido el desarraigo de tener que llevarse de aquí a toda la familia. Éramos el único equipo de la zona que militaba en la *Oberliga*. Aunque el Frankfurt jugó en la división de honor hará unos dos años. Pero imagínese a esos jugadores que vinieron al Eisenhüttenstadt al final de su carrera futbolística, creyendo que acabarían sus días de corto con un buen sueldo. Y entonces va el club y, ¡tachán!, desaparece. ¿Le jodería a uno eso un montón, a que sí? Y si les pusieron en bandeja un culpable, aunque no hubieran sido ellos los que tiraron de la manta, pues...

—El hombre se repantingó en la silla y abrió los brazos de par en par.

Tilsner alzó las cejas. Müller notó que su ayudante no se tragaba aquello. Qué fácil era echar la culpa al extranjero. Le recordó la investigación que llevaron a cabo en Ha-Neu, cuando la gente de la ciudad empezó a señalar con dedo acusatorio a los trabajadores vietnamitas invitados por el gobierno a integrarse en el país.

Esos fueron los chivos expiatorios de los robos de bebés en aquel caso.

—Así pues —dijo Tilsner, rompiendo el silencio que se había creado con cierta expresión de hastío en la voz—, ¿lo que viene a decirnos es que busquemos a un jugador yugoslavo resentido contra el mundo porque se ha quedado de patitas en la calle al bajar de división el Stahl?

—Bueno, lo que se dice es que a Dominik lo asesinaron, ¿no?

Tilsner se encogió de hombros.

—Y que el método empleado fue un calcetín metido a presión en el gaznate, ¿verdad?

Müller frunció el ceño.

—¿Quién le ha dicho eso?

—O sea que es cierto. —El hombre sonrió—. Si yo estuviera en su lugar, aunque no quiero decirles cómo tienen que hacer su trabajo, miraría con lupa ese calcetín. Se rumorea que así es como más les gusta asesinar a la gente en los Balcanes.

Tilsner soltó el aire por la nariz con un gruñido. Müller lo fulminó con la mirada. Pero el enfado también se lo aplicaba a sí misma. No se creía ni por un instante que el «calcetín de la muerte» fuese el método favorito de asesinato balcánico. No era más que la batidora de la rumorología de bar en Hütte, lanzada a mil revoluciones. Aunque, ahora que había salido el tema, tendrían que comprobarlo. No podían contar con Schmidt, así que le tocaba averiguarlo a su homólogo en la Policía de la misma Hütte, o la de Frankfurt. Lo que sí le había pedido a Schmidt era que hiciera unos análisis forenses del calcetín en cuestión; ver si podía determinar el origen o algo que delatara al dueño.

Los dos detectives dejaron a Krug con su cerveza y salieron del bar. El viento frío que soplaba fuera venía a anunciar que el final del verano estaba a la vuelta de la esquina. El otoño era corto por aquellos pagos del este, y lo seguía un largo y encarnizado invierno. Müller se subió el cuello de la gabardina hasta la barbilla.

—Bueno, pues esto ha sido un poco decepcionante, ¿no? —dijo Tilsner, antes de que se montaran en el Lada.

—Completamente de acuerdo. Mucha rumorología y mucho chisme, pero nada de enjundia. Yo pensaba que nos iba a proporcionar algo verdaderamente útil cuando me pasó esa nota en el campo de fútbol.

—Puede que eso que ha dicho de que Dominik no estaba en condiciones de tirar de la manta y destapar los pagos en negro haya sido de cierta utilidad.

Müller asintió con la cabeza.

—Pero no es más que eso: algo que alguien dice.

Ya había abierto cada uno su respectiva puerta para entrar al coche, cuando Tilsner dijo entre dientes:

—Ojito: que ya tenemos otra vez el lío montado con este que nos ha estado siguiendo.

Venía derecho hacia ellos, desde su propio coche, aparcado justo enfrente del bar, de cuya presencia allí Müller y Tilsner tenían que haberse percatado antes: el joven rubio que los dos pensaban que era agente de la Stasi. Esta vez no se conformó solo con observarlos y dejar constancia de ello. Se acercó a Müller con un papel en una mano y con la otra extendida a modo de saludo.

—Camarada comandante Müller —dijo, y le estrechó la mano que ella se había visto impelida a darle—: Soy el *Hauptmann* Walter Diederich, de la oficina local en el *Bezirk* de Frankfurt del Ministerio para la Seguridad del Estado. No hemos tenido todavía el gusto, aunque creo que la he visto por la zona. Espero que sus pesquisas la estén llevando a buen puerto. ¿Los ha ayudado la conversación con Klug? Yo no me creería nada de lo que diga.

—Ha sido un encuentro productivo —dijo Müller, y le dedicó una leve sonrisa al otro.

—Bien, bien. El caso es que, mire. —Le pasó el papel, que había resultado ser un sobre, visto más de cerca—. Aquí tiene una invitación para venir a vernos a nuestras oficinas de Frankfurt esta tarde, si no tiene inconveniente. Y no deje de traer consigo al camarada *Hauptmann* Tilsner. También a él le extendemos la bienvenida. —Señaló el sobre—. No tiene pérdida, está todo aquí, aunque lo hallarían sin ningún problema. A las dos en punto, si les parece bien a ambos.

20

Oficina regional de la Stasi, Frankfurt an der Oder.

Aparcaron el Lada en una calle lateral, fuera del recinto vallado de la Stasi, y cubrieron a pie el trayecto hasta la entrada. El guardia examinó sus placas de la *Kripo* y luego los invitó a pasar a una sala contigua a la garita. Vieron cómo descolgaba el teléfono por la ventanilla que comunicaba ambas dependencias.

Un par de minutos más tarde, un agente de paisano con expresión seria dibujada en el semblante entró en la sala y les pidió que lo siguieran.

—¿Tú habrás estado aquí antes, no, Werner?

Tilsner hizo como que gruñía, fingiéndose enfurecido.

—Déjalo estar, Karin. No tengo humor para eso. ¿Tú qué crees que se traen entre manos?

Müller ni se molestó en bajar la voz.

—Pues querrán darnos algo de «apoyo». Eso es lo que dicen siempre. —Se preguntaba si había llegado el momento en el que una de las Comisiones Especiales de la Stasi, de las que Reiniger le había hablado aquel día, querría tomar las riendas del caso. «A lo mejor, Diederich hasta trabaja para ellos».

—Si te soy sincero —dijo Tilsner—, nos vendría bien hasta la más mínima ayuda que ofreciesen. Porque yo siento que en este caso estamos que no rascamos bola.

Los llevaron a un despacho pequeño iluminado con una luz intensa. Una de las ventanas daba al patio interior, y un espejo cubría gran parte de la pared de enfrente. Eso hacía que el espacio pareciera mayor, y puede que esa fuera la idea; aunque a Müller la ponía nerviosa.

Sentado a una mesa de trabajo, de espaldas a la pared del fondo, Diederich vestía la misma ropa de paisano que llevaba puesta por la mañana en Neuzelle. Tenía al lado a otro oficial, de mayor rango. Un comandante, dedujeron de las charreteras, parecidas a las de la Policía del Pueblo y la Policía Militar, aunque el uniforme de la Stasi era de un verde más oscuro.

Diederich se levantó inmediatamente de un salto y rodeó la mesa.

—Muy bien, muy bien. Estamos encantados de que hayan podido encontrar un hueco en sus investigaciones para venir a vernos. Creemos en la cooperación entre el Ministerio y la Policía. Les presento al comandante Jörg Baum. —El hombre, de cara redonda y calva prominente, que no había abandonado su asiento de detrás de la mesa, sonreía con idéntica placidez, y les tendió la mano en las presentaciones que oficiaba Diederich: primero a Müller y después a Tilsner.

—Hagan el favor de sentarse. Pónganse cómodos. Nos parece que esta iniciativa nueva del Departamento de Delitos Graves es una idea excelente, ¿a que sí, comandante Baum?

El hombre de mayor edad y graduación asintió con la cabeza. Lucía una sonrisa que parecía casi burlona; era consciente de que Müller conocía aquel juego de boxeo en la sombra; de lo vana que era toda la palabrería de Diederich. Todavía tenía que salir a la luz por qué los habían convocado a aquella reunión, el verdadero motivo de su presencia en aquel despacho de la Stasi.

—Gracias por las presentaciones, Walter —dijo un Baum que sonó jovial—. Nos tuteamos nosotros también, ¿os parece? Toda esa mierda de formalidades me da por saco. Aunque no lo parezca por esto que llevo puesto. —Pasó las manos por la pechera del uniforme—. En fin, aunque es esta una visita de toma de contacto, no nos andemos por las ramas. Estoy seguro de que tenéis mucho trabajo, como nosotros, pero contamos con información que os puede ser de utilidad. —Tomó los dos primeros informes de un montón que tenía encima de la mesa y le dio uno a cada uno—. Son los dos iguales, y hacen al caso de eso que llaman un club de maricones, a las afueras de Frankfurt. Llevamos un tiempo pensando cerrarlo, pero… La verdad es que funciona para nosotros a modo de cebo. Y es alucinante el tipo de moscones que acaban picando. Así que, por el momento, tenemos instrucciones de dejarlo estar, siempre dentro de un límite.

—¿Instrucciones? —indagó Müller.

—De más arriba. Normannenstrasse. —«El cuartel general de la Stasi en la capital del Estado», pensó Müller. «¿Por qué les interesará tanto?»—. Estoy seguro de que os hacéis cargo. Dicho lo cual, aquí lo importante es la coletilla: «siempre dentro de un límite». Si algo se saliera de madre, tendríamos que tomar cartas en el asunto. Y a ese respecto, también nos toca pediros un poco perdón. ¿Walter?

—Sí, gracias, Jörg. —Müller rebobinó en su cabeza. O sea que lo de saltarse las formalidades no era un numerito entonces. Ellos también se tuteaban, al parecer. Diederich le sonrió a Müller, luego siguió diciendo—: Nos congratula, la verdad sea dicha, que no tengáis ningún hueso roto ninguno de los dos. Me temo que fueron agentes nuestros los que os dieron aquel sustito con las motos ayer.

—Ya podéis ir preparando una explicación convincente —soltó Tilsner con un apagado gruñido.

Baum levantó una mano. Müller no estaba segura de si iba a reconocer que se habían pasado o a decirle a Tilsner que bajara los humos. Pero ella también sintió que aquello había sido una afrenta.

—Comprendo perfectamente que estéis enfadados. Pero no llegó la sangre al río. Vamos, dejad que Walter termine lo que tenía que decir.

—Sí —dijo Diederich—. Cuando nos enteramos de lo que pasó, también nos asustamos. No deberían haber apurado tanto a la misma boca del puente del canal. Lo que pasa es que no sabíamos quiénes erais. Para nuestros agentes se trataba de dos personas en moto que perseguían a uno de nuestros contactos.

—No os habría costado nada comprobar la matrícula —dijo Müller con cierta insistencia—. Con una llamada por radio habríais visto que es de Keibelstrasse, una moto para operaciones especiales.

—Pues sí —dijo Diederich—. En fin, ya he dicho cuánto nos alegramos de que estéis bien. Creímos que formabais parte de una banda de traficantes y que ibais contra nuestro contacto, Jan Winkler.

—Cuando dices «nuestro contacto», ¿te refieres a que trabaja directamente para vosotros? —preguntó Müller. Era preocupante el nuevo cariz que tomaban los acontecimientos, y sufrió por el pobre Markus Schmidt.

—No, lo único que hace es darnos información.

A cambio, nosotros le damos a él protección. Nuestros agentes tenían instrucciones de interceptaros, nada más, para que no averiguarais dónde iba Winkler. Al hacerlo tan cerca del puente del canal, tengo entendido que casi os tiran de la moto. Fue un cálculo erróneo por su parte.

Müller soltó el aire despacio. No iba la cosa como ella esperaba. En sus últimos casos, las altas esferas de la Stasi estaban muy implicadas en la investigación. Esto no tenía nada que ver. Y la desconcertaba: porque tenía toda la pinta de que los Winkler, padre e hijo, trabajaban los dos para la Stasi.

—Gracias, Walter —dijo Baum—. Y ahora, ¿por qué no le echáis un vistazo al contenido de esos informes? En la página uno tenéis un resumen. Todo se reduce a que en ese club se trafica con drogas a plena luz del día, hace tiempo que lo sabemos. Y lo hemos consentido porque nos conviene contar con ese cebo.

—¿Un cebo para qué o para quién? —preguntó Müller.

—Ajá —dijo Baum—. Sabía que me ibas a preguntar eso. Pues me temo que es un dato que no puedo revelar. —Müller oyó el estertor de burla que soltó Tilsner—. Sea como sea —siguió diciendo Baum—, hace poco hemos descubierto que algunos han pasado ya a drogas más duras. Anfetaminas.

—Me parece que en los países capitalistas lo llaman *speed* —añadió Diederich—. A lo mejor habéis visto referencia a ello en los telediarios de la República Federal Alemana. Ni que decir tiene que ninguno vemos la televisión occidental por puro capricho. Pero, a veces, no tenemos más remedio si queremos hacer bien nuestro trabajo, ¿a que no?

—Y si os fijáis en la prueba A —dijo Baum—, la primera serie de fotografías, veréis una redada que hemos hecho hace poco en el club. Unos meses atrás. La identidad del sospechoso permanece oculta.

Müller miró la foto con detenimiento. Le habían tapado la cara al joven sospechoso.

—Eso, ¿con qué fin? Y, dado que se trata de una identidad encubierta, ¿qué relevancia puede tener para nosotros?

—Protegemos la identidad del sospechoso por razones de seguridad —respondió Baum—. En cuanto a la segunda parte de la pregunta, pues es muy sencillo: nos vemos en la necesidad de demostraros que hay abierta una operación y que nuestros agentes tienen ese club en el punto de mira. Por lo tanto, tenemos que asegurarnos de que vuestra brigada no…, ¿cómo decirlo?, no entra con las botazas en nuestro arriate. ¿Tiene sentido lo que digo?

Müller asintió con la cabeza. «Sentido tiene. Pero eso no implica que vayamos a plegarnos a vuestras exigencias», pensó.

—El caso es que esta investigación presenta, además, algún que otro aspecto delicado —dijo Diederich.

—¿Y eso? —preguntó Tilsner.

—Si hacéis el favor de ir a la página cinco del informe —dijo Baum—, está la prueba B.

Müller echó para atrás la cabeza al toparse, sorprendida, con que la «prueba B», según la había llamado Baum, era una fotografía de la autopsia de la víctima de asesinato que ellos estaban investigando: Dominik Nadel, con un detalle de las marcas en el brazo que le habían dejado las inyecciones; tal y como las había identificado la patóloga, la doctora Fenstermacher. Leyó rápidamente por encima: «*Adicto… heroína… agujas… traficante*». Oyó entonces el suspiro de desesperación que soltaba Tilsner, sentado a su lado. Lo miró y vio que decía que no con la cabeza, sin apartar los ojos de ella.

—Entonces, ¿nos estáis diciendo que habéis resuelto nuestro caso de asesinato?

—En puridad, no, Karin. Y me choca que emplees esa palabra, «asesinato». Lo que decimos, lo que ha descubierto nuestro departamento de investigación, es que no hubo asesinato. Alguna de las conclusiones que os ha facilitado..., ¿cómo se llama?... —Baum cogió otro informe de encima de la mesa, uno cuyo contenido no había compartido con los detectives berlineses, y pasó las hojas—. Ah, sí, la doctora Fenstermacher. En fin, yo no me creería lo que os diga a pies juntillas. Esa mujer tiene más peligro que una caja de bombas si os he de decir la verdad, según nos cuentan nuestros compañeros del *Bezirk* de Cottbus. O sea, que sí, que sus conclusiones van descaminadas, me temo. Dominik Nadel no murió asesinado. —Baum cerró ambos informes con un gesto que quería ser definitivo.

—Creo que será mi brigada la que valore eso —dijo Müller.

—No faltaría más —dijo Baum—. Pero tu brigada no es una organizacioncita privada que vaya por su cuenta, Karin. Tienes que rendirles cuentas a los jefes de la Policía del Pueblo en Keibelstrasse, tal y como nosotros respondemos delante de los nuestros en Normannenstrasse. Y en última instancia, por supuesto, delante del camarada ministro Mielke. Así que, en resumidas cuentas, Dominik Nadle no fue asesinado. Era un drogadicto, un yonqui, fue él mismo el que se causó la muerte. Y estoy seguro de que, en breve, tendréis noticias de Keibelstrasse confirmando que debéis dejar las investigaciones y volveros a la capital del Estado.

***

Desde el otro lado del espejo, con Müller y Tilsner a la vista y sin que pudieran verlo a él, el coronel de la Stasi frunció el ceño.

—¿Usted cree que dejarán el caso, incluso si se lo pide Reiniger? —preguntó su acompañante.

—Puede que no. No es que vayan por ahí derrochando sentido común esa pareja. Ni tampoco son siempre la mejor pareja de detectives que tenemos.

—Así que ¿ha trabajado antes con ellos, Klaus?

El coronel asintió.

—Sobre todo en el caso en el que estuvo implicado Ackermann.

—Ah, sí. Eso le vino que ni al pelo a su jefe, ¿verdad?

—¿A mi jefe?

—Markus Wolf. Le dejó el camino libre para suceder a Mielke: se quitó de en medio al principal rival que tenía.

—No sé muy bien a qué se refiere. El coronel general Horst Ackermann murió en trágicas circunstancias, fue un accidente de coche. Seguro que lo leyó usted en el Neues Deutschland. *Hasta donde sé, Ackermann y Wolf eran amigos.*

La risotada del otro fue de órdago.

—A otro perro con ese hueso. Entonces, ¿la pareja de detectives berlineses lo ayudó con eso, no?

—Podríamos decirlo así. Aunque, como ya he dicho, se los reclutó por su capacidad y experiencia. Más bien, por su falta de ambas: ella era la mujer más joven al frente de una brigada de investigación criminal. La única mujer, de hecho, en ser ascendida por encima de su rango, y por encima de sus méritos también.

—Yo creía que la habían ascendido otra vez para po-

163

nerla al frente de ese Departamento de Delitos Graves, recién creado.

—Exacto, eso es lo que he dicho: un ascenso por encima del rango que merece, por encima de sus méritos. Esto todavía le queda más grande. Y la hace más... abierta a lo que se le pueda sugerir desde arriba, para que nos entendamos.

—¿Y él no es uno de los nuestros?

—En cierto sentido lo es. Me proporciona información. Trabajamos juntos desde hace mucho tiempo.

—¿Haciendo qué?

—Que yo sepa, eso no es asunto suyo —dijo el coronel. Se pasó los dedos por su pelo de color trigueño, que tenía bastante largo. Era un corte que recordaba al de algún presentador del telediario de la República Federal Alemana, bien lo sabía él—. De cualquier manera, no creo que el problema sean estos dos. Si no hacen caso y desobedecen las órdenes, ya les pararán los pies, más pronto que tarde. El problema es el lío que han montado ese par de imbéciles ahí dentro: Baum y Diederich.

—No es culpa suya. Fue aprobado al más alto nivel.

—Puede que tenga razón. Pero hay que asegurarse de que lo desaprueban también al más alto nivel, y rapidito. Porque, si no, nos va a explotar entre las manos. Y seguro que tiene cosas más importantes que hacer; por lo menos, yo sí que las tengo.

—¿El qué? ¿Esa facción del Ejército Rojo?

El coronel guardó silencio. ¿Cómo se había enterado el otro? En teoría, era un secreto. El problema era que cada vez había más filtraciones en la Organización.

—Como he dicho —replicó, por fin, el coronel—. Hay que cancelar la operación de Baum y Diederich. Y rápido.

21

Müller tardó poco en recibir la llamada de teléfono de Reiniger desde Keibelstrasse. Había vuelto a casa para ver a los mellizos y a Emil, y para relevar a Helga de sus tareas de niñera, por muy breve que fuera el relevo.

—Tenemos un pequeño problema, Karin —dijo—. Me parece que ya se habrá enterado, por el Ministerio para la Seguridad del Estado de Frankfurt.

Müller quiso protestar.

—Pero no irá usted a…

Reiniger la cortó en seco.

—No vamos a ponernos a discutir así, por teléfono, Karin. Venga a verme a Keibelstrasse mañana por la mañana. ¿A las ocho sería muy pronto?

¿Era justo endilgarle los mellizos a Helga una vez más, a las pocas horas de haber vuelto a casa? A ese acuerdo habían llegado, cuando su abuela se trasladó de Leipzig y dejó su propio apartamento para vivir con ellos en Berlín.

—A las ocho está bien. Mañana nos vemos entonces, camarada *Oberst*.

Müller casi esperaba encontrar a Reiniger acompañado de peces gordos de la Stasi, dado lo implicados que estaban con el caso. Al final, resultó que la recibió con otro oficial, uno al que no esperaba encontrar allí: su segundo de a bordo, Werner Tilsner, mandado llamar desde Eisenhüttenstadt, al parecer.

Reiniger los recibió de un humor excelente, quiso que la reunión se celebrara en el saloncito contiguo al despacho, y los invitó él mismo a ocupar los cómodos sillones, por lo general, reservados para las altas esferas.

—¿Café? —preguntó.

Los dos detectives asintieron, y Reiniger descolgó el teléfono para que llevaran el café a la sala.

—Que sea también una caja de galletas, haga el favor, Truda.

Tilsner empezó a decir:

—Me parece que no debemos consentir que la Stasi de Frankfurt…

Reiniger se llevó un dedo a los labios.

—No siga, por favor, camarada *Hauptmann*. Ni se precipite. Le ruego que escuche primero lo que tengo que decirles.

—Pues claro, camarada *Oberst* —dijo Müller. Tilsner le dedicó a su jefa una mirada furiosa.

—A ver, nos va a ser muy difícil contravenir órdenes expresas del Ministerio para la Seguridad del Estado. La única razón por la que se creó el equipo que ahora forman ustedes fue para garantizar un nivel mayor de cooperación en los casos de asesinato más delicados. Si no hacemos lo que dicen, entonces será su propio departamento de investigación, o si no una de esas Comisiones Especiales que tienen, los que lleven pesquisas como estas, sin excepción. Nos encontraremos con que la *Kriminalpolizei* no tendrá papel alguno ya. Mal asunto ese para todos nosotros si llega el caso.

Tilsner volvió a interrumpirlo.

—¿O sea, que va usted a…?

—Cállate la boca un rato, Werner —dijo Müller. Se había dado cuenta, por el tono de voz, de que Reiniger estaba de su parte. Y de que tenía en mente algo parecido a un plan.

—Gracias, Karin. —El coronel miró a Tilsner con cara de pocos amigos—. Así pues, vamos a aceptar, por ahora, la versión que ofrecen de la muerte de Dominik Nadel. Queda abortada toda investigación por nuestra parte. Recalco lo de «por ahora». No obstante…

Una llamada en la puerta interrumpió lo que iba a decir Reiniger. Había llegado el café: un carrito lleno de galletas, pastelitos y la cafetera con la tazas.

—Gracias, Truda —dijo Reiniger, luego se levantó y cerró la puerta cuando la mujer hubo salido, como si quisiera cerciorarse de que quedaba bien cerrada, para lo cual echó el cerrojo. Entonces fue a la puerta que llevaba al despacho, comprobó que la había cerrado bien y echó el cerrojo igualmente.

—Ya no nos volverán a molestar. Karin, ¿podría servir usted?

Müller se lo podía haber tomado a mal, pero sabía que Reiniger era un hombre muy tradicional, y machista también. No merecía la pena discutir, por mucho que tuviera que aguantar las caritas que le ponía Tilsner cuando les sirvió como una camarera toda hacendosa, al preguntarles cuántos terrones de azúcar tomaban y qué pastelitos y galletas les apetecía probar. Aquello era rebajarse, dado el rango que ostentaba, pero quería sacarle algo a Reiniger, y pensaba que de este modo lo podía lograr, así que no le dio más importancia.

—Imagino que, ahora que es usted comandante, no debería pedirle que hiciera este tipo de cosas —dijo Reiniger entre risas.

—Huy, si a Karin no le importa, camarada *Oberst*. ¿No ve que está acostumbrada a hacerlo en casa?

Müller volvió la cabeza para que el coronel no la viera y dibujó en los labios un «*Arschloch*» con sordina dedicado a Tilsner; luego, al pasarle la taza, puso cuidado en derramar un poco de café hirviendo en sus pantalones.

—¡Ay! —exclamó él.

—Discúlpeme, camarada *Hauptmann* —dijo ella, y derramó tanto sarcasmo con aquellas palabras como el platillo de Tilsner derramaba ahora café.

Al parecer, Reiniger no se percató del toma y daca, porque siguió con su monólogo después de la interrupción, como si tal cosa.

—Pues eso, como estaba diciendo, tenemos que plegarnos, por desgracia, a la versión que tiene la Stasi de los hechos que atañen a Dominik Nadel, por ahora. Sin embargo, he echado un vistazo a los informes que nos han proporcionado, como habrán hecho ustedes, seguro, y es imposible, según lo veo yo, que este chico muriera de sobredosis y se inyectara él mismo tal cantidad de heroína. Algo huele mal en este asunto. Y además, Gudrun Fenstermacher me ofrece todas las garantías posibles. He trabajado antes con ella, cuando hacía méritos para ascender en la cucaña del escalafón, por así decir; sé que no tiene pelos en la lengua y que es escrupulosa en sus análisis.

Müller llegó a preguntarse si entre la patóloga y Reiniger no habría habido algo más que lo que daba a entender, y tuvo que reprimir una risita. Le dio un sorbo al café para disimular. Reiniger la miró sin comprender.

—No obstante, también está desaparecido el hijo de uno de nuestros más queridos forenses de la Científica, y como bien saben, nos preciamos de cuidar de nuestra gente. Y por lo que ustedes dos me dicen, deduzco que ese «club» que la Stasi ha estado investigando tiene algo que ver en el asunto.

—Así es —dijo Müller—. Y la panda de moteros que para allí. Y puede que… —no sabía si decirlo, y esperaba que no fuera verdad— hasta las drogas que se estaban metiendo.

—Exacto —dijo Reiniger, y chasqueó la lengua en señal de desaprobación—. Total que, como podrán imaginarse, para la Policía del Pueblo es absolutamente prioritario que el joven Markus Schmidt aparezca sano y salvo. Tal es la prioridad, que he decidido que se ocupe de buscarlo el recién creado Departamento de Delitos Graves. En otras palabras, ustedes dos.

—¿Así pues…? —Müller por fin veía claro adónde quería ir a parar Reiniger.

—Así pues, para lo que cuenta, nos quedamos igual que estábamos. Tienen ustedes la prohibición expresa de investigar la muerte de Dominik Nadel como tal, dado que la Stasi nos asegura que su equipo de investigaciones ha resuelto ya ese asunto. Sin embargo, centrarán ahora toda su atención en encontrar a Markus; y, por supuesto, el caso de Nadel puede tener mucha relevancia al respecto, o sea que sugiero que no lo pasen por alto.

—Es decir, ¿que nada ha cambiado en lo fundamental? —dijo Müller. Procuró que no se le notara en la voz el alivio que destilaban aquellas palabras, aunque la descorazonó la mirada de pillo que se le había puesto a Reiniger. El coronel disfrutaba con todo aquello.

—Para lo que cuenta, sí. Firmaré todo el papeleo y, oficialmente, su atención se centrará ahora en Markus. Habrá un cambio, eso sí.

—¿Qué cambio es ese? —preguntó Tilsner.

—Me juego mucho con esto, y me estoy saltando el procedimiento. Pero, pese a que está directamente implicado en el caso, le he pedido a Jonas Schmidt que vuelva al trabajo. No le viene nada bien quedarse en casa dándole vueltas a las cosas. Se lo he explicado todo y, aunque puede que tenga la cabeza hecha un lío, algo previsible, ¿a ver quién no iba a estar así, dadas las circunstancias?, todo esto le va a poner otra vez las pilas. Y a lo mejor hasta encuentra la prueba forense que nos ayude a dar con el paradero de su hijo.

Antes de que abandonaran el cuartel general de la Policía, Reiniger le entregó una carta a Müller. No sorprendió a la comandante ver que tenía toda la pinta de haber sido abierta, sometiéndola al efecto del vapor de agua, y cerrada con torpeza después.

En cuanto Tilsner la dejó sola para ir al aparcamiento a por el Wartburg, con la idea de salir de allí derechos a Frankfurt y Hütte para seguir con las pesquisas, Müller rasgó el sobre y lo abrió.

Sí la sorprendió el membrete. Reconoció el escudo de la República Federal en el acto: aquella águila de tan extraño aspecto, con las alas extendidas, igual que si estuviera haciendo pesas. La rodeaba el emblema de una fábrica. Mandaba la carta el Ministerio de Cooperación Económica de la Alemania Occidental, y estaba fechada hacía solo tres días.

Querida comandante Müller:

Tengo entendido que lleva usted las indagaciones sobre la muerte de un adolescente de Eisenhüttenstadt.

Soy un alto funcionario del Ministerio de Cooperación Económica de la República Federal. He pasado mucho tiempo en Eisenhüttenstadt, por motivos laborales, negociando contratos para el suministro de acero de la planta EKO allí instalada.

Podría tener información que le serviría en sus pesquisas, y le pido, por la presente, que se ponga en contacto conmigo en cuanto le sea posible. Si se encuentra usted en Hütte, me puede localizar a través de la planta siderúrgica sita en la localidad. Si no, en unos días pasaré por Berlín Oriental en viaje de negocios.

Me hospedaré en el hotel Berolina, justo detrás del Kino International que hay en Karl-Marx-Alee. Seguro que lo conoce. Habitación 2024.

Si, por alguna razón, le llegara esto cuando yo ya no me encuentre en Berlín, tiene usted mi número de Bonn en el membrete de la carta.

Imagino que le escribirá mucha gente diciendo que tienen información. Yo solo le digo que, dado el puesto que ocupo, no busco recompensa alguna por la información que le proporcione. Es solo que me preocupa una cosa, y que podría serle de ayuda lo que yo le pase.

Sería conveniente que quedáramos en algún sitio discreto en el que podamos hablar con tranquilidad, mejor que en una comisaría de la Policía del Pueblo.

Un saludo cordial,
Georg Metzger

Aquel nombre no le decía nada a Müller. Pero la carta no dejaba de intrigarla. ¿Cómo era posible que un político de la Alemania Occidental supiera que la oficial al cargo era ella? Los periódicos no habían aireado mucho la muerte de Nadel. A lo sumo, un párrafo en el periódico local, cerca de Senftenberg, como quiera que se llamara el rotativo; pero, que ella supiera, no había salido nada a nivel nacional, ni en Hütte ni Frankfurt, donde, según se explicaba, Metzger tenía sus contactos.

Müller fue a su antiguo despacho en el cuartel general, donde la tuvieron pegando sellos entre la investigación del caso de la chica del cementerio y el siguiente. La saludaron con la cabeza algunos colegas policías, mecánicamente; pero no había estado a gusto allí y por eso le había costado hacer amigos. De no tener que hacer una llamada urgente por teléfono, ni siquiera se habría acercado.

Vio una mesa vacía y, desde allí, marcó el número del hotel y pidió que la pasaran con la habitación de Metzger. Dio el toque de llamada unas cuantas veces y volvió a oír la voz de la recepcionista.

—Según parece, no hay nadie en la habitación en este momento. ¿Quiere usted dejar un mensaje, camarada?

Müller le dio a la chica su propio número privado, el del piso de Strausberger Platz, y un mensaje en el que le pedía a Metzger que la llamara en cuanto volviera.

Tomó el tranvía desde Alexanderplatz, un trayecto muy corto, y fue pensando dónde quedar si Metzger le devolvía la llamada, como esperaba que haría. Había pedido que se vieran en un «sitio discreto». Se acordó de todos los encuentros clandestinos que había tenido con Jäger cuando estaban investigando las muertes de los adolescentes del *Jugendwerkhof.* A lo mejor le podía tomar prestado al coronel de la Stasi alguno de sus puntos de encuentro favoritos.

22

Weisse See, Weissensee, Berlín Oriental.

Metzger era un hombre esbelto con aspecto de ser algo nervioso. No se ajustaba en absoluto a la idea que tenía Müller de un político occidental. Como es lógico, la comandante cotejaría los datos que los servicios secretos de la República Democrática Alemana pudiera tener sobre él —y seguro que serían bastantes—, pero había preferido conocerlo primero. No quería que guiaran sus acciones los prejuicios.

Tal y como había hecho Jäger más de dieciocho meses antes, Müller remó despacio hasta el centro del lago, mientras Metzger no paraba de mirar a todas partes con cierta expresión de angustia en el rostro, como si quisiera asegurarse de que nadie los seguía. Müller era consciente de que cabía la posibilidad de que los estuvieran vigilando. Ella no había tomado las mismas precauciones que en su día tomó Jäger. El coronel de la Stasi fijaba siempre los encuentros por medio de telegramas sellados, entregados en mano por un mensajero que, había que suponer, era de su máxima confianza. Müller no se tomó tantas molestias. Si la Stasi quería seguirla, la seguiría de todas formas. Y ella no podría evitarlo. Sabía que, con toda probabilidad, habrían pinchado los dos teléfonos en el apartamento de Strausberger Platz —el suyo privado y el que comunicaba directamente con la Policía—. Pero tampoco podían tener agentes enganchados a la línea telefónica, escuchando todas las conversaciones habidas y por haber, veinticuatro horas al día. Haría falta muchísimo personal. Un dispendio tremendo de medios.

Miró al cielo. Vio nubes negras, aunque la lluvia seguía sin caer por ahora. De todas formas, llevaba puesta la gabardina, que no dejaría de guarecerla si fuera necesario; y Metzger, sentado enfrente de ella en la barquita, se arrebujaba dentro de un anorak. Tampoco era el abrigo típico que una esperaba en un alto funcionario del gobierno, pero le vendría bien si descargaban los cielos.

La había preocupado el acto mismo de remar. Jäger fue el que se encargó cuando la llevó allí. Pero en el caso de Metzger, no salió de él, así que corría a cuenta de Müller llevar a pulso la barquichuela hasta el centro del lago, donde pudieran estar seguros de que nadie estaría escuchando.

Cuando quedó satisfecha de la posición central que habían ganado, replegó los remos y esperó a que Metzger dijera lo que tenía que decir. Sin embargo, el hombre guardó silencio al principio. Solo se oía el gotear del agua por la pala de los remos, de vuelta al lago, y el suave golpeteo del oleaje contra los flancos de madera de la barca.

Por fin, Metzger empezó a hablar.

—Gracias por haber accedido a verse conmigo, camarada comandante. —A Müller le impresionó aquel esfuerzo por dirigirse a ella como hacían los miembros del Partido en la Alemania Oriental, pero le dijo al político que no hacía falta.

—Con Karin, vale, Herr Metzger.

—Seguro que se pregunta usted por qué pedí que nos viéramos en un sitio que no fuera público.

Müller se encogió de hombros. Ya imaginaba que no había venido a hablarle de contratos sobre la producción de acero y nada más.

—Lo que sí me gustaría saber, no obstante, es si me puedo fiar de usted.

—¡Ya! —exclamó Müller—. No sé si le puedo dar muchas garantías a ese respecto. Soy oficial de policía, pero la Policía para la que trabajo es la Policía del Pueblo de la *Deutsche Demokratische Republik*. Por lo tanto, sirvo también al Estado. Lo que sí le puedo decir es que no me mueve ningún oscuro motivo contra usted. No lo conozco. Así que no sé qué puede temer de mí. Si lo ayuda a decidirse, le diré que tengo fama de ser una oficial honesta. Puede que demasiado honesta a veces, y eso me pasa factura.

Müller notó que el otro la calibraba con la mirada. Pero no como hacía Tilsner, o quizá incluso Jäger. Si no le fallaba la intuición, el vínculo de Metzger con el caso era precisamente su falta de interés en el sexo femenino.

—Está bien —dijo, despacio, demorándose en cada palabra—. Supongo que no puedo pedir mucho más, y el que solicitó esta reunión fui yo, no usted.

Müller asintió con la cabeza.

—Le voy a confesar algo que me cuesta reconocer como tal. Por eso le preguntaba si me podía fiar de usted. No he cometido delito alguno, pero si lo que estoy a punto de contarle se hiciera público al otro lado del Muro, ya me podría ir despidiendo de mi carrera política. No me cabe ninguna duda de que la Stasi me tiene abierto un expediente, así que puede que lo que le voy a revelar no sea ninguna sorpresa. —Metzger dejó caer el brazo por un costado de la barca y pasó un dedo por el agua fría y oscura del lago. Müller vio el escalofrío que le dio—. Por el puesto que desempeño en el Ministerio de Cooperación Económica de Alemania Federal, como ya le he dicho, tengo que viajar a menudo a Alemania del Este. Estoy lejos de casa, sin mi mujer ni mis hijos…

A Metzger le flaqueó la voz cuando vio la cara de sorpresa que ponía Müller.

—Sí, camarada comandante. Tengo mujer y dos hijos pequeños. Eso ayuda si uno quiere hacer carrera en política. Pero cuando vengo al Este, a Eisenhüttenstadt, o a ferias de comercio, por ejemplo a Leipzig, pues qué quiere que le diga, me siento solo a veces. Y cuando un hombre se siente solo, busca compañía. Y, a veces, esa compañía no se encuentra así como así y tiene que pagar por ella.

—O sea, que me está contando que echa mano de prostitutas, ¿es eso, Herr Metzger? No es usted el primer padre de familia al que se puede acusar de eso, ni de lejos.

El hombre cerró los ojos un instante.

—No, es peor que eso. En mi caso particular, cuando busco compañía, son hombres.

—¿Así que es homosexual?

Metzger negó con la cabeza.

—No solo eso. Ya le he dicho que tengo mujer e hijos. Las mujeres también me atraen. Así que se podría decir que bisexual es lo que soy.

—Muy interesante, Herr Metzger; pero ¿qué tiene eso que ver con mi caso?

—El mes pasado estuve en la feria de comercio de

Leipzig. Estaba tomándome una copa yo solo en el bar del Interhotel, cuando se me acercó un hombre joven, bueno, poco más que un joven, en realidad, que dejó claro que estaba disponible… a un precio. Al principio, me reí y le dije que no tenía el más mínimo interés en eso. Pero volvió a la noche siguiente, empezamos a hablar y una cosa llevó a la otra.

Metzger posó la vista con aire melancólico en la orilla del lago y en el café Milchhäuschen. Müller sabía que era un local frecuentado por los agentes de la Stasi. Pero aquel hombre no tenía pinta de estar buscando espías; más bien, se lo veía perdido en sus recuerdos.

—Siga —dijo Müller—; porque todavía no veo la relación.

—La relación es que en ese encuentro que tuvimos en mi habitación del hotel, vi algo que lo vinculaba sin lugar a dudas con Eisenhüttenstadt. Y algo de lo que me he enterado hace poco, por un cotilleo que he oído en la planta siderúrgica de *EKO*, lo vinculaba también al cadáver que sus colegas de la Policía encontraron a orillas del Senftenberger See.

—¿Qué? —preguntó Müller, aunque ya sabía la respuesta.

—Un tatuaje. Un trozo de un tatuaje con el escudo del equipo de fútbol de Hütte, el BSG Stahl.

23

La revelación de que Dominik Nadel había trabajado de chapero en la feria de comercio abría nuevas perspectivas sobre el caso. Debía hablar de ello con Tilsner lo antes posible, pero tenía que hacer más cosas primero. Cuando se despidió de Metzger, Müller buscó refugio en su apartamento de Strausberger Platz, con la esperanza de pasar un rato que le cundiera de verdad con los mellizos y Emil, cuando este volviera del hospital.

Pero, nada más entrar por la puerta, Helga la miró con cara de resignación y le dio una nota.

—Acaba de llamar uno de tus compañeros desde la comisaría central. Le dije que no sabía cuándo volverías, pero me pidió que te diera el mensaje: que lo llamaras a Keibelstrasse en cuanto volvieras. Dijo que era urgente. Es el *Kriminaltechniker* Jonas Schmidt, y esta es su extensión. —Le entregó una hoja del taco que tenían al lado del teléfono, con el número de Schmidt garabateado.

—Gracias, Helga. Siento todo esto. ¿Cómo están los mellizos? ¿Ya ha vuelto Emil?

—¿Emil? Qué va, no lo veo desde esta mañana. Jannika y Johannes están bien. Los tengo ahí sentaditos, en el salón. Pero, si te digo la verdad, la situación empieza a desbordarme. Ya voy para vieja, quería hablar contigo de esto. Me parece que hay que llevarlos a una guardería o al jardín de infancia. Empezarán a gatear dentro de poco. Yo no sabía que ibas a estar tanto tiempo fuera de casa.

Müller sintió que la embargaba la emoción. Estaba siendo muy egoísta: ponía su trabajo ante todo. Cuando tenía que ser al revés. Le había llevado años, la vida entera, encontrar a su abuela biológica, el único vínculo de sangre con su madre muerta. Los mellizos eran casi un regalo caído del cielo, después de estar tantos años pensando que el trauma físico y emocional provocado por la violación en la academia de Policía la había dejado estéril. Ahora corría el riesgo de tirarlo todo por la borda. Por culpa de su carrera de policía. No merecía la pena. Notó cómo se le iban humedeciendo los ojos. No quería echarse a llorar; al menos, no delante de Helga. Ni de los mellizos. Eso solo empeoraría las cosas.

Helga le tomó la barbilla con los dedos y la obligó a mirarla a los ojos.

—Mira, no te disgustes. No estoy enfadada. Ni digo que seas mala madre. Ya sabía a lo que me atenía cuando me vine a vivir con vosotros: sabía cómo sería tu trabajo. Bueno, me hacía una idea aproximada. Lo que pasa es que, por el bien de los bebés, me parece que les vendría bien algo más formal. Hay muchas opciones para el cuidado gratis de los niños en la República. Estoy segura de que, desde la posición que ocupas, puedes conseguir la mejor. Recurramos a eso, aprovechémonos.

Müller no sabía si podría articular palabra, por eso se limitó a asentir. Luego se desembarazó del abrazo de Helga y fue a ver a los mellizos.

Se agachó primero delante de Jannika, y su hija le sonrió y empezó con su parloteo inarticulado. Entonces, la niña alargó la mano para quitarle a Johannes el bloque de colores con el que estaba jugando, lo que provocó los gritos y lamentos del niño. Intervino enseguida Helga, que lo tomó en brazos y empezó a acunarlo, mientras Müller se quedaba clavada en el sitio, sin saber qué hacer.

—Así no se saluda a mamá, Hansi, chiquitín. ¿A que seguro que lo sabes hacer mejor, eh?

Müller se tuvo que morder la lengua. No quería que a su hijo lo llamaran Hansi. Le recordaba demasiado al hombre que había centrado las investigaciones en el caso previo. Pero sabía que tenía que estar agradecida. Corría el riesgo de que se fuera todo al garete. No podía permitirse airar a Helga en este momento.

Cuando Johannes se hubo calmado, su bisabuela se lo pasó a Müller.

—Anda, deja a mamá que te dé un beso bien gordo, guaperas —le dijo al niño Helga. Luego se agachó para jugar con Jannika.

Johannes se echó a reír cuando su madre le hizo pedorretas en la tripita. A lo mejor todavía podían sacar adelante aquello. Solo habría que volver a intentarlo, con más ganas, y enterarse de las opciones que había para el cuidado de niños, como había apuntado Helga.

Parecía que Schmidt había vuelto a ser casi la sombra del que fue, por lo menos lo que le permitían las aciagas circunstancias, con su hijo en paradero desconocido. A Müller no le costaba mucho imaginárselas, porque le había pasado lo mismo cuando Johannes no había cumplido ni unas horas de vida. Pero, aparte de un ligero brillo obsesivo en los ojos, Schmidt volvía con renovada frescura y ganas de trabajar. Seguro que cuando hubiera visto que Reiniger asignaba una unidad especial a la búsqueda de Markus, eso habría supuesto un espaldarazo para él, aunque la verdad era que había pocos cambios en las investigaciones. Y lo que Metzger le había contado, a qué se dedicaba Dominik Nadel antes de ser asesinado —pues ella seguía creyendo, casi a pies juntillas, que era un asesinato—, la llenó de temor: ¿habría caído tan bajo también Markus Schmidt?

Su padre no paraba, iba correteando entre las mesas del laboratorio.

—Ah, camarada comandante. Menos mal que ha podido darse prisa. Es que no quería hablar de esto por teléfono.

—¿Qué tienes, Jonas?

—Es el calcetín. Por fin tengo los análisis del calcetín. Muy interesantes. Muy interesantes.

—Cuéntame.

—Pues, lo primero que hay que decir es que el fabricante es italiano. Y que se trata de una media de fútbol, o de deporte.

—¿Has podido averiguar de qué equipo es?

—Desgraciadamente, no. Es de color rojo, sin distintivos. Pero lo cotejé con los que lleva el BSG Stahl Eisenhüttenstadt. Las dos equipaciones, la de casa y la que visten como equipo visitante. De ellos no es.

—Entonces, ¿no sabemos de dónde sale?

—Por el tipo de tejido del que está hecho, desgraciadamente, no: es poliéster. Sin embargo, he hallado algo interesante. ¿Puede venir un momento que le enseñe por el microscopio?

Schmidt siempre trabajaba así. Y a Müller la ponía

de los nervios. En vez de darle un informe preciso, el forense le mostraba con orgullo lo que había encontrado, como un colegial que no cabe en sí al acabar su último trabajo para la clase de Ciencias.

Müller entrecerró un ojo y aplicó el otro al ocular.

—Ilústrame, Jonas. Porque ni siquiera sé qué tengo que buscar en lo que veo.

—Fíjese en el dibujo, es muy significativo. Lo que está mirando es el corte en sección de una fibra vegetal.

—Ajá. ¿Y?

—Es de color rosa, tirando a marrón claro, ¿vale?

—Eso parece. ¿Por qué le das tanta importancia?

—Como es lógico, el calcetín propiamente dicho estaba empapado de todo tipo de fluidos corporales, a cuál más horrendo. Cabe esperar algo así. Vaya forma más terrible de morir. Pero, prendido al tejido, estaba este trozo de fibra, que he sometido a la lente del microscopio.

—¿Y de qué nos sirve eso?

—Bueno, pues he logrado identificar la especie. —Schmidt sacó una enciclopedia de plantas de la estantería y la estuvo hojeando hasta que llegó a la página que le interesaba—. Mire aquí —dijo, y señaló la foto—. Es el mismo árbol que tenemos al microscopio. Bueno, no exactamente el mismo, pero casi.

—¿Y? —preguntó Müller. Schmidt estaba casi encima de ella en este último vistazo que la comandante echó al ocular del microscopio. Le llegaba el olor a salchicha de su aliento. Siempre le olía a eso, debía de ser lo que más le gustaba picar entre comidas, y puede que las comprase en un puesto de Alexanderplatz. Menos mal que había vuelto a comer.

—Pues que lo que está usted viendo, camarada comandante, es un corte en sección de *Juglans regia* 'Carpathian'. Se conoce comúnmente como nogal persa. Solo se da al aire libre en un área que abarca desde los Balcanes hasta el Himalaya, y partes de China.

—Es un área muy grande, Jonas. Muy pero que muy grande.

—No le voy a decir que no, camarada comandante. Así a primera vista, no nos ayuda gran cosa. Pero si combina ese dato con el área del que los equipos italianos de fútbol suelen importar las medias, la cosa se reduce bastante.

—¿Se reduce a qué?

—No sería a ninguno de nuestros países socialistas amigos, a no ser que hayan abierto los aranceles. Pero no creo. Ese país, al otro lado del telón de acero, solo podría ser Grecia. El norte de Grecia, para ser más exactos.

—¿Grecia? —Müller se mostró confundida. La cabeza le empezó a ir a cien por hora. Ya sabían de qué era el tatuaje que Nadel tenía en la espalda; ¿no iría Schmidt a desempolvar ahora la teoría de la pi griega que había descartado antes?

—Pero —siguió diciendo Schmidt—, sí que hay un país socialista que tiene frontera con Italia, por tierra y por mar, y que tiene relaciones comerciales normalizadas con el resto de Europa, e importa medias de fútbol de Italia.

A Müller no se le daba demasiado bien la geografía, aunque sí mejor que a Tilsner, y con mucho. Sin embargo, ya sabía lo que Schmidt iba a decir antes de que el *Kriminaltechniker* dijera lo que pensaba que era su *coup de grâce*.

—Yugoslavia —anunció a bombo y platillo—. Casi con toda certeza, la media que le metieron a Dominik en la tráquea y que le causó la muerte provenía de Yugoslavia.

24

Más tarde ese mismo día.
Frankfurt an der Oder.

Müller logró convencer a Schmidt de que redundaría en beneficio de todos a la hora de encontrar a su hijo el que la acompañara esa tarde de vuelta a Frankfurt, para pasar allí la noche y verse con Tilsner. Así podrían darle parte y hablar de la mejor estrategia a seguir.

Los nuevos ánimos que había cobrado el forense, al hallar información importante sobre el calcetín que le metieron a Dominik Nadel en el gaznate, se evaporaron en cuanto Müller le contó en el coche que había cierta relación entre los casos de Markus y Nadel, y que Nadel estaba implicado de alguna forma en la prostitución homosexual.

Se volvió un instante para mirar al de la Policía Científica, sentado en el asiento del copiloto del Lada. Schmidt se sostenía la cabeza entre las manos.

—¿Me está diciendo que mi hijo no es que esté desaparecido, sino que a lo mejor se gana la vida de chapero? —Negó despacio con la cabeza—. No lo puedo creer, camarada comandante. Es que no me lo puedo creer. Sería pedirme demasiado que me cupiera eso en la cabeza.

***

Eligieron el primer bar en el que los estuvo observando Diederich la vez anterior. Solo que, en esta ocasión, no se lo veía por ninguna parte. Podía ser que la Stasi juzgara suficiente aquel aviso que les habían dado a Müller y los suyos. O a lo mejor era que todavía no tenían noticia del nuevo caso que les habían asignado: la búsqueda de Markus. Müller sabía que era solo cuestión de tiempo que volvieran a vigilarlos.

Había llevado unos folios y un bolígrafo y los tenía delante. La verdad era que habría sido más fácil preparar en comisaría una sala de operaciones. Pero, dado el roce reciente con Diederich y Baum, lo mejor era quedarse en lo posible fuera del radar.

—A ver, entonces, ¿qué estamos diciendo ahora? —preguntó Tilsner—. ¿Que quien mató a Nadel fue un exjugador yugoslavo del BSG Stahl, amargado porque el joven tirara de la manta y, por su culpa, él perdiera el plato de lentejas? Cuando todo apunta a que no fue el que tiró de la manta, sino el que acabó pagando el pato en el fondo del río. Que alguien le hizo una encerrona, vamos. Karin, todo esto es un poco lioso. Más aún, es un lío de tres pares de narices. ¿Y dónde entra el hijo de Jonas en todo esto? Si es que entra.

Schmidt se había quedado callado, como insensible. Müller le puso una mano en el brazo.

—Intenta no preocuparte, Jonas. Ya sé que es fácil decirlo. Pero lo mejor es tener en mente que a Markus lo vamos a encontrar siguiendo la lógica.

—Ya lo sé, camarada comandante. Pondré en ello todo mi empeño. Estoy agradecido de poder estar aquí, trabajando con usted.

—Yo sigo creyendo que deberíamos darle a Jan Winkler un meneíto. Sabe más de lo que da a entender. A saber adónde iba ese día que los matones de la Stasi nos interceptaron. Porque en los alrededores del club no se quedó, ¿a que no? Tenía que ir a algún sitio importante para que los del Ministerio para la Seguridad del Estado nos detuvieran.

—Tienes razón —asintió Müller—. Si voy con pies de plomo es por lo que me contó Jonas de su padre. Si es verdad que trabaja para la Stasi no quiero pisarle los callos más de lo debido. Pero hay que elevar la apuesta. Le preguntaré al *Oberst* Reiniger si podemos llevarlo a comisaría. De paso, le pediré al coronel que autorice vigilancia las veinticuatro horas, con un equipo de agentes de la *Vopo* o de la *Kripo* de Berlín.

—A lo mejor conviene hacer lo mismo con tu amigo de la Alemania Federal. Estaría bien saber exactamente qué se trae entre manos.

—¿Metzger? Ya me va a costar lo suyo que Reiniger nos deje seguir a Winkler. Lo de Metzger sería demasiado, sobre todo porque podrían saltar chispas en la relación con la República Federal.

—Pero podemos apretarle un poco. Amenazarlo con contar su vida secreta a los periódicos de Bonn.

Müller soltó un suspiro.

—Puede. Dije que le guardaría el secreto, pero podríamos tirar por ahí. Como último recurso. Venga, pongámonos todos a pensar, tú también, Jonas, en posibles líneas de actuación.

Tilsner apuró la cerveza.

—Vale. Centrémonos en lo que sabemos a ciencia cierta y olvidemos todo lo hinchado del caso este. ¿Qué tenemos? Sabemos que Dominik Nadel aceptaba dinero por acostarse con otros hombres, por lo menos una vez, aunque no perteneciera a una especie de red de prostitución. Porque, si formaba parte de una red, entonces a lo mejor merece la pena presionar un poco más a Metzger. ¿Reconoce a más chavales? ¿Ha visto alguna vez a Markus haciendo algo parecido? Perdóname, Jonas, pero tenía que decirlo.

Schmidt cerró los ojos detrás de los cristales de culo de vaso, como si quisiera borrar de su mente ese tipo de cosas.

—También sabemos —dijo Müller— que a Dominik Nadel le inyectaron algo que cambió el nivel de sus hormonas sexuales. ¿Quién y por qué iba a hacer algo así? Y sabemos que fue alguien que lo forzó, por las marcas de ligaduras en las muñecas.

—A no ser que consintiera que lo esposaran —se aventuró a decir Schmidt, con gesto de agotamiento.

—Bien visto, Jonas —dijo Tilsner—. ¿Y si fue alguna práctica sadomaso de esas raras? Pudiera ser que sí. A lo mejor eso lo ponía sexualmente. O a ese político nuestro que hace a pelo y a pluma. Otra razón para darle un meneo también a ese.

Müller soltó un suspiro.

—Pero, entonces, ¿cómo explicas los niveles de testosterona?

—A lo mejor jugaban a eso también. No sé. A lo mejor te da un subidón con la cosa esa, supera los niveles que suele producir el cuerpo humano y te la pone más dura que una piedra.

Müller dijo que no con la cabeza.

—Eso solo son suposiciones. Nos hace falta la ciencia. Jonas, ahí tienes tú trabajo. Busca toda la evidencia científica que haya detrás de eso, recurre a tus contactos berlineses. Habla con las universidades, con los departamentos pertinentes. ¿Sabemos si alguien está llevando a cabo pruebas parecidas? De manera oficial o no oficial. La verdad es que ya debían estar hechas esas comprobaciones. Lo teníamos delante de las narices desde que Fenstermacher lo mencionó. Y supongo, ya puestos, que puedes enterarte de si el mundo homosexual recurre a inyecciones de testosterona para entonarse.

—Por supuesto, camarada comandante. Me pondré a ello a primera hora de la mañana.

—Voy a preparar el terreno para el seguimiento de Winkler, y a ver si me dejarán llevarlo a comisaría para interrogarlo. Haré unas llamadas esta noche. Werner, dale un toque otra vez al entrenador de juveniles. La teoría de una posible venganza yugoslava es suya. ¿No dijo que uno de ellos regentaba un bar en Hütte? Pudiera ser un buen sitio para empezar. Y, digan lo que digan de su «cebo» los de la Stasi, tenemos que volver a ese club. Interrogar a todo el mundo. Por si hay alguno al que hace tiempo que no ven, como pasó con Nadel.

—Sí —dijo Schmidt con cara de tristeza—. Está el caso de mi hijo.

—Ya lo sé, Jonas —dijo Müller—. Pero lo vamos a encontrar sano y salvo, y lo vas a volver a acoger en la familia, sea lo que sea lo que haya pasado.

25

Un mes antes (septiembre de 1976).
Interhotel Stadt de Leipzig.

Estoy nervioso porque no quiero cagarla. Es la oportunidad que necesito para huir de esta pesadilla, para recuperar mi vida. Con hacer lo que me piden, vale; por muy desagradable que sea. Solo será una vez, me han dicho. Además, no me queda otra, porque como salga a juicio, estoy acabado y bien acabado. Ya me odia bastante mi padre por ser como soy.

Hay mucha gente en este bar. La feria comercial congrega mucha actividad. El alboroto es tremendo. Si consigo salir de esta, lo que me gustaría hacer es algo así: trabajar en un sitio movido como este.

He tenido que estudiar las fotos que le han sacado, desde distintos ángulos, con cortes de pelo diferentes. Lleva gafas de diseño distinto en cada foto. No diría que es muy guapo, pero no está mal. Lo único que tengo que hacer es recordar mi papel y representarlo. Y luego, como a los actores, me pagarán. Solo que, en mi caso, la moneda será la libertad: liberarme de todo este infierno que me rodea.

Noto que tengo confianza en mí mismo. No llevo

las gafas de culo de vaso. Los agentes me las han cambiado por unas lentillas hechas en Japón que son lo último. Para mí, es como amanecer a un mundo nuevo. No hago más que subirme las gafas por el puente de la nariz, como hacía antes; se me olvida que no las llevo ya. Eso me da más confianza en mí mismo, después de lo que he pasado.

Suena música pop occidental, los últimos éxitos. Opto por un taburete en la barra. Me han dicho que es lo que le gusta. Meneo la cabeza siguiendo el ritmo de la música, hago por poner cara de guay, como quien está en la onda, y, sin que llame mucho la atención, recorro el bar de arriba abajo con la mirada, buscándolo.

Al principio, pienso que no estoy de suerte. No lo veo. Luego me fijo en un hombre con gafas: está nervioso, es alto y delgado. Me gustan los altos y delgados. No sé cómo me las habría apañado si me hubieran pedido que lo hiciera con una bola de sebo de los que se comen las salchichas de tres en tres.

Evito mirarlo a los ojos al principio. Esa es la estrategia que me han dicho que siga. Que no se me note demasiado. Que se lo ponga difícil.

Pero entonces, en otro meneo de la cabeza, es él el que me mira a los ojos. No sonrío la primera vez, sino que miro para otro lado. Lo hago sufrir un poco. Es lo que les gusta al otro lado del Muro, según me dijeron. Luego vuelvo la cabeza. Todavía me está mirando. Pero pone cara de triste. Le sonrío. Mi mejor sonrisa, la más cálida. Sigo el ritmo de la música con la cabeza y la vuelvo otra vez, me atuso el flequillo, ese flequillo que caía directamente encima de las gafas gruesas, pero que pende libre ahora —con un ademán muy sexi, lo sé, porque he practicado delante del espejo— sobre mis cejas. A la tercera mirada, cuando estoy seguro de que le intereso, cojo la copa, la apuro de un trago y voy a sentarme a su lado.

Cuando subimos a su habitación, la cosa va peor de lo que yo esperaba. En los taburetes, le puse la mano en el muslo izquierdo, la fui subiendo poco a poco. Noté que se le ponía dura con el roce de mis dedos, y que no me vio nadie en el bar, eso seguro. Aquello prometía.

Pero cuando entro en su habitación y echa el pestillo, parece que todo ha cambiado.

—Yo solo quiero hablar —dice—. Solo hablar un rato.

Ve que no me lo tomo bien, que se me llenan los ojos de lágrimas.

—No llores. Por favor, no llores —dice, y me abraza. A lo mejor le puedo dar la vuelta a la situación. Quizá con esto les baste. Un político de la Alemania Occidental sorprendido en un abrazo con un chico que podría ser menor de edad. Sé que las cámaras de seguridad lo están captando. Llevo la mano a su entrepierna, pero la aparta de un manotazo.

—Lo que he dicho va en serio. Solo quiero hablar. De verdad. Pero te daré el dinero de todas formas. Lo que suelas cobrar.

—Si lo tienes claro —digo—. Es un detalle por tu parte.

Le dejo que cuente los billetes, luego se los quito de la mano, a ver si va a cambiar de opinión. Una parte de mí piensa: «Menudo capullo». Pero a la otra le da pena este hombre.

A lo mejor le pasa como a mí, que está a la desesperada.

—A ver, ¿de qué quieres hablar? ¿De algo sexi? —digo esperanzado.

Dice que no con la cabeza.

—No me va mucho ese rollo. Estoy intentando superar una relación anterior.

—¿Con un chico?

Dice que sí con la cabeza, noto que le da algo de vergüenza. Le miro las manos, veo el anillo de casado. Lo esconde, avergonzado, con la otra mano.

—¿Casado?

Asiente y suelta un suspiro. Me acerco a él; estamos sentados los dos en la cama y se tocan nuestros muslos. No me aparta esta vez. «A lo mejor todavía hay una posibilidad».

Dice que quiere hablar, pero no veo que dé pie a ninguna conversación. Es raro, porque tiene por fuerza que saber que se paga por horas, aunque no seré yo el que se ponga a contar los minutos. Lo único que tengo que hacer es ponerlo en una posición comprometedora delante de las cámaras. Pero a lo mejor es que tengo que ir despacio.

—Pues venga, vamos. No nos vamos a quedar aquí sentados y ya está. Si no quieres nada conmigo, tenemos que empezar a hablar como sea. ¿De qué quieres que hablemos? Todavía no me has preguntado ni cómo me llamo. ¿Cómo te llamas tú?

—Georg. —Eso ya lo sé, claro. Por lo menos no me da un nombre falso; que es lo que voy a hacer yo en cuanto me pregunte—. ¿Y tú? —pregunta.

—Tobias. Tobias Scherer.

—Y ¿cómo acabaste jugando a esto, Tobias? ¿No es un poco peligroso, aquí en el Este?

—¿Por qué acaba haciéndolo todo el mundo? —res-

pondo, y cada vez tengo más confianza en mí mismo—.
Por dinero. Para salir de algún atolladero. Pero no, no es
tan duro en el Este. Solo tienes que tener cuidado con no
hacerlo delante de las autoridades.

—Y, dime, ¿conoces a los otros?

—¿A los otros?

—A los otros chicos que trabajan en esto.

Qué extraño es todo. Espero que no sea uno de esos
tipos raros que tanto salen en los telediarios occidentales. Niego con la cabeza.

—No soy parte de ningún grupo. Solo trabajo por
mi cuenta.

—Y ¿de dónde eres?

No sé muy bien por qué, esta pregunta me descolo-
ca. No quiero decir la verdad.

—Frankfurt —miento, porque allí es donde me
arrestaron y porque es lo primero que me viene a la cabeza—. Frankfurt an der Oder, claro, la otra no.

—Claro, claro. —Se esfuerza, y le sale una pequeña
sonrisa.

—¿Has estado en Eisenhüttenstadt? —pregunta.
Scheisse. Me entra el pánico. No me acuerdo de dónde
está eso. Aunque algo me viene a la memoria, está al
este, al este del Este. Es el extremo este de la República.

—Pues claro —miento. Qué fácil es mentir, parece
un juego. Como otro mundo, un mundo que tú solo te
construyes, y ahí vives. Tan tentador—. Está muy cerca
de aquí. Tengo muchos amigos que son de allí. —Otra
mentira, por supuesto. Porque yo, amigos, lo que se dice
amigos, no tengo ninguno. Eso es lo que me gustaría
decirle. Y que el único amigo que tenía me ha traicionado. Pero sé que si le digo eso, se habrá terminado el juego. La Stasi cumplirá su palabra. Acabaré en Bautzen o

en Hohenschönhausen. No quiero saber cómo se vive en ninguno de los dos sitios, muchas gracias.

Me mira a los ojos, como si supiera que miento. Imagino que la mentira es algo que tienta a muchos chaperos, y eso es lo que soy ahora, un vulgar chapero.

—Pues a lo mejor conoces a mi novio —dice—. Es de Hütte.

«¿Hütte?». ¿Dónde coño está eso? El pánico se apodera otra vez de mí, espero que no se dé cuenta. Obviamente, es un sitio que debería conocer si de verdad fuera de Frankfurt an der Oder. Entonces veo la luz. «Hütte». Coincide con la parte central de Eisenhüttenstadt. Debe de ser como lo llaman allí. Ojalá piense que esta cara en blanco que se me ha quedado es porque me devano los sesos para ver si me acuerdo de su novio. Porque no tengo ni idea de quién puede ser, cómo iba a saberlo, si no he estado en Hütte en toda mi vida, y ni siquiera sé dónde está; aunque, al parecer, he hecho carambola al situarlo cerca de Frankfurt.

—¿Cómo se llama?

—Dominik. Dominik Nadel.

Niego despacio con la cabeza y arrugo el entrecejo.

—Pues lo siento, pero no. —A saber si el tal Dominik ha sido tan imbécil como para dar su nombre verdadero, que es lo que la Stasi quería que yo hiciera. Dicen que así es más difícil que te pillen porque se te olvide el nombre falso. Yo no di mi brazo a torcer y dije que trabajaría bajo seudónimo.

Ahora todavía se pone más triste. A lo mejor tenía que haber mentido, decir que lo conocía, inventármelo. Y quedar para otra vez, con la esperanza de que no se limitase a hablar entonces.

Se levanta, camina por la habitación.

—Mira, lo siento mucho, pero me parece que esto ha sido un error.

—Y ¿no quieres que me quede aquí, sentado a tu lado, nada más que eso?

—Es que pareces muy joven. Demasiado joven quizá.

—Tengo dieciocho años —le digo—. Aquí, en el Este, es legal.

—Vale, mira, mejor lo dejamos por ahora. Me parece que es cosa mía, no es más que eso: que tengo una de esas noches en las que ni me aguanto a mí mismo. Ha sido un día agotador. A lo mejor mañana, si vas al bar…

Saco mi mejor sonrisa, la más arrebatadora.

—Pues claro. Además, ya me has pagado. Mañana será gratis. Aunque estaría bien que hiciéramos algo más, aparte de hablar.

—No, no te prometo nada. Te pagaré, por hablar o por lo que sea, no lo sé. Lo vamos viendo.

Me doy cuenta de que yo sí que quiero verlo otra vez. Quiero que me desee. Aunque he cumplido mi parte del trato con la Stasi, aunque podría pararlo ahora, no quiero.

26

Al mes siguiente (octubre de 1976).
Wilhelm-Pieck-Stadt Guben, Bezirk *de Cottbus.*

Los planes que tenía Müller, aquello de poner en práctica una estrategia, algo más que ir a rebufo de los acontecimientos, hacer por recuperar el control de la situación, todo se fue a pique con la noticia que les dieron al día siguiente, muy temprano.

Habían encontrado otro cadáver, cerca de Guben. «Wilhelm-Pieck-Stadt Guben». Müller hizo por restaurarle a la ciudad el nombre oficial, aunque solo fuera mentalmente.

Pero, como bien sabía, a veces, en un caso de homicidio, hacía falta un giro de los acontecimientos en forma de otro asesinato para que encajaran las piezas. Era lo que hacía que avanzara significativamente la investigación. Lo malo era que ahora, ella y el forense de la Policía, Jonas Schmidt, estaban implicados personalmente en el caso. Tenía la esperanza, y rezó para ello, de que no fuera el cadáver de Markus, el hijo del *Kriminaltechniker*. Habría sido difícil de soportar. No habían revelado la identidad de la víctima todavía, solo que era un varón joven.

Tenían que ir a Guben sin más demora.

***

Schmidt había querido a toda costa ir con ellos, pese a los temores que albergaba Müller. Fueron en el Lada los tres. Tilsner conducía, e iba como loco. Adelantaba en las curvas sin visibilidad, con la luz azul de la sirena encendida. Querían llegar antes que Diederich y Baum, costara lo que costara. Se trataba de otra administración regional, eso era obvio: Cottbus, y no Frankfurt. La Stasi de Frankfurt no debería pintar nada allí... pero bien sabía Müller que sí pintaría.

Schwarz había llegado antes al Neisse, a una altura a unos dos kilómetros al norte de Guben. El agua había arrastrado el cuerpo hasta la orilla fangosa, en la ribera occidental del río, territorio de la República Democrática Alemana, mientras que la margen opuesta era de Polonia. Habían invitado a la Policía polaca por cortesía, y Müller los distinguió por los uniformes, de color azul grisáceo, tan característicos, esperando a la orilla del río. Schwarz ya se abría paso de un lado para otro con botas de goma.

—Cuidado dónde ponéis el pie —dijo—. Si te descuidas te hundes hasta la cintura. Volverán en unos minutos los compañeros de uniforme de la Policía local. Los he mandado a por unas pasaderas.

—¿Qué pinta tiene? —preguntó Müller. No se veía bien porque ya habían montado una tienda de campaña encima del cadáver, para protegerlo de los elementos. Estaba empezando a llover. Schwarz debió de ver el parte meteorológico y actuó con gran rapidez.

—A primera vista, la misma historia que en Senftenberg. Desnudo. Otra vez las marcas de abrasión en las muñecas. Aunque es posible que le pusieran el lastre de otra forma, porque no le he visto marcas de cuerdas en el torso ni nada que se le pareciera. Dicho esto, gran parte del cadáver está cubierto de fango, así que tampoco he podido verlo bien. Y no quería lavarlo hasta que no le eche un vistazo la patóloga. Eso sí, dado el parecido que presenta, tuve la precaución de llamar a Fenstermacher. Y al responsable titular de la zona le ha sabido a cuerno quemado. ¿He hecho bien?

Müller sonrió y dijo que sí con la cabeza. Había hecho más que bien. Había hecho lo que ella tenía pensado hacer si el *Hauptmann* de la *Kripo* no se le hubiera adelantado.

—¿Cuándo crees que llegará la patóloga?

—La tendremos aquí en unos treinta minutos. Y para entonces ya habremos montado una carpa como Dios manda: la traen los uniformados con las pasaderas. —Señaló la fina lona de *camping* que era lo único que protegía ahora el cadáver del chaparrón—. Esa la llevo siempre en el maletero para las emergencias.

Müller vio que Tilsner se remangaba los pantalones.

—Vas a echar a perder esos zapatos, Werner, ¿por qué no te esperas?

Su ayudante señaló con la cabeza a Schmidt, que se había quedado rezagado del resto. Müller se dio cuenta de que estaba temblando. Fue hacia él, levantó el paraguas para guarecerlo debajo y lo abrazó.

—¿Le pasa algo? —preguntó Schwarz.

—Su chaval ha desaparecido y a lo mejor se ha visto implicado en todo esto. ¿Se le ve la cara, sin necesidad de tocar el cadáver?

—Está un poco vuelta para un lado. Se le ve parte de la cara. ¿Quieres echar un vistazo?

Tilsner movió afirmativamente la cabeza.

Schwarz empezó a quitarse las botas de goma.

—No sé qué talla usas, pero ponte estas si quieres. Yo no pisaría ese fango sin protección, está muy contaminado.

Tilsner aceptó el ofrecimiento, se quitó los zapatos y metió los pies en las botas dando saltitos alternativos con un pie y con otro para no manchárselos, lo mismo que había hecho Schwarz al descalzarse.

Tilsner levantó la lona de la improvisada carpa y Müller contuvo la respiración. Notó también cómo se tensaba Schmidt entre sus brazos. Lo apretó fuerte, estrechó aquel corpachón contra el suyo, como haría con un niño.

Los dos esperaban a toda costa que el resultado fuese el mismo.

Esperaban.

El tiempo se había ralentizado, o eso parecía. Müller vio, por la abertura de la tienda de campaña, que Tilsner observaba el cuerpo desde varios ángulos; que se agachaba y lo examinaba detenidamente.

Luego salió.

Schmidt estaba temblando.

Tilsner dijo que no con la cabeza. No fue un movimiento demorado y triste. Sino vigoroso. Luego empezó a gritar.

—¡Pierde cuidado, Jonas, que no es él! No se le ve la cara completa, pero tu hijo no es, eso te lo aseguro.

Schmidt se derrumbó en brazos de Müller, que tuvo que emplearse a fondo para aguantar el peso, nada desdeñable, de su forense.

Lo oyó sollozar, notó cómo aquel cuerpo se liberaba de la tensión.

—Ya pasó, Jonas, ya pasó —dijo para calmarlo.

Él suspiró hondo.

—Pasar no ha pasado, ¿verdad que no, camarada comandante? Puede que Hanne y yo hayamos tenido suerte esta vez. Pero pobres de esos padres, que están por ahí, en alguna parte, y han perdido a su hijo. Y seguimos sin encontrar a Markus.

El cálculo que había hecho Schwarz de lo que tardaría en llegar la patóloga fue preciso casi al minuto, y en media hora, apareció, briosa, dentro de un impermeable enorme con capucha. Ya habían puesto la carpa y las pasaderas y podían meterse todos dentro y rodear el cadáver, atentos al examen que le hacía Fenstermacher con las manos enguantadas.

Levantó la cabeza un instante, cuando uno de los oficiales polacos entró.

—¡La Virgen! Esta vez sois más. Será que os reproducís como conejos.

—Es un camarada de la Policía polaca —le explicó Schwarz—. Por si acaso el cadáver fuera de ellos y no nuestro. Pero me da que guarda parecido con el de Senftenberg. ¿Tú qué crees?

—Parecido hay. Y diferencias, también —respondió ella sin remilgos—. Pero pasa lo mismo en todas partes, la verdad sea dicha. Ningún cadáver se parece a otro. Por eso me gusta tanto este trabajo. Aunque no entiendo muy bien por qué me habéis mandado llamar a mí, si esto es competencia del doctor Neudorf. ¿Cómo se lo ha tomado él? Muy contento no creo que esté. Aquí manda él y yo soy una intrusa. Así que si me meto en líos, te voy a echar la culpa a ti, Helmut.

—No te vas a meter en ningún lío, Gudrun, ya te lo digo yo.

Siguió con el examen del cadáver, pero no comentó nada con ellos, si es que había llegado a alguna conclusión.

—No estaría yo tan segura, Helmut. Habéis acudido tantos que me juego lo que sea a que alguno sois de la Stasi, ¿a que sí?

Ya iba Müller a decir que no, que la Stasi todavía no había llegado, cuando se abrió el lateral de la carpa y entró Diederich, como si hubiera estado esperando la señal. Sonrió afectuosamente a Müller, parecía quitarle importancia así a su desacato de las órdenes de la Stasi de quedarse al margen.

—Pues el caso es que se oiría hasta el vuelo de una mosca aquí ahora mismo —siguió diciendo Fenstermacher—. A saber por qué será.

Müller vio la risa contenida en las caras de Tilsner y Schwarz, que se miraban con gesto cómplice.

Fenstermacher soltó un suspiro.

—¿Lo puedo mover un poco? ¿Le habéis sacado ya las fotos que os hagan falta?

Schwarz asintió.

—Adelante. Se las sacamos antes de que vinieras.

—Muy bien, pues a la de tres. —Müller vio el esfuerzo reflejado en la cara de la patóloga, al desplazar a un lado la cabeza del joven muerto, tal y como había hecho con Dominik Nadel. Sonó un ruido característico cuando el torso fue despegado del lecho de fango que lo succionaba. Müller vio en el acto que había una diferencia: la patóloga limpió de barro el hombro, y quedó expuesta la piel, en la que no había tatuaje alguno.

Fenstermacher lo dejó caer entonces de vuelta a su fangoso lecho.

—Es un poco como esos pasatiempos de los periódicos, cuando hay que encontrar las diferencias entre dos dibujos, ¿verdad?

—¿Qué puede decirnos de lo que lleva examinado? —preguntó Müller, dado que nadie más hacía la pregunta de la que todos esperaban respuesta.

—Vale. Parecido: pues que está muerto, bien se ve; desnudo, esto también salta a la vista. La edad, poco más de veinte años, si llega. Que es varón, también apreciable a primera vista. —Sacudió el pene fláccido para recalcar esto último—. Sigue el parecido con esto. —Fenstermacher levantó una muñeca, luego la otra. Las cubría el barro, pero, como había dicho antes Schwarz, se apreciaban todavía las marcas. De una u otra forma, a aquel joven lo habían maniatado—. Y además tenemos esto. —Levantó un poco el cuerpo, para que se viera la parte superior del brazo izquierdo, cuya superficie limpió de algo de barro—. Marcas de inyecciones. Así que, en efecto, guarda mucho parecido con el otro, y ya veo por qué me habéis hecho venir nada menos que desde Hoyerswerda.

»Ahora bien, también hay diferencias importantes. No veo pruebas de que hayan atado al cuerpo ningún lastre; no hay más marcas de eso que las de las muñecas, ya mencionadas. Pero hay diferencias de mayor calado, que a lo mejor los ayudan con sus pesquisas o a lo mejor no. Ahora pregúntenme cuánto tiempo llevaba el cuerpo en el agua.

Tilsner le recogió el guante. Se veía que disfrutaba con la palabrería de Fenstermacher. Müller hubiera preferido que la patóloga fuera al grano.

—¿Cuánto tiempo lleva el cuerpo en el agua? —preguntó su segundo de a bordo, muy teatrero.

—Yo diría que unas horas. Menos de un día, eso

seguro. —Todos se miraron con sorpresa, Müller incluida. Diederich, según observó la comandante, seguía con cara de póquer—. Ahora pregúntenme que cómo lo sé.

Tilsner volvió a darle el pie, en idéntico tono que antes.

—¿Y cómo sabe usted eso?

—Porque el cadáver no presenta señales de degradación. La piel un poco arrugada, sí, pero como se le queda a una después de un baño largo. Y no lo han atacado los peces ni otra fauna; cosa que suele pasar enseguida. Así que, para curarnos en salud, vamos a decir que menos de un día, por ahora. Sugiero que hagamos la autopsia cuanto antes; seguro que aquí, en Guben, tienen todo lo necesario, a no ser que al doctor Neudorf le entre de repente un afán por salvaguardar su territorio. ¿O se dice ahora Wilhelm-Pieck-Stadt Guben? En cualquier caso, sus preguntas son muy atinadas, capitán, me ha impresionado usted. De lo que deduzco que no hace falta que le diga la pregunta que viene a continuación.

Tilsner se tomó su tiempo para pensar, como un actor en escena.

—Hum…, y qué me dice de… ¿cuál fue la causa de la muerte?

—Por fin. ¡Bravo! Oiga, si la Policía por fin se da cuenta de que le sobran la mitad de los efectivos y se queda usted sin trabajo, a lo mejor tengo yo un puesto para un chaval listo como usted. Eso es: ¿cuál fue la causa de la muerte? Acuérdense de que con el chico del lago fue por asfixia, aunque un tipo de asfixia cruel en demasía. Y aquí hay señales claras de asfixia también. Creo que puede que estuviera a punto de ahogarse.

»Pero no. Lo que liquidó a este… —Fenstermacher pasó ostensiblemente la mano por el pecho del joven muerto y apartó con aquel amplio movimiento lo que parecía barro a ojos de Müller. Sin embargo, al fijarse más detenidamente en los restos que quedaban, vio que también había sangre— fue esto.

La herida de entrada quedaba ahora patente a la vista.

Casi eran innecesarias las últimas palabras de Fenstermacher, pero las dijo de todas formas.

—Le dispararon.

27

Wilhelm-Pieck-Stadt Guben, Bezirk *de Cottbus.*

Müller sintió la necesidad de convocar a todos los oficiales de Policía para hacer una puesta en común lo antes posible. Schwarz se ofreció a echar mano de sus contactos en el *Bezirk* de Cottbus con el fin de conseguir una sala en la comisaría de la Policía del Pueblo de Wilhelm-Pieck-Stadt, así evitaban tener que volver a Frankfurt o a Eisenhüttenstadt.

Pero cuando iban a montar en los coches, Diederich se acercó a Müller.

—Me sorprende verte todavía por aquí, Karin.

Müller se lo quedó mirando. Era difícil deducir nada del dibujo neutro de sus rasgos.

—La muerte de Nadel es algo que ya no nos incumbe investigar, solo en lo que pueda solaparse con la investigación que tenemos abierta ahora.

—¿Y esa es?

—Estoy seguro de que la conoce bien, camarada *Hauptmann.* —No pensaba jugar al jueguecito del tuteo con Diederich después de ver de qué pie cojeaban tanto él como Baum.

—Bueno, sí, oí algo de que estaba desaparecido un joven. ¿Markus…?

Aquella falta de precisión a la hora de recordar el nombre le pareció fingida a Müller.

—Schmidt. El hijo del forense de la Científica adjunto al Departamento de Delitos Graves. El chico tiene relación con ese «club» cerca de Frankfurt, igual que Nadel. Y esta muerte… —Müller señaló con la mano por encima del hombro en dirección a la carpa, donde un par de policías de uniforme quedaban de guardia, hasta que el cuerpo pudiera ser trasladado al depósito de cadáveres— muestra a su vez similitudes con la de Nadel. Ya ha oído lo que dijo la patóloga. O sea que es más que razonable pensar que queda dentro del ámbito de nuestra investigación. Yo también podría preguntarle qué hace usted aquí. Pensaba que trabajaba en la oficina regional del Ministerio para la Seguridad del Estado de Frankfurt, no de Cottbus.

Diederich sonrió y no pareció turbarse lo más mínimo.

—A nosotros también nos interesa, y mucho. Si esta muerte acaba siendo un calco de la de Nadel, podría tener relación también con nuestros traficantes de drogas. Y ni que decir tiene que si la víctima murió de un disparo…

—De eso no cabe ninguna duda, ¿no? Habrá visto usted la herida de entrada con sus propios ojos. —Mientras lo decía, vio con el rabillo del ojo que Fenstermacher se subía al coche, aparcado en el arcén. Lo ideal sería que la patóloga estuviera también en la puesta en común, y tenía que decírselo antes de que arrancara. Diederich se interponía en su camino—. Mire, tengo mucha prisa. ¿Quiere que lo dejemos en que estamos de acuerdo en discrepar, y nos limitemos a aceptar la presencia del equipo del otro en las labores de investigación procurando no estorbarnos?

—Tú misma, Karin. Daré parte a instancias superiores... No creo que las personas que están por encima de mí lo vean con buenos ojos.

Müller, que ya había salido rauda a interceptar a Fenstermacher, se dio la vuelta y fulminó con la mirada al capitán de la Stasi.

—Yo ya he dado parte a instancias superiores. Tengo todo el respaldo de un coronel en Keibelstrasse.

Diederich le devolvió otra esbozada sonrisa.

—Pues a ver en qué queda todo —dijo—. Sé por propia experiencia que el Ministerio para la Seguridad del Estado acaba saliéndose con la suya... al final.

Müller tuvo suerte, porque la patóloga no había arrancado todavía el coche. Al parecer, había preferido no esperar a llegar a la morgue y tomaba notas en un cuaderno con las puntas dobladas; puede que fueran las primeras averiguaciones después de echarle un vistazo somero al cadáver. No pareció muy entusiasmada cuando Müller le propuso unirse a ellos en la comisaría de Guben para debatir sobre el caso; aceptó, pero con reparos.

—Supongo que, dado que la autopsia la vamos a hacer aquí, podría aprovechar y quedarme por estos pagos. Así que ¿por qué no? ¿Los sigo?

—Pues, si no le importa llevarme, le puedo preguntar algunas cosas por el camino.

Fenstermacher se quedó mirando los zapatos de Müller sin disimular su fastidio.

—Por mí, encantada. Pero le agradecería que se restregara bien las suelas antes de montar, si hace el favor. Me gusta tener limpita esta maravilla. —Acarició el volante al decirlo, y Müller, mientras se quitaba el barro en la hierba de la cuneta, observó el coche con más detenimiento. No era una experta como Tilsner o Schmidt, pero sabía que era uno de los primeros Wartburg, pasado de moda ya, de los años cincuenta o sesenta, antes de que pusieran en circulación los de aspecto más cuadradote que comúnmente empleaba la Policía. Era de un verde claro muy bonito, y por el aspecto que tenía, la patóloga debía de conservarlo en perfecto estado.

Müller les hizo señas a Tilsner y a Schmidt, que la estaban esperando en su Lada, de que no iría con ellos. Cuando creyó que ya tenía los zapatos limpios, montó en el asiento del copiloto. Olía a algo reconfortante allí dentro: una mezcla de cuero viejo, gasolina y a una mujer de mediana edad que tenía mucha clase pero no hacía ostentación de ello.

—Qué raro es esto —dijo Fenstermacher—. Que acuda yo a una de sus reuniones. ¿Por qué quiere que esté presente? —Fenstermacher miró por el espejo retrovisor, luego puso el intermitente, se incorporó a la carretera y siguió a Tilsner. El piloto parpadeante poblaba el silencio del habitáculo de un repiqueteo alentador, muy parecido al tictac de un reloj de mesa.

—Pues porque me parece que lo que averigüe usted después de hacerle la autopsia al cadáver, más lo que haya hallado hasta ahora, nos puede ayudar a delimitar un poco mejor la búsqueda. Un poco no, mucho —dijo Müller.

Fenstermacher asintió, pero no desvió la vista de la carretera.

—Si el cuerpo llevaba poco tiempo en el agua, cabe

suponer que cayó al río cerca de aquí —dijo Müller—. Examinaremos los mapas de la zona, asesorados por la Policía de Guben, y veremos si podemos determinar algo. Si existe un vínculo entre Nadel y el cadáver de este joven, y si los dos fueron maniatados, ¿los tenían retenidos en algún sitio cercano? Y si esto fue así, ¿hay más como ellos? ¿Y están en peligro? —«Sobre todo, Markus Schmidt. Markus, ese chico rarito y nervioso, hijo de mi forense», pensó.

—El disparo con arma de fuego cambia las cosas, eso está claro —dijo Fenstermacher.

—Pero dijo usted que el cuerpo ya mostraba señales de asfixia, ¿incluso antes del disparo?

Fenstermacher asintió.

—O sea, que tuvieron que dispararle en el agua, cuando puede que ya se viera mal para salir a flote, y que se diera cuenta de que se le escapaba la vida.

—Parece claro que alguien quería que se le escapara —dijo Fenstermacher—. Es un río muy ancho. Desemboca en el Oder, y luego, en el Ostsee. Me parece que podemos dar gracias de que el cadáver quedara varado en esa orilla fangosa. El río hace una curva ahí. Si no, ese chico habría llegado a Eisenhüttenstadt, Frankfurt, o al mismísimo mar.

Volvió otra vez el tictac del intermitente. Fenstermacher giraba en una bocacalle, siguiendo al Lada que conducía Tilsner, dentro ya del aparcamiento de la comisaría de Guben. Aparcó al lado de Tilsner y apagó el motor. Pero no salieron del coche. Müller tenía un par de preguntas más que hacerle.

—El problema es —dijo Müller— que, según usted, el cadáver llevaba en el agua, como mucho, veinticuatro horas. O incluso menos. Pero puede que todavía hubiera hecho un trayecto largo en ese tiempo, corriente abajo. A lo mejor debíamos centrar la búsqueda muchos kilómetros más al sur.

Fenstermacher soltó un suspiro.

—Mire, no puedo asegurar nada con certeza hasta que no le haga la autopsia. Sabré a qué atenerme cuando le haya hecho un corte en sección en los pulmones. Y no me gusta andar especulando. Pero... —Fenstermacher hizo una pausa, y pasó otra vez sus encallecidas manos por el volante—, los patólogos solemos ser conservadores, pecamos de precavidos cuando les damos una estimación visual de la primera inspección del cadáver. Es como un borrador muy poco esbozado todavía, y luego vamos añadiendo los detalles. Yo le estaba dando el pico máximo de los parámetros de lo que pudo durar la inmersión. Pero lo podríamos ver desde el otro ángulo.

—¿A qué se refiere? —preguntó Müller, y arrugó el ceño.

—¿Por qué no nos fijamos en los parámetros mínimos? ¿Cuál es el mínimo de horas que el cadáver pudo haber estado en el agua, dado el cariz de mis observaciones?

Müller sintió que respiraba con menos dificultad.

—Siga —le pidió a la patóloga.

—Pues entonces la respuesta sería muy distinta. Lo menos que el cuerpo pudo estar dentro del agua, basándome en lo que acabo de ver, puede que fuera como una media hora..., solo treinta minutos.

—Joder —dijo Müller . Así que a quien sea que andamos buscando...

—Podría estar muy cerca de aquí, comandante, pero muy cerca.

28

El mes anterior (septiembre de 1976).
Leipzig.

A la noche siguiente, todavía tengo que esperar más tiempo hasta que logro verlo. Como supongo que ya no va a venir, acabo la copa que llevo apurando un buen rato. Luego me dirijo a la puerta de salida.

Entra justo cuando yo iba a salir y casi chocamos. Asusta la mirada que tiene y le huele a alcohol el aliento.

—Pero ¿te vas ya? —dice con un quejido en la voz. Sigo caminando. Hazte el duro de vez en cuando, dicen los agentes, eso les aviva el interés—. ¡Por favor! —grita, y sale corriendo detrás de mí—: Ven a tomarte una copa conmigo.

Va a echarme la mano encima pero yo retrocedo.

—Ya has bebido demasiado y apestas a alcohol —digo—. No deberías beber más. Y tengo que volver. —Esta parte es mentira. No tengo que volver a ninguna parte, solo a la cárcel, si fracaso. A los agentes no les bastó con las fotos en las que se nos ve besándonos. Tienen que fotografiarlo in fraganti, en una posición que no ofrezca ninguna duda. Pero no creo que dé mucho de sí con lo que ha bebido, por el olor que despide, seguro que no le quedan fuerzas; y entonces mi tiempo, y su dinero, no habrán servido para nada. Puede que no quiera pagarme otra vez.

—Anda, ven conmigo a mi habitación, por favor.

—Veo que echa una mirada rápida por todo el bar. Querrá saber si alguien ha visto que hemos estado hablando, aunque sea brevemente. Cuando comprueba que nadie nos presta atención, me empuja hasta un rincón en sombra y toma mi mano, la frota contra su bragueta. Noto que ya se está empalmando. Puede que lo haya subestimado. A lo mejor es solo que acaba de soplarse un chupito de aguardiente y por eso huele tanto, aunque no esté tan borracho.

—Vale —le digo—. Pero no quiero acabar hablando y ya está. No quiero perder el tiempo.

—Tócame —susurra con un dejo de urgencia en la voz—. No vas a perder el tiempo, te lo prometo.

En cuanto entramos en la habitación, se abalanza sobre mí, empieza a quitarme la ropa.

—Despacio —digo—. Tenemos todo el tiempo del mundo.

—Yo creía que habías dicho que tenías que irte a casa. —Está de rodillas en el suelo, desabrochándome el cinturón.

—Me lo he pensado mejor.

Cierro los ojos. Hay un momento en el que me siento avergonzado. Le estoy tendiendo una trampa a este hombre, arruinándole la vida, aunque me gusta bastante. Mi cerebro se encuentra dividido, no sabe si olvidarse de todo y disfrutar de esto o buscar el mejor ángulo para que las fotos que le están haciendo en este preciso instante lo saquen de cara y se lo vea bien. Pero, enseguida, mi cerebro dispara la búsqueda del placer y se hace el amo.

Estamos en otra postura ahora. Lo oigo detrás de mí, esnifando algo con una larga inspiración. Luego me pone debajo de la nariz un frasquito de color burdeos. Aparto la cabeza al principio, preocupado por qué será eso que huele que tira para atrás a calcetín sudado.

—Pruébalo. Huele que apesta, pero no hace daño. Y el efecto es increíble.

La verdad es que no quiero probarlo, pero tampoco que él se enfade. Tengo que lograr que esté de buenas y siga en esa postura, así las máquinas de fotos no paran. Son automáticas, las han escondido los agentes. O puede que estén en la habitación de al lado y hayan hecho taladros diminutos en las paredes. No tengo ni idea.

Le hago caso y esnifo con ganas. Casi me dan arcadas de lo mal que huele, pero entonces noto el subidón y se me pone durísima, y comprendo por qué hay un rayo dibujado en la etiqueta del frasquito.

Empiezo a disfrutarlo. Aunque sé en todo momento que los de la Stasi están sacando fotos.

Esto último hace mella en mí y me invade un sentimiento nuevo. Pienso en mi padre, en cómo lo he decepcionado. En cuando me revolvía el pelo. Cuando jugábamos a pescar peces con las manos en el lago. Y empiezo a sentir una vergüenza tremenda.

29

Octubre de 1976.
Wilhelm-Pieck-Stadt Guben, Bezirk *de Cottbus.*

Reunida en una sala pequeña en la comisaría de la
Policía del Pueblo con Tilsner y Schmidt, Müller sentía
que habían vuelto a los viejos tiempos. La conversación
en el coche con Fenstermacher había sido útil. Sí, no
tenían la certeza de que el cadáver hubiera estado en el
agua menos de una hora. Era de esperar que lograran
más precisión después del examen *post mortem* que le
harían por la tarde. Pero no tenía sentido esperar más
tiempo para empezar la búsqueda en Guben y alrededores. Era un sitio muy poblado. A lo mejor alguien había
oído disparos; a no ser que utilizaran un silenciador,
como sospechaba Müller.

Había unos mapas de la zona en el tablón de anun-
cios de la sala. Junto a fotos de Dominik Nadel: primero
vivo y luego muerto; también la mejor imagen que habían sacado del cuerpo sin identificar hallado aquella
mañana en la orilla del río; y, separada de todo esto, pues
no podían estar seguros de que estuviera implicado en
ello, una foto del hijo de Jonas Schmidt. Müller no se
podía imaginar el tormento que estaría sufriendo el *Kri-*

minaltechniker al ver la foto de su único hijo en semejantes circunstancias.

La comandante, oficial de mayor rango entre los reunidos, no tuvo ningún reparo en que fuera Schwarz el que preguntara a los oficiales de la Policía local.

—¿Sabemos algo de las corrientes y del caudal que lleva el río, aquí, a su paso por la ciudad, y donde se halló el cadáver? —Señaló la curva del río, donde había quedado varado el cuerpo.

—Sabemos que, en esta época del año, va bastante lento —dijo el capitán de la *Vopo* de la ciudad—. En primavera, con el deshielo, alcanza su máxima velocidad la corriente. Pero ya se ha acabado el verano, va lloviendo cada vez más. Y lleva mucha agua. O sea que no tengo ni idea de a qué velocidad fluye.

—¿Y si tiramos algo desde un puente? —propuso Schmidt—. No sé, una astilla de madera. O hasta un cuerpo de mentira, algo que tenga un tamaño y una densidad parecidos. Seguro que puedo hacer un muñeco de tamaño real. Y luego cronometramos cuánto tarda en llegar del punto A al punto B.

—Buena idea, Jonas —dijo Müller—. Ponte a ello ya mismo. —Si no se quedaba quieto, seguro que pensaría menos en su hijo. La comandante pensó un momento—. ¿Es posible que haya por la zona un laboratorio científico o algo parecido?

—Nos habríamos enterado, seguro —dijo el capitán—. A no ser...

—¿A no ser que qué...? —indagó Müller.

—A no ser que esté en la ribera polaca del río. En Gubin, y no en Guben. Puedo ponerme en contacto con nuestros colegas polacos si quiere.

—Buena idea. Sí, haga el favor de llamarlos.

—Vale —dijo Schwarz—. Pero ¿y si no está dado de alta, sino en un sitio anónimo?

El capitán de uniforme levantó las manos, imitando el gesto que uno haría al rendirse.

—Habrá decenas, centenares, miles quizá. Al final de la guerra, la lucha aquí fue encarnizada con el avance del Ejército Rojo. Los nazis destruyeron aposta muchos edificios e instalaciones, pero algunos quedaron en pie. Y también lo podrían tener montado en un sitio bien visible.

Fenstermacher, sentada al fondo de la sala, carraspeó.

—Si me permiten que los interrumpa un segundo, me parece que están dando ya por sentado que el cuerpo cayó al agua cerca de Guben. Lo que les di fue solo un cálculo aproximado. Yo les aconsejaría que esperaran a que haya acabado de hacerle la autopsia.

Müller dijo que sí con la cabeza.

—Claro, tiene usted razón. Pero sigue habiendo cosas que podemos empezar a investigar ya. Camarada *Hauptmann* Schwarz, ¿podría usted organizar un equipo de compañeros de uniforme que fueran casa por casa enseñándole a la gente fotos de Dominik, de Markus y de la cara del cuerpo hallado hoy?

—¿No cundirá la alarma entre la población? —dijo el capitán con el ceño fruncido.

Antes de responder, Müller paseó la vista por la sala para estar segura de que Schmidt había salido ya a empezar la tarea. Suspiró con alivio al ver que así era.

—Es que tienen que estar alarmados. Nos enfrentamos a una situación muy pero que muy preocupante. Hay al menos otro joven que está desaparecido; es el hijo de uno de los nuestros, y puede que no le quede ya mucho tiempo.

30

Al día siguiente.
Eisenhüttenkombinat Ost.

Al final, la autopsia de Fenstermacher decepcionó a todo el mundo; sobre todo, a Müller, porque no arrojó ningún dato claro, tal y como ella esperaba. La patóloga, que se había abierto en la conversación que sostuvieron en el coche, había vuelto a su humor de perros de siempre y dejó claro que los cálculos sobre el tiempo de inmersión no habían variado con la autopsia. En otras palabras, que lo mínimo que el cadáver pudo estar en el agua fue treinta minutos y lo máximo, veinticuatro horas. Era un margen demasiado grande, y traducido a distancia, podía equivaler a decenas, quizá a cientos de kilómetros de diferencia entre los distintos puntos desde los que podían haber arrojado el cuerpo al agua. Sin embargo, lo que sí dio a entender era que se inclinaba personalmente por un período corto de tiempo. Eso llevó a Müller a pensar que todo el empeño que estaban poniendo en Guben y la vecina Gubin no iba descaminado.

En cuanto tuvo a los equipos de la Policía local trabajando, llamó por radio a Keibelstrasse para dar la alerta a otros distritos policiales, río arriba: Forst, Görlitz, hasta la misma frontera con Checoslovaquia, cerca de Zittau; aunque cuanto más se alejaran, menos opciones habría. Luego, contenta porque había hecho lo que estaba en su mano y ya había cosas en marcha, en pos de una posible pista nueva, se retiró a la capital del Estado para pasar un tiempo que ya les debía a Emil, los mellizos y Helga. Como la situación había empeorado después de aquel nuevo asesinato, se sentía menos culpable de no parar casi en casa; pero notaba todavía sobre los hombros el peso de la vergüenza por haber abandonado a sus hijos, pues prácticamente equivalía a eso. ¡Con lo que había querido tenerlos siempre!

Pero aquellas esperanzas que tenía puestas en que le cundiera el tiempo con ellos quedaron reducidas a añicos en cuanto puso el pie en el apartamento. Metzger se había puesto en contacto con ella de nuevo. Quería que se vieran con carácter urgente. En la planta siderúrgica, en Eisenhüttenstadt.

Parecía más nervioso todavía, mucho más angustiado, si cabe, que la otra vez. Y todavía se le vino el ánimo más a los pies cuando vio que Müller no acudía sola.

—Le dije que tenía que ser un encuentro discreto, como el de antes. Y eso quería decir que viniera usted sola, camarada comandante, sin nadie más.

—Lo que me fuera a decir a mí, se lo puede decir con toda confianza a mi segundo de a bordo, el *Hauptmann* Werner Tilsner. Tan de fiar es él como lo pueda ser yo. —Tilsner le tendió la mano, pero el funcionario de la Alemania Occidental no se la estrechó y los llevó medio a hurtadillas a un edificio de techo bajo y paredes de planchas de hierro, a cuya puerta los había estado esperando. A Müller y Tilsner les había costado encontrarlo. El número 1 de la calle del Trabajo —la entrada principal al complejo EKO— sí que no tenía pérdida. Se veía desde toda Eisenhüttenstadt. No había más que seguir el humo de la chimenea desde la calle Mayor de Hütte, donde estaban todas las tiendas. Pero aquella parte de la planta estaba a la vuelta, bien vallada; y dataría, pensó Müller, de cuando construyeran la planta, a principios de los años cincuenta. No le habían sentado bien los tres cuartos de siglo que llevaba en pie.

El cobertizo estaba en penumbra, y eso hacía que el estado de ánimo de Metzger pareciera todavía más sombrío.

—El otro día no le conté toda la verdad —dijo, según se sentaba en una tubería de metal oxidada, con la cabeza entre las manos—. Tuve encuentros con más de un joven en Leipzig.

Müller vio que el hombre sufría lo indecible por tener que contarles aquello. Mas para ella, y también para Tilsner, como pudo deducir cuando vio a su ayudante entornar los ojos en la media luz del cobertizo, no constituía revelación alguna; tampoco parecía de importancia para el caso.

—¿Y eso? —dijo Tilsner.

—Hubo otro con el que tuve una relación más profunda.

—¡¿Una relación más profunda?! —Tilsner repitió la frase con un tono cargado de connotaciones sexuales. Pero Metzger hizo caso omiso y siguió contando.

—De este otro me enamoré, aunque le pagaba. Al final, no quería cobrarme. Me dijo que también me amaba.

Tilsner soltó el aire por la nariz con ostentación. Müller negó despacio con la cabeza y dibujó en los labios un: «No, Werner». No quería que los prejuicios de su ayudante llevaran al alto funcionario de la Alemania Federal a cerrar el pico. A lo mejor lo que les contaba resultaba útil, después de todo. Sin embargo, también comprendía a Tilsner. Porque la historia traía cola desde que el mundo es mundo: un hombre solitario que se enamora de la persona que se prostituye para sacarle dinero. Una persona que, lo más seguro, es que esté jugando con él.

—Nos veíamos casi todas las noches. Parecía angustiado.

—¿Le dijo cómo se llamaba? —preguntó Müller.

—Sí —respondió el político—. Tobias. Tobias Scherer.

Müller quedó decepcionada. Aunque no le hacía ninguna gracia que Markus Schmidt se prostituyera, por lo menos, de haber sido el hijo de Schmidt, eso querría decir que había sido visto hacía poco. Pero con ese nombre, no podía ser él.

—¿A qué se refiere con que parecía angustiado? —preguntó Tilsner.

—Pues, después de vernos un par de veces, el chaval empezó a mostrar interés por los entresijos de la feria de comercio, sobre todo, por el precio del acero, las negociaciones que cerraban los contratos, los potenciales compradores, ese tipo de cosas. No sospeché al principio. Estábamos en las inmediaciones del recinto, y la feria estaba en todo su apogeo. Yo le había dicho que trabajaba para la industria siderúrgica. Parecía algo normal como parte de la conversación.

Esta vez fue Tilsner el que negó con la cabeza. Müller sabía qué estaba pensando. ¿A santo de qué iba un vulgar chapero a interesarse por el mercado siderúrgico? Al parecer, Metzger había sido un ingenuo.

El político seguía con la cabeza gacha, sin apartar

los ojos del suelo, lleno de pernos oxidados y demás quincalla.

—Pero todo cambió después de aquellos encuentros. Lo veía todas las noches, el tiempo que duró la feria, una semana o así.

—¡Una semana! —exclamó Tilsner—. Pues ¿cuánto dinero se gastó usted?

—Ya se lo he dicho —replicó el hombre—. Me sentía solo, atrapado en un matrimonio infeliz. Pero bueno, el caso es que, como iba diciendo, todo cambió al cabo de la semana. Empezó a preguntar cosas mucho más específicas y tuve sospechas de que era algún tipo de cebo. A la vez, nos íbamos cogiendo más cariño. Yo creo que había amor por ambas partes; que no solo había dinero de por medio. Y eso me tenía confundido. No di a entender que ya me había dado cuenta de que me estaba utilizando, o que lo intentaba al menos: que me sondeaba para sacar información. Pero, al final, se notó tanto, que tuve que decir algo. Rompió a llorar, desconsolado. Estaba destrozado. Vi claramente que escondía un terrible secreto y no quería decirme qué era. Lo consolé como pude.

—Seguro que lo hizo —dijo Tilsner. Müller no se lo recriminó esta vez. Estaba tan cansada como Tilsner, o más, de tanto lloriqueo por parte del hombre, y seguía sin saber qué tenía aquello de relevante para la investigación.

—Haga el favor de seguir, Herr Metzger —dijo la comandante.

—Pues, como iba diciendo, lo consolé. Le dije que lo amaba. Y que, si era necesario, lo ayudaría a pasar al otro lado del Muro para que viviera conmigo. A lo mejor no estaba siendo sincero del todo con él en esto. No me haría ningún bien dejar a mi mujer y a mis hijos, acabaría con mi carrera. Seguro que lo entienden ustedes.

»Aunque, en cierto sentido, sí que estaba siendo sincero. Porque si hubiera estado en mi mano ayudarlo a escapar de alguna manera, le habría puesto un piso en Bonn, y quizá yo, al ser político, lo habría tenido más fácil que otros. Podríamos haber vivido en pareja, aunque solo fuera a ratos. Creo que, a partir de ahí, todo cambió. Empezó a contarme cosas, lo que le había pasado. Se vio metido en un lío de drogas. La Stasi lo pilló con las manos en la masa en una redada, tenía anfetaminas en su poder. Aunque me dijo que le habían tendido una trampa.

—Ya —dijo Tilsner, y tiró al suelo el perno que tenía en la mano y con el que había intentado distraer la frustración. La pieza de metal oxidado golpeó en la mugre del cobertizo y rebotó con un chasquido, como rebota una bala—. La vieja historia de siempre, que les han tendido una trampa. Es increíble la cantidad de traficantes de drogas a los que les han tendido una trampa. De hecho, me apuesto lo que sea a que no hay tráfico de drogas como tal en la República Democrática Alemana.

—Es normal que no se lo crea, oficial. Yo solo le estoy contando la verdad. Intento ayudarlos, y espero que ustedes me ayuden a mí a cambio.

—¿Cómo? —preguntó Müller.

—Ya se lo diré a su debido tiempo, comandante. Déjeme antes que acabe la historia. Dijo que era la Stasi la que lo obligaba a obtener información confidencial de los contratos con el acero. Y que si no lo hacía, me contó, ya se asegurarían ellos de meterlo entre rejas por tráfico de drogas. O sea, que estaba allí bajo presión. En resumidas cuentas: sus servicios secretos lo habían obligado a ejercer la prostitución. Apuesto a que no están ustedes muy orgullosos de eso.

Müller no estaba orgullosa. No le gustaba un pelo lo que salía de boca de Metzger. Aunque no le sorprendía que la Stasi recurriera a semejantes métodos.

—No es cuestión de orgullo, Herr Metzger —dijo Müller—. Los servicios secretos de todo el mundo operan de forma sibilina. A veces, los métodos que emplean son, cómo decirlo, menos transparentes que los de la institución para la que trabajamos nosotros, la Policía. Sus propios servicios de inteligencia en la Alemania Federal seguro que operan de forma parecida. Yo no puedo cambiar eso, solo trato de hacer mi trabajo.

—Eso decían los nazis.

Aquel comentario sacó de quicio a Tilsner. Se levantó de un salto y agarró al hombre por las solapas del anorak.

—Ni se atreva a compararnos con los nazis, ¡so *Arschloch*! No está usted en condiciones de ir por ahí insultando a la gente, ni de ponerse a moralizar. Lo que tiene que hacer es rezar para que ninguno de estos chicos que se estaba follando sea menor de edad. Huy, perdón, que no se los follaba, que estaba enamorado de ellos. Como haya alguno que…

Müller sujetó a su segundo de a bordo echándole una mano al hombro.

—Lo…, lo…, lo siento —balbuceó el hombre—. No…, no sé qué estaba pensando. No tenía derecho a decir eso. Estoy desesperado, no sé ni quién soy ya.

Tilsner volvió a sentarse en una pila de palés de madera.

—Pues sí, eso es lo que pasa. Así que la próxima vez, asegúrese de que sí sabe quién es. Así no acabará en un lío de puta madre como en el que se ha metido.

—Bueno, el caso es —dijo Metzger, todavía más abatido— que estábamos haciendo planes. Nos amábamos. Dijo que iba a dejar de ayudar a la Stasi. Que le habían presionado, enfurecidos. Y que, aun así, se había negado.

—¿Cómo sabe que no mentía? —preguntó Müller.

—Porque me lo contó todo: lo que le habían obligado a hacer. Se sinceró conmigo. Dijo que todo fue un montaje desde el principio. Primero tenía que engatusarme para que lo hiciéramos en posturas muy comprometedoras, así la Stasi sacaría fotos en secreto.

Müller frunció el ceño.

—¿Tenían cámaras en la habitación?

—Eso me dijo. Aunque, si eso fue así, ¿por qué no las han utilizado en mi contra? ¿Por qué no las han filtrado a la prensa ni a la televisión de la Alemania Federal? Tenía la esperanza de que les hubiera salido mal algo. Quizá las fotos se perdieron al revelarlas, o las cámaras automáticas no funcionaron.

Tilsner soltó una carcajada.

—¡Ja! No cuente con eso. Estarán esperando el momento oportuno, y si no, al tiempo.

Con aquellas palabras de aviso del *Hauptmann*, el político acabó sumido en el silencio. Seguía allí sentado, con la cabeza gacha, sin parar de retorcerse las manos.

—Lo malo —dijo por fin— es que Tobias ha desaparecido. Desde aquella noche, la noche que me dijo que me amaba y que se negaría, a partir de entonces, a hacerle el trabajo sucio a la Stasi, no he vuelto a verlo. Primero lo busqué en Leipzig, y luego en Frankfurt. Dijo que era de allí. Hasta di con su club clandestino, ya saben, donde van los que son como nosotros. Nadie ha vuelto a saber de él. Lo que yo quería era ver si ustedes podían averiguar su paradero. Tanto él como Dominik Nadel se dedicaban a lo mismo: trabajaban para la misma organización, y yo era su objetivo. Tiene que haber alguna relación entre ellos. —Miró a los dos detectives con la esperanza dibujada en los ojos, sumido en aquella luz tenebrosa.

—¿Alguna vez le preguntó Dominik algo de los contratos del acero, cualquier cosa, lo que fuera? —preguntó Müller.

Metzger negó con la cabeza.

—No, nunca.

Tilsner soltó un suspiro.

—¿Por qué cree entonces que puede haber relación entre ellos? A lo mejor no la hay.

Müller echó mano al bolsillo interior del abrigo y sacó una foto del joven sin identificar hallado a la orilla del río. Solo se le veía la cara, la sacaron después de que lo limpiara Fenstermacher.

—¿Puede echarle un vistazo a esta foto, Herr Metzger? ¿Es este el joven que usted conoce como Tobias Scherer?

El hombre tomó la foto y entrecerró los ojos para verla mejor. Müller buscó algo otra vez entre los pliegues del abrigo, pero esta vez lo que sacó fue una linterna de bolsillo. La encendió y Metzger apuntó con el foco a la foto.

Negó con la cabeza.

—No, en absoluto. A este joven no lo he visto en mi vida.

Müller volvió a meter la mano en el bolsillo, con más recelo esta vez. Sacó otra foto para que la viera Metzger.

El funcionario de la Alemania Federal apuntó de nuevo con la linterna y, en el acto, exclamó:

—¡Qué bien! Este es él. Este es Tobias. ¿O sea que sí que saben dónde está?

Como era lógico, Müller no compartía el entusiasmo del hombre. Es más, aquella reacción tan entusiasta del otro le metió el miedo en el cuerpo, aunque llevaba tiempo sospechándolo.

—No, Herr Metzger, me temo que no sabemos dónde está. Estamos preocupados por él. Muy pero que muy preocupados. Y también me temo que no se llama Tobias Scherer. Eso fue otra mentira. Tampoco es de Frankfurt. Es del barrio de Pankow, en Berlín. Y su padre es amigo mío.

31

Más tarde ese mismo día.
Stahlbar Fussball, Eisenhüttenstadt.

Por cómo se habían precipitado los acontecimientos, saltaba a la vista que no habían estado atentos a algunas líneas de investigación. Müller era bien consciente de ello. Ya tenían información bastante fidedigna sobre Markus, pero eran vías que conducían, todas, a la Stasi. No contaba con que Diederich y Baum estuvieran dispuestos a cooperar, por cómo se había desarrollado todo. Y a lo mejor hasta estaban implicados. Si lo que les había contado Metzger era cierto y la Stasi había llevado sus amenazas hasta las últimas consecuencias, pudiera ser que Markus Schmidt no hubiera desaparecido y que estuviera consumiéndose en alguna cárcel del Ministerio para la Seguridad del Estado, por haberse retractado del plan inicial de cooperación con ellos. Solo había un oficial de la Stasi del que se fiaba para obtener la información que le hacía falta.

El *Oberst* Klaus Jäger.

El hombre que había ocupado una posición prominente en el caso del *Jugendwerkhöfe*. El que le diera información conducente al descubrimiento de quién fue su madre biológica, aunque fuera ya demasiado tarde para que se reencontraran; el mismo que había hecho posible que se reuniera con su abuela biológica, Helga. Aunque Müller sabía que en Jäger solo podría confiar hasta cierto punto. Si le pedía ayuda, él querría que le devolviera el favor, y con intereses. De eso no le cabía ninguna duda.

Había un aspecto de la investigación que había pasado a un segundo plano y esperaba atención: la media que le habían metido en el gaznate a Dominik Nadel, el arma del crimen. Por ahora, la búsqueda casa por casa en Guben, a la caza de potenciales instalaciones dedicadas a la investigación médica clandestina, no había dado fruto alguno. Tilsner y ella se dirigían en ese preciso instante al bar de uno de los exjugadores yugoslavos del BSG Stahl. Müller tenía sus dudas, pero el entrenador de juveniles no hacía más que decir que los yugoslavos podían tener la clave para solventar el misterio del asesinato de Dominik Nadel. El análisis de la media que había efectuado Schmidt apuntaba en la misma dirección.

Slodoban Stefanović guardaba la línea defensiva detrás de la barra del bar, igual que había hecho al borde del área de su equipo, cuando jugó de defensa central en el Stahl, la temporada que militaron en la *Oberliga*. Era un gigantón que más parecía portero de discoteca que barman. Tenía la nariz rota, buena prueba del número de veces que tuvo que meter la cabeza en plena línea de fuego para salvarle el cuello al equipo. ¿Cómo le pagaron por todos sus desvelos? Con una patada en el culo: no recibió ni un mísero marco, ni ganó prestigio ni futuro. «¿Podía acabar un hombre así cometiendo un crimen?», se preguntaba Müller. Para más inri, por mucho que como defensa del Stahl hubiera tenido trabajo a mansalva, ahora se veía de brazos cruzados. El bar estaba vacío y tenía pinta de haber conocido tiempos mejores: el papel pintado era como de otra época, las mesas estaban sucias y el porrón de trofeos que cubrían literalmente todos los estantes languidecía debajo de capas de polvo.

Tampoco es que dieran ganas de parar mucho por allí con la actitud que mostraba el dueño, y eso explicaba que el bar estuviera vacío. Müller y Tilsner llevaban ya unos segundos en la barra y ni se había dignado a levantar la vista de un periódico deportivo serbocroata, aunque por fuerza había tenido que oírlos entrar. Y cuando por fin alzó la cabeza, no dijo nada, se limitó a dedicarles un fugaz movimiento de cejas.

La pareja de detectives le mostró las placas.

—Soy la comandante Müller, este es el *Hauptmann* Tilsner. Pertenecemos al Departamento de Delitos Graves con base en Berlín.

—Huy, sí —dijo Stefanović con cara de aburrido y un alemán teñido de fuerte acento eslavo—. Ya veo la cantidad de delitos graves que se cometen aquí, en Hütte. Si nunca pasa nada. Ojalá pasase. Eso le daría a la gente tema de conversación. A lo mejor entonces se animaban a venir al bar a debatirlo, y no como hacen ahora, que se quedan en el piso, a cubierto detrás de los visillos, bebiendo cerveza barata *Kaufhalle*.

—Queremos hablar con usted de cuando jugó en el BSG Stahl —dijo Tilsner.

—Ja, ja. No creo que quiera un autógrafo.

—A lo mejor lo que queremos es que firme usted su declaración en comisaría —dijo Müller.

—Muy divertido. Yo no he hecho nada malo, así que no necesito firmar ninguna declaración, muchas gracias. Aunque, como siga así el negocio, y lo de negocio es un decir, a lo mejor tengo que atracar un banco. Pero, aun así, lo único que se puede robar aquí son esos marcos suyos de la Alemania del Este, que no valen ni una mierda; o sea que, pensándolo mejor, ni me molesto. Tampoco creo que quieran tomar nada, ¿no?

—Para mí, una cerveza, ya que se ofrece —dijo Tilsner—. Invita la casa, claro.

El hombre soltó un suspiro pero, a pesar del mal humor fingido, tomó un vaso de los grandes y empezó a llenarlo de cerveza de barril. A Müller le dirigió una simple mueca de la cabeza. No parecía dispuesto a gastar saliva en preguntarle si quería tomar algo.

—Me tomaría un café, si le parece bien.

—¡Ay, Dios! Siempre salen con lo mismo, ¿que no? —Era una queja dirigida mitad a Tilsner, mitad a él mismo—. ¿No prefiere un zumo? —Paseó la vista por el estante, casi vacío—. Le puedo ofrecer zumo de manzana o… ¿zumo de manzana?

—Zumo de manzana estaría muy bien.

Stefanović abrió dos botellas de zumo, le añadió algo de hielo al vaso y lo plantó delante de Müller.

Suspiró otra vez.

—A ver. El BSG Stahl. Qué historia más triste. Pero triste de verdad.

—¿Sigue la gente muy quemada por lo que pasó? —preguntó Tilsner.

—Imagino que sí. Sobre todo la afición. Y algunos jugadores. En especial los que se vieron afectados directamente.

Müller lo miró sin comprender.

—¿Se refiere a los jugadores extranjeros? ¿A los yugoslavos?

—Razón no le falta. No es que yo tenga queja, no se crea. Estaba a punto de acabar mi contrato, tenía las rodillas destrozadas, me metía ya en la treintena larga. Es cuando te quedas sin piernas. —Rio con ganas—. Estaba ya en las últimas, yo por lo menos. Y, oiga: lo disfruté. Tengo mi ristra de trofeos, como puede ver. Solo que ojalá el último contrato que firmé no hubiera sido en un poblachón como Hütte.

—¿Y por qué no volvió a su tierra? —preguntó Tilsner.

—Ahí le ha dado, joven, sí señor. Ya veo cómo se las ha apañado para ascender en la escala de detectives. La respuesta es que, como suele pasar, dejé embarazada a una chica de aquí. Ahora es mi mujer, está en la cocina, y seguro que si siguen aquí un rato le querrán sacar una comida de gorra, como esa cerveza que me ha sableado a mí.

Tilsner sonrió.

—Puede. Cuando menos te lo esperas, salta la liebre y comes gratis. Pero, volviendo al escándalo de los pagos en negro. ¿A quién echaron la culpa?

Stefanović arrugó el entrecejo.

—Tan puesto no estoy. Ya digo que yo me habría ido del equipo de todas formas a final de temporada. Creo que fue uno de los jóvenes, pero a mí eso siempre me pareció absurdo. Y no llegó la cosa a escándalo. El único escándalo fue que no pringó ningún equipo más, solo el BSG Stahl. Todos los de la liga pagaban a los fichajes extranjeros, aunque estuviera prohibido. Ya me dirá, si no, a qué van a venir desde tan lejos. Si le soy sincero, escándalo no hubo. Fue solo que éramos un equipo pequeño que acabó subiendo a primera división.

Y eso no les sentó muy bien a los otros, incluidos los vino tinto.

—¿Los vino tinto? —inquirió Müller.

—El Dynamo de Berlín —explicó Tilsner—. Mi equipo; así los llaman.

—Será su equipo —dijo el barman—, pero es que también es el equipo de Mielke, nada menos. Y el equipo de la Stasi. No me extrañaría nada que estuviera él detrás de la expulsión del Stahl. Así que es su equipo, ¿eh? ¿No será usted uno de ellos?

Müller se echó a reír. Tilsner lo miró con cara de pocos amigos y guardó silencio.

—Ahí va —dijo Stefanović.

Müller se puso seria.

—¿Le sorprendería saber que ese mismo jugador, Dominik Nadel…?

—Ese es, el mismo. En efecto. Perdóneme, que se me había traspapelado el nombre.

—¿Le sorprendería saber que lo han hallado asesinado?

Stefanović cambió inmediatamente de actitud y se dejó de bromas.

—¡Joder! Pues sí, me sorprendería y me sorprende. Pobre chico. Entonces, ¿de qué va todo esto?

Tilsner se encogió de hombros.

—Eso es lo que nos gustaría averiguar; y la razón por la que estamos hablando con gente… como usted.

—Esto no es de dominio público —siguió diciendo Müller—: pero en el asesinato se utilizó una media que creemos que proviene de Yugoslavia.

—¿A qué se refiere con que se utilizó una media? —preguntó Stefanović.

—Pues a que se la metieron en el gaznate para que

no pudiera respirar —dijo Tilsner, y le dio un demorado trago a la cerveza.

—¡Ay! —dijo el exdefensa de la nariz partida—. Mal asunto. ¿Y cómo saben que la media está hecha en Yugoslavia?

Müller comprendió que ya le habían dado demasiada información al dueño del bar, pero se le daba bien sacarles información sin ánimo aparente de hacerlo. «Si esto del bar se le va a pique, sería buen detective».

—No está hecha en Yugoslavia. La manufactura es italiana. Pero había quedado prendida una fibra vegetal y creemos que proviene de Yugoslavia.

Stefanović reclinó la espalda en la parte de atrás de la barra y se echó a reír a mandíbula batiente.

—Ya, claro, las pruebas son las pruebas. Y tenemos que ser los exjugadores yugoslavos del Stahl los que, sin género de duda, hemos matado al que tiró de la manta. Vamos, como que la noche sigue al día. —Luego frunció el ceño—. Perdón, no debería reírme de esas cosas. Lo que le ha pasado a ese chico es horrible. Pero, ¡venga, hombre!, incluso aunque alguno de nosotros se hubiera traído con él las medias de Yugoslavia, ¿qué iba a hacer una fibra balcánica enganchada ahí tanto tiempo? O es un cuento de hadas o parece claro que alguien la puso ahí para hacer un montaje; y aposta, además. A ver, ¿quién creen ustedes que haría algo así?

Müller puso cara de póquer. Pero sabía cuál era la respuesta a aquella pregunta. Por la cara de vinagre que puso su segundo de a bordo, Tilsner también lo sabía.

—Aquí, el señor hincha de los vino tinto seguro que tiene una idea bastante aproximada, ¿a que sí? Pues los mismos que protegen a su equipo y se encargan de que los mejores jugadores acaben jugando en él.

No hacía falta que Stefanović lo dijera letra a letra. Müller, con la cara roja como un tomate, sabía bien a qué se refería. Se terminó el zumo y le dio una palmada a Tilsner en el hombro. Hora de irse. Puede que Stefanović se estuviera riendo de ellos, pero ella sabía que llevaba razón.

32

Dos meses más tarde (a primeros de diciembre).
Strausberger Platz, Berlín Oriental.

Las investigaciones volvían a encallar ahora. Habían tomado nuevo brío cuando apareció el segundo cadáver, y cuando Metzger confirmó la existencia de un segundo joven implicado, Markus. Pero con la visita al bar del yugoslavo, la conclusión satisfactoria que esperaba Müller semanas atrás parecía más alejada que nunca.

Habían caído los primeros copos de nieve sobre Berlín y Müller sabía que las Navidades no quedaban lejos. Para ella, Emil y Helga, serían las primeras con los mellizos, de nueve meses de edad ya, que iban ahora a una guardería y la liaban siempre cuando no tenían la supervisión constante de sus cuidadoras. También sabía que para Jonas Schmidt y su mujer las Navidades se presentaban como unas fechas sombrías, desesperadas: las primeras que pasarían sin su único hijo. Markus seguía en paradero desconocido; y aunque Reiniger, en Keibelstrasse, había asignado el caso a Müller y su rimbombante Brigada de Delitos Graves, no había todavía ni rastro del chico. La situación era horrible para Schmidt y embarazosa para Müller.

A Tilsner ya empezaba a pasarle factura tanto tiempo fuera de casa. Las cosas no iban bien con su mujer, Koletta, ni con sus dos hijos adolescentes, desde que, no sin razón, Koletta lo acusó de tener un lío con Müller, hacía dieciocho meses. La comandante se sentía culpable porque había delegado gran parte de la tediosa rutina de las investigaciones en su ayudante, mientras que ella se servía del ascenso a modo de excusa para pasar más tiempo en la comisaría de la Policía del Pueblo en Keibelstrasse; es decir, para pasar más tiempo también con Emil y los mellizos.

Seguían sin dar con nada que se pareciera a un laboratorio de investigaciones médicas. Los experimentos de Schmidt con los cuerpos flotantes habían dado como resultado la constatación de que el río había fluido despacio, pero sin más detalles del momento exacto de la muerte, y prácticamente cualquier tramo del Neisse que hacía las veces de frontera de la República Democrática Alemana río arriba de Guben podía haber sido el punto en el que cayó el cuerpo al agua. Ni siquiera habían sido capaces todavía de identificar ese segundo cadáver; y no había denuncias de desaparecidos que casaran con la descripción del cuerpo. No tenía mucho sentido, a no ser que la víctima ni siquiera fuera de la República. Aunque también habían comprobado los casos de desaparición denunciados por la Policía polaca, sin éxito.

La única esperanza que le quedaba para obtener información de la Stasi tampoco había rendido gran cosa. Intentó ponerse en contacto con el *Oberst* Klaus Jäger varias veces en Normannenstrasse, pero no pudo localizarlo.

***

Cuando, por fin, Jäger atendió a sus ruegos de que se vieran, Müller sintió más agradecimiento del que quizá debía. Pero era mucha la frustración que había sentido al no poder ayudar a su amigo y colega, Jonas Schmidt. Por lo menos ahora tenía la oportunidad de conseguir algo de información, por poca que fuera, sobre el paradero de Markus, y saber si se encontraba bien.

Tal y como Müller había elegido uno de los puntos de encuentro favoritos de Jäger para verse con Metzger, Jäger recurrió a uno de los que más le gustaban a Müller: las fuentes de las hadas. La Märchenbrunnen, en el Volkspark Friedrichshain.

Tomó el tranvía, igual que aquella vez, y lo vio, esperándola, sentado en el murete que resguardaba las fuentes. El parte meteorológico anunciaba aguanieve y Müller llevaba puesta la gabardina roja, pero también dos pares de leotardos debajo de la falda de lana y varias capas bajo el abrigo. Y aun así, cuando se sentó al lado de él, ya estaba tiritando.

—Veo que luce abrigo nuevo, no como la última vez que estuvimos aquí, Karin. Pero sigue siendo muy fino para este tiempo que tenemos, ¿no?

Müller lo miró a la cara y sonrió. Seguía moreno de tez, con las patillas de color trigueño y la media melena. En resumidas cuentas: la viva imagen de uno de esos presentadores del telediario de las cadenas de la Alemania Occidental, estiloso a más no poder.

—Sí, ya lo sé —respondió ella al cabo—. También me he puesto más capas de ropa. Y no me puedo quejar. Porque ahora he ascendido, así que me podría permitir un abrigo nuevo. —Se fijó en la solapa de borrego del que llevaba él—. Puede que uno como el suyo. Es auténtico, ¿no?

Él rio.

—Lo mejor de lo mejor.

—¿Se ha cambiado de departamento o algo así? Porque llevo un tiempo intentando localizarlo.

Jäger negó con la cabeza.

—No. Sigo en el Servicio de Exteriores, en la Dirección General de Inteligencia. Pero ahora trabajo desde aquí, desde la capital del Estado.

Müller guardó silencio mientras encajaba la afrenta. Porque era obvio que el coronel de la Stasi había estado haciendo caso omiso de sus llamadas. Aunque tampoco es que fueran tan amigos. Él la ayudó a encontrar a su familia biológica. Pero en el caso de la chica del cementerio, el año anterior, notó que siempre la sometía a su control, jugaba con ella, si bien no llegó nunca a minar su confianza del todo.

—Me doy cuenta de que no es la respuesta que esperaba, Karin. Pero yo trabajo para el Ministerio para la Seguridad del Estado. A fin de cuentas, tanto usted como yo estamos del mismo lado. Aunque eso no quiere decir que vayamos a tener los mismos objetivos a corto plazo. Eso sí, no he dejado de seguir sus progresos. Sin duda, nos veremos más. O, por lo menos, verá usted más a algún oficial de la Stasi. Es lo normal cuando uno ostenta un alto cargo en la Policía como bien sabe, estoy seguro. Pero, a ver, ¿qué quería? Porque ¿no habrá pedido verme solo para saber qué tal estoy?

Müller se arrebujó en la gabardina y se subió las solapas. Qué torpeza la suya no llevar paraguas, porque había vuelto el aguanieve. La nieve no le importaba. Era fresca, le recordaba lo bien que se lo pasó de niña en el bosque de Turingia, con su familia adoptiva, cuando era una reputada atleta juvenil en deportes de invierno. La lluvia tampoco era un problema para ella, porque limpiaba la niebla que atenazaba la capital del Estado y hacía más densa la atmósfera. Pero no le gustaba nada el aguanieve. Casi era más fría que la misma nieve, y no acababa de ser ni una cosa ni otra.

Jäger echó mano al maletín que llevaba y sacó un paraguas de bolsillo. Lo abrió y lo sostuvo sobre sus cabezas. A Müller le pareció un gesto de lo más íntimo y notó que se ponía roja.

—¿Qué pasa, que le ha comido la lengua el frío? —la reprendió, no sin cierta ternura.

Suspiró Müller.

—No, disculpe. Estaba pensando. Tiene razón, claro. Quería verlo para pedirle un favor.

—¿Otro? Si no me falla la memoria, ya me debe uno, de nuestra charla en Halle-Neustadt. ¿Está segura de que quiere pedirme otro favor, antes siquiera de haber pagado el que ya tiene en su débito? En Normannenstrasse se me conoce por la memoria de elefante que tengo.

—Es un favor para un buen amigo mío.

—¿Jonas Schmidt?

Müller no debía mostrarse sorprendida. Por su trabajo, Jäger se especializaba en saberlo todo de todo el mundo.

Ella asintió con la cabeza y cierta cautela dibujada en el semblante.

—Es una situación difícil, Karin. Hay otros, vamos a decir, «intereses» en juego. A veces, las delegaciones regionales del Ministerio para la Seguridad del Estado tienen su propia hoja de ruta. No creo que se haya usted congraciado precisamente con la oficina de Frankfurt, saltándose a la torera la prohibición expresa que le hicieron de que no indagara más en la muerte de ese yonqui. Ni usted ni Reiniger. Es posible que le venga bien a su coronel que le aprieten un poco las clavijas.

—Ya veo que comulga usted con la línea oficial del Partido, camarada *Oberst*.

—No debería tener que recordarle, Karin, que en esta República eso es lo que se espera de todo el mundo. El comandante Baum, de Frankfurt, tuvo la sensación de que se enfrentaba usted a él abiertamente. Jugar a eso es peligroso. O sea que a lo mejor no tengo mucho margen de maniobra. No querrán hacerme a mí, ni a usted, ningún favor.

Müller soltó un suspiro. Ya se había cansado de tantos miramientos. Miró a Jäger a los ojos y prescindió del jabón que le estaba dando y de los titulitos.

—Klaus: usted es padre. Yo soy madre. Imagínese por un momento que su hijo desapareciese.

Jäger se puso muy rojo. Empezó a hablar, pero Müller alzó una mano.

—Mi hijo sí desapareció, ¿no se acuerda? Me lo robaron al nacer. ¡Antes incluso de que pudiera verlo! —Müller notó que se le llenaban los ojos de lágrimas. Hizo lo posible por tragárselas, porque ponerse a llorar le haría un flaco favor a la causa. Tampoco contribuiría a la misma aquel enfado, pero no podía evitarlo—. Ahora imagínese que su hijo desaparece, que lleva semanas sin saber de él, y que luego se entera de que está implicado, al parecer, en una trampa que le han tendido por posesión de drogas, prostitución forzada y asesinato. ¿No se pondría usted a dar palmas, a que no? De hecho, estaría desesperado, como lo está Jonas Schmidt ahora mismo. Sí, quiere que su hijo vuelva sano y salvo. Pero, incluso aunque no consiga usted tanto, ¿es que no va a mover un dedo para obtener algo de información?

Jäger iba ya a incorporarse.

—No tengo por qué seguir escuchándola.

—Klaus, por favor. Si se va, no es que se aleje de mí, sino de su propia conciencia. Sé que dentro de usted, en algún punto, Klaus Jäger, le queda un mínimo de dignidad.

Müller notaba que el pulso le iba a estallar en las sienes. No sabía muy bien qué la impelía a seguir. Solo que no había acabado.

Corrió detrás de Jäger, llegó a su altura y, entonces, se puso delante de él, bloqueándole el paso.

—¡¿Le queda algo de dignidad ahí dentro?! —gritó. Él estaba rojo de ira, hacía lo posible por controlarse—. Porque si le queda, es ahora cuando tiene que sacarla a relucir. Ahora es cuando puede. Todo esto huele que tira para atrás. Bien lo sé. Y es ahora cuando puede hacer el bien, aunque sea un poquito, para ayudar a alguien que es padre como usted.

Jäger inspiró hondo, se tomó su tiempo, y luego soltó una larga exhalación. Chasqueó los dientes, como si luchara con un demonio interior. Luego se pasó las manos por la cara, como si quisiera lavarse las invectivas que Müller había dirigido contra él, rodeó a la detective y se fue derecho a la salida del parque.

33

Cuando volvió al despacho de Keibelstrasse, después de reunirse con Jäger, pasado ya el subidón de adrenalina que le había provocado la discusión, Müller empezó a preocuparse. ¿Acaso, al dejar que la emoción se apoderara de ella, había echado por tierra la mejor baza que tenía para ayudar a Jonas Schmidt? Ya sabía lo que Jäger pensaba de ella. Que el ascenso le venía grande y era demasiado joven para ostentar tamaña graduación. Lo dejó claro al final del caso previo. Por eso la había reclutado. Y desde entonces, la habían ascendido dos grados más, o sea que el coronel de la Stasi seguiría siendo, sin duda, de la misma opinión.

Por lo menos, había sacado la cara por ella misma, por Schmidt y por su hijo. No podía seguir siendo una marioneta toda su carrera, pendiente de los hilos que otros movían.

Se le pasó un poco la frustración a los pocos minutos, cuando entró una llamada desde Hoyerswerda que le pasaron al teléfono de su despacho. Era Fenstermacher, la patóloga.

—Tengo una noticia para usted —dijo la mujer, con un refunfuño, al otro lado de la línea defectuosa—. Dos noticias, de hecho. ¿Está conforme con que se las dé por teléfono, o prefiere que nos veamos en alguna parte?

Pensar en tomar otra vez el coche, con lo cansado que era, más el tiempo alejada de su familia, no le hacía mucha ilusión a Müller; y eso que Fenstermacher parecía en posesión de datos relevantes. La esgrima verbal con el coronel de la Stasi la había dejado sin fuerzas. Pero acabó decidiéndose, precisamente, por el interés acusado que el Ministerio para la Seguridad del Estado tenía en el caso, al verlos tan implicados.

—Comandante Müller. ¿Me ha oído lo que le he dicho? —bramó Fenstermacher.

—Sí, la he oído, sí. Vamos a vernos. ¿Dónde le parece?

—No puedo ausentarme por mucho tiempo, me temo. Llego hasta Senftenberg, más allá no. Pero le queda más cerca que hoy. Aunque ese bar del hotel no me ofrece ninguna confianza. Es el sitio ideal para los fisgones. ¿Qué le parece la playa en el lago, donde el club de vela, el punto en el que apareció el primer cadáver?

Lo que caía era ya nieve sólida, pero no estaba cuajando en la autopista, y como no había mucho tráfico y el Lada iba a buena velocidad, Müller hizo el trayecto en algo más de noventa minutos, sin descanso.

Cuando entró en el aparcamiento del club de vela, vio ya aparcado el precioso Wartburg de época delante del lago: el verde claro de la carrocería le ponía un hermoso brochazo de color a lo que era un día gris. Volvió a admirar el coche una vez más. Nunca había sido fetichista para las cosas materiales, pero una vocecita en su interior le decía que no estaría mal ser la dueña de un coche tan estiloso como aquel. Algo ligeramente distinto de la cuadrada uniformidad de un Trabis moderno, o un Wartburg o un Lada. A lo mejor se ponía a ello cuando acabara por fin este caso.

Aparcó el Lada y abrió la puerta del copiloto del coche de Fenstermacher.

—¿Le parece bien que nos veamos aquí dentro? —preguntó la mujer de más edad—. He dejado el motor y la calefacción en marcha y llevo como cinco minutos aquí, así que se está calentito.

Demasiado para el gusto de Müller, que seguía con la gabardina puesta, más todas las capas de ropa que llevó a la cita en la Märchenbrunnen. Se quitó la gabardina y el primer jersey y los dejó en el asiento de atrás. Al hacerlo, la camiseta y el jersey más fino que llevaba le dejaron al descubierto el ombligo. Cuando volvió a mirar al frente, notó que la patóloga la estaba calibrando, o eso le pareció. Así la miraría un hombre. Fenstermacher desvió en el acto la vista, pero Müller vio que se ponía roja.

Tenía una carpeta abierta apoyada en el volante.

—Lo primero es lo primero —dijo—. El segundo cadáver. El chico que seguimos sin poder identificar. Como es lógico, los resultados de los análisis de las muestras que tomamos han tardado en estar listos. Mucho más que para el primer caso. Estos análisis en la autopsia no detectaron nada parecido a aquellos niveles tan raros que hallamos en el caso Nadel, pero es que el equipo que tenía a mi disposición no era tan preciso. Así que mandé las muestras a Berlín. Su conclusión es que hay un nivel elevado de hormonas masculinas. Como en Nadel.

—Eso nos vale —dijo Müller. Y así era, pero no abría nuevas líneas de investigación, solo confirmaba las sospechas.

Fenstermacher cerró la carpeta con parsimonia.

—Ahora, la otra noticia, que es más delicada, y quizá sea mejor que no diga de dónde me ha venido. ¿Sabe usted que la República anda mal de divisas?

Müller asintió.

—Por eso, muchas veces, hay tejemanejes para atraer dólares estadounidenses y marcos de Alemania Occidental. Eso que necesitan los que mandan para que el país siga funcionando. Casi todo el mundo está al tanto de la situación.

—Siga.

—Pues por el tema de las hormonas, me puse en contacto con mis compañeros de fatigas en el hospital de la Charité, en la capital del Estado. Estaba discutiendo este caso tan raro que nos traemos entre manos con uno de ellos, un contacto que trabaja en el servicios de endocrinología allí. Me contaba que, hace un par de años, se llevó a cabo un experimento médico, financiado por una compañía farmacéutica estadounidense. Ya sabe: el mal encarnado en el Occidente capitalista y todo ese rollo. Seguro que está usted tan harta como yo de que le hagan tragarse ese camelo.

Müller no estaba tan segura. Siempre había creído en el socialismo, aunque reconocía que a los niños en los países comunistas les daban la misma doctrina sobre los males de Occidente que les darían a los del otro lado del Muro con la matraca anticomunista. Eso sí, para Müller había una diferencia importante: que aquí, en la República Democrática Alemana, todo el mundo tenía trabajo. Sus vidas se regían por algo más, aparte de ganar dinero a mansalva para presumir del último modelo de nevera o de lavadora delante de los vecinos. Era un sistema que a ella le parecía más justo. Lo que ya no la convencía mucho era la infraestructura que había que poner en pie para implementar dicho sistema. Ella sabía que lo estaba alimentando, al ser miembro de la Policía del Pueblo. Pero se justificaba a sí misma diciendo que lo que hacía era combatir el delito, que es lo que hace la Policía en todos los países del mundo. Las cosas que Jäger, Baum y compañía se traían entre manos..., en fin, eso era harina de otro costal.

Trató de concentrarse en lo que las ocupaba.

—¿Quiere decir que esto lo hicieron para ingresar divisas?

—En efecto —dijo Fenstermacher—. Y de repente, Occidente no será tan malo, cuando nuestra República quiere los dólares de Estados Unidos. Era un experimento que llevaba un poco más allá pruebas previas del servicio de endocrinología, para las que, en un principio, empleó ratas. Lo que hizo uno de los científicos fue sencillamente investigar más a fondo, con apoyo financiero por parte de los estadounidenses. Los resultados se hicieron públicos, pero los colegas del científico los desacreditaron. Y le acabaron haciendo la vida imposible en la Charité.

—Vale, pero no entiendo qué relación tiene eso con el caso.

— Pues se trata de la razón del descrédito. Alguien se enteró de que, para el experimento, recurrieron a humanos, estudiantes universitarios que se presentaban, *motu proprio*, a cambio de pequeñas cantidades de dinero al principio. Aunque me parece que no eran conscientes de a qué se estaban presentando voluntarios. —Fenstermacher se toqueteó el pelo, ajustó el espejo retrovisor y miró en él su imagen reflejada. A Müller le pareció que estaba muy nerviosa, cosa rara por lo que había visto de ella.

—Ese fue el problema —siguió diciendo—. Que si les hubieran dicho la verdad, de ninguna de las maneras se habrían presentado voluntarios, a no ser que tuvieran la cabeza en las nubes, claro está.

Müller frunció el entrecejo.

—¿Por qué no?

Fenstermacher buscó los ojos de Müller y le sostuvo la mirada.

—Porque eran experimentos encaminados a cambiar la sexualidad de la gente, la misma esencia de su alma. Los estadounidenses los financiaban con el fin de «curar» a los homosexuales.

A Müller le iba la cabeza a toda velocidad al ver las múltiples posibilidades que se abrían en el caso.

—Pero a este científico sin escrúpulos lo apartaron del departamento de endocrinología de la Charité, ¿no?

—Eso es. Pero no tenía a todo el mundo en su contra. Se rumoreaba que en las altas esferas lo apoyaban, que habían sido ellos los que habían conseguido la financiación y que querían seguir con los experimentos.

—¿Pero no siguieron?

—En la capital del Estado, no. Sin embargo, a mi contacto le han llegado otros rumores también.

Müller arrugó el ceño, alarmada.

—¿Cuáles?

—Que todavía siguen con los experimentos en algún punto de la República. En secreto.

—Me van a hacer falta las señas de ese contacto suyo en la Charité. Hay que dar con ese sitio lo antes posible.

No es que les trastoquen la sexualidad a los chicos, a hombres que son muy jóvenes, es que los están matando. Y el hijo de mi forense debe de ser uno de ellos.

Fenstermacher asintió muy seria.

—Hay otra cosa, no obstante, y me preocupa casi más. A mí misma puede que se deba, en parte, cierto retraso a la hora de descubrirlo. Tenía guardado en formol el cerebro de cada una de las víctimas. Eso hace que el análisis de los tejidos sea más fácil, porque se endurecen en unas semanas. Cuando he vuelto a examinarlos en los últimos dos días, he encontrado lesiones microscópicas en parte del hipotálamo.

Müller arrugó el entrecejo.

—¿Y eso qué significa?

—Pues significa, comandante Müller, que tenemos que vérnoslas con alguien que no solo les está metiendo hormonas masculinas por un tubo a estos jóvenes, lo que ya es gravísimo. Nos las tenemos que ver con alguien que también los opera, les mutila el cerebro.

34

Domingo por la noche.
Strausberger Platz, Berlín Oriental.

Nada más volver a Berlín, Müller se puso en contacto con el hospital de la Charité, pero la persona que Fenstermacher conocía allí no estaba y no volvería hasta el lunes por la mañana. Dejó un mensaje para que la llamara en cuento se incorporase. Dicho esto, no tenía pinta, por lo que contó Fenstermacher, de que el hombre supiera a ciencia cierta dónde llevaba a cabo sus experimentos el científico díscolo, si es que había experimentos.

Tilsner y Schmidt habían puesto a Müller al día de lo que los tenía ocupados en su ausencia. El *Kriminaltechniker* llevaba ya varios cálculos efectuados de la velocidad del cauce, pero como se echaba encima el invierno, las condiciones meteorológicas habían cambiado. Quiso delimitar más sus experimentos, y ya le explicaría los resultados cuando la comandante volviera a Guben. Parecía que se mantenía de una pieza sin demasiado esfuerzo, aunque debía de temerse ya lo peor en cuanto a su hijo. La que sí lo estaba pasando mal era Hanne, su mujer.

Tilsner seguía inmerso en los ficheros de personas desaparecidas, y había ampliado las pesquisas para englobar desde el *Bezirk* de Cottbus y Frankfurt hasta la capital del Estado y el resto del país. Pero como pasaban los días y no había resultados esclarecedores, Reiniger les pidió a ambos oficiales que echaran una mano en otros asuntos. Y las esperanzas que tenía Müller de que Jäger aportara algo de información sobre Markus Schmidt no habían llegado a nada por el momento.

—¿No conocerás, por un casual, a nadie del servicio de endocrinología en la Charité, verdad, Emil?

Estaban los cinco sentados a la mesa del comedor a la hora de la cena, como cualquier familia: Helga le daba la papilla a Jannika, y Müller hacía lo propio con Johannes.

Emil levantó la vista del plato.

—Pues la verdad es que no. ¿Por qué me lo preguntas?

—Por el caso que llevo en estos momentos.

—¿El de Eisenhüttenstadt y alrededores?

—Ajá… ¡No, Johannes, eso no se hace! —gritó Müller, y volvió a centrar su atención en su hijo—. No se escupe la comida, eso no está bien. —Limpió el estropicio con el babero y miró otra vez a Emil, que tenía prisa por acabar la cena, al parecer—. Me preguntaba si habrías oído hablar de un experimento clínico en esa área, patrocinado por una empresa farmacéutica estadounidense.

—¿Un experimento de qué?

—Relacionado con la sexualidad. Un reajuste de la sexualidad de la gente, específicamente dirigido a homosexuales.

—No, no he oído nada. Pero, si quieres, puedo preguntar a mis compañeros. —Volvió a sumir la vista en el plato, tragó el último bocado, terminó de beber lo que le quedaba en el vaso y empezó a ponerse la chaqueta.

—¿No te irás a ir otra vez, no? Yo pensaba que podíamos pasar una bonita velada viendo la tele.

—Me han puesto una reunión a última hora del día en el hospital. Están un poco desbordados. Ya sabes como es esto. Volveré tarde, así que no me esperes levantada. —Se inclinó para besarla en la mejilla, luego plantó un beso en la coronilla de cada uno de los mellizos—. Adiós, Helga. Vigila a estos dos, que no la líen.

Müller puso cara de fingida tristeza para que la viera Helga.

—A tomar vientos mi noche de mimitos con mi novio.

—Últimamente tiene muchas reuniones de esas. Esta vida que lleváis los dos no es vida, con tanto trabajo en la comisaría y en el hospital. Ya podíais haber elegido profesiones que fueran más compatibles.

—Pues si no hubiera sido policía, habría querido ser esquiadora de saltos. Pero es que todavía no dejan competir a las mujeres, o sea que habría sido una carrera más bien corta —dijo Müller, y se echó a reír.

Empezaron a preparar el baño de los mellizos e intercambiaron sus cometidos: Müller se ocupó de Jannika, Helga tomó a Johannes en brazos. A la comandante no le hacía mucha gracia reconocerlo, pero los niños parecían más contentos con su abuela. Estaban más hechos a ella. Müller había pasado mucho tiempo fuera de casa en las últimas semanas.

En cuanto los metieron en la cuna y apagaron la luz, Helga susurró a Müller con tono cómplice:

—Pues a mí no me importaría ver la tele contigo en el salón. Podemos picar algo, abrir una botella de vino.

Tengo una botella muy buena de *Sekt* desde Navidades, y me apetece desmelenarme y abrirla ahora.

Müller sonrió.

—Me parece un plan estupendo. ¿Qué ponen en la tele?

—Imagino que las series de detectives te aburren, ¿no?

—No están mal. *Polizeiruf 110* es bastante realista.

—Ah. Yo te iba a proponer desmelenarnos de verdad. Echan la serie *Tatort* a las ocho… en la cadena de la Alemania Occidental Das Erste.

Müller hizo como que ponía cara de alarma.

—¡Helga! Vas a hacer que me arresten. —Cuando estaba con Gottfried, hacía lo posible por quitarle de la cabeza la idea de ver el telediario de la Alemania Occidental. Pero ya se había relajado bastante.

—Perdona, es que estoy muy enganchada a esa serie. Pero no pasa nada si ponemos el volumen bajito. Venga. Te vendrá bien desconectar un poco…, algo que te relaje.

—No sé si me voy a relajar mucho así, viendo crímenes en una serie de la tele. Pero venga, vale…, solo porque me estás sobornando con el *Sekt*. Aunque no me conviene beber mucho.

Müller vio que la serie la relajaba bastante según avanzaba la trama; fue eso, y el vino, aunque se tuvo que levantar un par de veces del sofá para mecer la cuna de los mellizos, que se habían desvelado.

Iban por la segunda copa de vino, cuando se interrumpió de repente la emisión y apareció fugazmente la carátula de los informativos, con una voz en *off* que dijo que iban a conectar con la redacción para dar una noticia muy importante. Müller y Helga se miraron sin comprender. Aquello era muy raro, hasta para la televisión occidental.

Salió en antena un presentador del telediario, aquel que tanto le recordaba a Jäger. ¿Qué hacía dando las noticias, mandado llamar con urgencia un domingo por la noche? Era una de las caras más conocidas en la televisión de la Alemania Federal y, normalmente, solo salía de lunes a viernes.

Leía un folio impreso, más o menos como hacían todavía en los telediarios de la República Democrática Alemana. Pero al otro lado del Muro, los programas de noticias solían ser más fluidos, más ensayados, y el presentador decía las noticias directamente a la cámara, con ayuda de un apuntador situado detrás de esta.

«La bomba explotó justo cuando los miembros del gobierno federal salían de una reunión con carácter de urgencia a la que habían sido convocados en la Cancillería Federal, en Bonn».

Aparecieron en pantalla las primeras y dramáticas imágenes del caos que sucedió a la explosión, con la voz del presentador de fondo: un coche ennegrecido que todavía echaba humo. Después de las dos reuniones con Metzger, Müller se fijaba más que antes en los programas de noticias que veía en la televisión occidental, por si salía él entre los altos cargos. También sabía que la República Federal de Alemania había celebrado elecciones hacía escasas semanas, en las que el canciller Schmidt había logrado repeler el avance de Helmut Kohl. En realidad, se había aferrado al poder gracias a una coalición. Ni siquiera sabía si Metzger, un alto funcionario, asistiría al consejo de ministros, al que lo más seguro es que solo estuvieran llamados Schmidt y sus primeros espadas del gobierno.

«... el canciller fue quien convocó la reunión del Consejo de Ministros, y la orden del día era la actual crisis del sector siderúrgico. Con la caída del precio del acero a nivel mundial, se enfrentan a la pérdida de muchos puestos de trabajo en la zona industrial de Ruhr...».

El presentador seguía hablando con voz monótona, aunque la mención de la industria siderúrgica mantenía la atención de Müller.

«... medidas para apoyar la industria del acero y que no baje el precio, entre las que se cuentan la revisión de los contratos en vigor con la República Democrática Alemana...».

Al oír aquello, Müller fue todo oídos. Era la primera noticia que tenía. ¿Sería aquello lo que había detrás de los tejemanejes que se traían Metzger y Markus, los intentos del chico para obtener información en nombre de la Stasi?

El presentador interrumpió su monótono discurso y, de repente, adoptó un tono dubitativo. Apareció una mano en la pantalla que le entregó otro folio escrito, una maniobra improvisada que, seguramente, no debía haber salido en antena.

«... y la Agencia Alemana de Prensa de Bonn acaba de poner al día la información que tenemos. Todo indica, según parece, que hay una víctima mortal como resultado de la explosión. Se cree que es el conductor del coche que ven en estas imágenes, un turismo de la marca Mercedes-Benz...».

Salía la misma toma, de varios segundos de duración, del vehículo calcinado, en una secuencia en bucle, mientras el presentador leía de fondo.

Esas imágenes dieron de pronto paso a la fotografía de un hombre con gafas.

A Müller se le cayó la copa de vino, que se estampó contra el suelo de madera y quedó hecha añicos .

—¿Qué te pasa, Karin? ¿Estás bien? —preguntó Helga.

«… se cree que el vehículo pertenecía a Georg Metzger, alto funcionario del Ministerio para la Cooperación Económica. Había asistido a la reunión en calidad de experto, para aconsejar al gobierno federal la posibilidad de romper los contratos de importación de acero de la planta de Eisenhüttenstadt, en la República Democrática Alemana, por un importe fijado en…».

—¡Ay, Dios mío! —gritó Müller—. ¡Es él!

—¿Quién?

«… informes sin confirmar que apuntan a que Herr Metzger acudió a la reunión en su propio vehículo particular, del que sería el único ocupante. Se ha informado a la familia, su mujer y dos niños pequeños. Según la Agencia Alemana de Prensa, el ataque no ha sido reivindicado todavía por ningún grupo armado; sin embargo, la Policía Federal de Fronteras afirma que lo considera un atentado terrorista».

La fotografía de Metzger desapareció en un fundido que dejó en la pantalla de nuevo al presentador.

Müller notó una opresión en la garganta.

—Ni que hubieras visto un fantasma —dijo Helga.

—Es que lo conocía. Lo vi tan solo hace unas semanas.

—¡Ay, Dios! Es terrible.

Müller fue a levantarse del sillón.

—Perdona, Helga, pero tengo que hacer unas llamadas, y si te soy sincera, no me apetece mucho ver la…

Se interrumpió al oír cómo llamaban al timbre repetidas veces.

Luego empezaron a aporrear la puerta.

Helga frunció el ceño con un gesto de preocupación mientras Müller salía a abrir.

Iba todavía por mitad del pasillo, cuando la puerta reventó y dio contra la pared del mismo; saltó en pedazos hasta el marco, que llenó el aire de astillas y trozos de yeso.

Unos gorilas vestidos de cuero rodearon a Müller al instante.

—¡Déjenla en paz! —gritó Helga.

El ruido despertó a los mellizos, cuyos berridos se sumaron al caos y la cacofonía reinante. Entonces, uno de los hombres dijo:

—Camarada comandante Karin Müller, queda usted arrestada.

—¡No! —gritó ella—. ¡No pueden…!

Uno de los hombres le tapó la boca sin miramientos con una mano enguantada. Helga quiso agarrar a su nieta, pero la empujaron, perdió el apoyo y cayó al suelo.

—Usted ni se acerque, vieja.

Otro hombre le plantó la placa a Müller en plena cara mientras la estaban esposando, con las manos a la espalda. No le hacía falta ver lo que ponía. *Ministerio para la Seguridad del Estado*. La Stasi.

35

Müller no sabía si a Gottfried lo habrían tratado así. ¿También fue tan violento el arresto de su marido? Por lo menos él, que había asistido a reuniones clandestinas con grupos disidentes, se lo había merecido. Pero ella no había sacado los pies del tiesto lo más mínimo. Tenía la autorización pertinente para todo por parte de Reiniger. Lo único que había hecho era intentar averiguar la verdad en el caso que la ocupaba en este momento. A lo mejor era eso: que se estaba acercando demasiado a la verdad.

Mientras esperaban el ascensor, Müller se sentía avergonzada, culpable... aunque no había hecho nada. Una de las vecinas abrió la puerta de casa, pero la cerró otra vez en el acto.

Volvió a ver aparcada una furgoneta Barkas enfrente del portal, en plena rotonda Strausberger Platz, y eso venía a sumarse a la caravana cuya presencia no había faltado nunca desde que se mudaron al apartamento nuevo. Esta de ahora era casi idéntica a la furgoneta de reparto del pan que estuvo aparcada tanto tiempo enfrente de su antiguo piso, en Schönhauser Allee. Aunque estaba en una situación desesperada, se echó a reír sin contemplaciones cuando vio que tenía estampado el letrero de una pescadería. ¿Es que no podían ser algo más originales y disimular los vehículos en los que se llevaban a la gente a la cárcel de otra manera que no fuera como furgonetas de reparto? La reacción de los agentes fue sujetarle todavía más fuerte los brazos a la espalda y meterla a empujones por la puerta de atrás de la furgoneta.

Volvió a pensar en Gottfried. Cuando fue a visitarlo a la prisión de Hohenschönhausen, lo vio como una figura patética, partida en dos. Ahora, mientras la metían a la fuerza en aquel espacio diminuto, parecido a una celda, en el que casi no cabía en cuclillas, comprendió por qué su marido tenía semejante aspecto.

A la sensación de ultraje y de incredulidad, al ver lo que le estaban haciendo, se le sumaron las náuseas, pues le llegó el olor de la orina y las heces impregnado en las paredes de la furgoneta.

Entonces, el vehículo echó a rodar. Quiso deducir por dónde iban, atendiendo a los giros, la aceleración y las paradas que hacían. La luz entraba apenas por unas rendijas en la improvisada celda y no veía la calle, pero intentó formarse un mapa en la cabeza.

Pero, después de pasar lo que tuvo que ser como media hora de vuelta y giros, y del consiguiente golpeteo entre las reducidas paredes que la contenían, tuvo que dejarlo. Una única pregunta le ocupó entonces la mente y la llevó a ser presa de la desesperación: ¿por qué? ¿Por qué tenían que hacerle esto a ella? ¿Era por sus encuentros secretos con Metzger? No había nada ilegal en eso... Pero ahora estaba muerto, reducido a fosfatina por un atentado con bomba en su coche. ¿Sería porque se había enfrentado a Jäger, desafiándolo? No llegaba a creerse que fuera tan vengativo. ¿Era por la cita que había concertado para el día siguiente con el endocrino de la Charité? Un encuentro que la Stasi ya se había asegurado de que no se celebrara. Eso tenía más sentido: puede que hubiera una iniciativa de la Stasi, instigada por Baum y Diederich, que quisiera a toda costa detenerla en sus pesquisas.

Por fin, acabaron las paradas, los arranques y las vueltas que estaban dando para desorientarla. El interior de la furgoneta estaba completamente a oscuras, ya no aparecían ni los débiles haces de luz cuando pasaban debajo de una farola en la calle. Müller notó, mientras intentaba sin éxito estirar los miembros, confinada en aquel espacio reducido y apestoso, que iban en línea recta y habían ganado velocidad. Tenía que ser una autopista; pero no tenía ni idea de cuál; tampoco en qué dirección iban.

Ni cuál era el destino final.

Notó que se le llenaban los ojos de lágrimas y no quiso darles rienda suelta. Lo que sí sabía era que se alejaba de la capital del Estado, que dejaba atrás su casa y a sus mellizos. Se los habían robado nada más nacer, aunque fuera por poco tiempo, y ahora se la llevaban a ella, privando a sus hijos de su madre. ¿Volvería a ver a Jannika, a Johannes o a Helga en toda su vida? Pobre Helga. Acabó tirada en el suelo del apartamento, en pleno caos. Esperaba que su abuela no hubiera acabado herida de consideración; porque, sí así había sido, ¿qué sería de los mellizos? Se quedarían los dos solitos hasta que volviera Emil.

Emil. Empezó a dar forma a una idea horrenda en su fuero interno. Nunca había podido quitarse del todo de la cabeza que había sido una casualidad que lo destinaran a Halle-Neustadt en el caso anterior, y lo fácil que había sido entablar relación con él. Y ahora, justo antes de que le pusieran a Müller la vida patas arriba, iba él y salía a toda prisa del apartamento. ¿Para ir a una reunión en el hospital un domingo por la noche?

Müller hizo por tragar saliva, aunque notó la garganta seca a causa del vino. Tenía que beber agua. Pero, al pensarlo, le entró el pánico por otro motivo: también tenía unas ganas tremendas de ir al servicio. Y supo que, de verse confinada allí mucho más tiempo, habría de pasar por la humillación de hacérselo encima en aquella celda móvil en la que la habían encerrado. Por el tufo que le llegaba del entorno, supo que muchos prisioneros habían pasado por idéntico calvario antes que ella.

36

Más tarde ese mismo día.
Pankow.

Cuando Müller le dijo a Tilsner que iba a ir hasta Senftenberg para entrevistarse con la vieja gruñona de Fenstermacher, el *Hauptmann* sintió cierto desasosiego: veía que tendría que seguir a Winkler él solo; puesto que, según Müller, Reiniger seguía siendo reacio a autorizarlos a que sometieran a interrogatorio a Winkler, porque no quería sacarle los colores al padre hasta que no hubiera más pruebas de la implicación de su hijo. Si lo hubieran dejado a él, pensó Tilsner, ya habría pasado por comisaría.

Los de la Policía de uniforme no habían sacado nada en claro del seguimiento que habían hecho del chico. Por eso, al no ver avance alguno en ese sentido, Reiniger bajó el nivel de presión. Tendría que ser Tilsner, él solito, el que tomara cartas en el asunto.

Esperaba en un café, con una vista despejada del hogar de los Winkler, haciendo como que leía el periódico. Tenía el casco de la moto en la silla de al lado; y en la mesa, una taza de café humeante que le acababa de llevar la camarera. Lo de ir en moto por ahí estaba muy bien en el mes de septiembre. Pero ahora, tres meses más tarde, cuando caía fuerte el aguanieve, no es que dieran muchas ganas de volver ahí afuera.

Se calentó las manos con la taza de café y aspiró el aroma agridulce, notó cómo le avivaba las papilas gustativas. Entonces, cuando estaba a punto de rozar el borde de la loza con los labios, antes de dar el primer sorbo, vio que Winkler hijo salía de la casa.

Scheisse! Tilsner dejó la taza en la mesa de un golpetazo, agarró el casco y salió corriendo afuera, donde había aparcado la moto, haciendo caso omiso de los gritos de la camarera, que se quejaba de que no había pagado. Bien bonita que era, y sintió tener que irse tan deprisa, pero así tenía una buena excusa para volver y saldar la deuda.

Arrancó la moto a toda prisa, poniendo buen cuidado en fijarse para dónde tiraba Winkler. Por lo general, toda la panda quedaba a la puerta de la casa del joven antes de cada salida dominguera. Tilsner no se esperaba esta incursión en solitario. ¿Adónde se dirigiría él solo? A lo mejor, el mal tiempo que hacía había dado al traste con la salida habitual hacia el club.

Winkler desapareció por la esquina antes de que Tilsner tuviera tiempo de acelerar con un golpe de muñeca. Notaba que la máquina que montaba ahora tenía más potencia que la de la última vez, pero no quería poner a prueba el motor para sacarle el máximo rendimiento sobre una superficie tan resbaladiza. Solo pedía a Dios que el joven Winkler no fuera de los temerarios. No porque le importara gran cosa la suerte que corría. Tenía toda la pinta de ser una ratilla tramposa; y quizá no estaría mal que encontrara su fin despachurrado en una cuneta, o con el cuerpo hecho un ocho contra una farola. Era solo que no quería perderlo de vista al trasponer una curva.

La moto se agarró al piso con ductilidad cuando el detective inclinó el cuerpo para tomar una curva. Al enderezar, se arriesgó a soltar una mano del manillar para limpiarse la visera del casco, y vio que todavía tenía a Winkler en su campo de visión. Entonces, el joven tomó un desvío en dirección a Mitte. Tilsner aceleró a tope, lo que el puño daba de sí. Como saliera un coche para incorporarse a la carretera en sentido contrario, lo más seguro sería que acabara estampado contra la rejilla del radiador. Pero no venía nadie, y cuando giró él mismo a la derecha como había hecho el joven, vio que no lo había perdido de vista. La verdad era que, para hacer aquel seguimiento como es debido, hacían falta dos motos: una le tomaba el relevo a la otra cada ciertos tramos en la persecución y así el blanco no se daba cuenta.

Se puso a rebufo de un Trabant. De esa manera, Winkler no lo veía y él podría seguirlo con la vista por los parabrisas del coche. Solo le quedaba esperar que el conductor del Trabant no pisara el freno de repente.

Iban por Schönhauser Allee y se acercaban al semáforo que regula el paso del tranvía en Dimitroffstrasse. Si Winkler se dirigía a Frankfurt o a Hütte, sus puntos de encuentro favoritos, lo lógico era que girara a la izquierda, por la propia Dimitroffstrasse, que pasaba bordeando Prenzlauer Berg y Friedrichshain. Pero iba por el carril del centro, y eso no le permitía el giro. El Trabi hizo lo mismo; así que Tilsner seguía guarecido en su estela.

Cuando pararon en el semáforo, aprovechó para volver a limpiar el visor del casco. «*Sauwetter!* Y encima un domingo, cuando tendría que estar en casa con Koletta y los niños». El cuero, los guantes y el casco lo protegían de las inclemencias del tiempo, pero notaba ya que el aguanieve le caía por el cuello como un chorro frío y le resbalaba por la espalda.

De repente, el Trabi empezó a aminorar la marcha y dio el intermitente para girar a la izquierda. Tilsner tenía dos opciones: o lo seguía y procuraba ponerse otra vez detrás de Winkler más tarde, o se arriesgaba a salir a descubierto y que lo viera el joven. Miró por los espejos retrovisores, cubiertos de una capa sucia de hielo y lluvia. Nada vio por ellos, y seguro que a Winkler le pasaría lo mismo. Tilsner redujo un par de marchas con el pie, luego se libró del Trabant con una maniobra y aceleró, para volver a frenar cuando estaba a unos doscientos metros detrás del joven. Casi ni veía la torre de la televisión, un poco más allá de la moto a la que seguía. Se la ocultaban a la vista la niebla baja, el aguanieve y la oscuridad. Entonces Winkler dio un giro repentino a la derecha, por Saarbrückerstrasse.

¿Se había percatado de que lo seguían? ¿Quería Winkler darle esquinazo?

Tilsner reaccionó, apretó otra vez el puño a tope, luego tomó el mismo desvío todo lo rápido que pudo y no se dio, de milagro, con un coche que venía de frente. Notó el tirón que dieron las ruedas bajo él, pero logró enderezar la máquina cuando el caucho volvió a agarrarse con firmeza al asfalto. Winkler seguía allí, delante de él en la distancia.

Sabía que la moto del joven no tenía ni de lejos la potencia de la suya. Pero, o lo seguía en corto o Winkler lograría darle esquinazo si quería. Pero eso solo sucedería si lo veía. Lo que tenía que hacer Tilsner era asegurarse de que esto no pasara, y que el pésimo tiempo que hacía siguiera estando de su parte.

Pasaban en ese preciso instante por la puerta del

Volkspark Friedrichshain, y cuando Winkler optó por la ruta sureste que rodeaba el parque, tirando por Friedenstrasse, Tilsner empezó a relajarse un poco. Le parecía que intuía adónde podía dirigirse el otro. Ya cuando viró a la izquierda en Karl-Marx-Allee y dejó atrás el cine Kosmos y la Frankfurter Tor, el detective creyó estar todavía más en lo cierto.

El tiempo mejoró cuando estaban a las afueras de Frankfurt, y eso quería decir que Tilsner no podía acercarse tanto porque si no lo acabaría descubriendo; sobre todo, al girar para dirigirse a Eisenhüttenstadt, si es que iba a donde el detective creía que iba. Pero, al dejar que corriera un poco más el aire entre ambas motos, se le metió delante un camión. Al principio, no quiso arriesgarse a adelantarlo, pero, pasados unos segundos, se dio cuenta de que no tenía más remedio. Redujo e invadió el otro carril. Ya no caía aguanieve, aunque la carretera seguía empapada. Tilsner se vio a sí mismo llevando la moto a ciegas: así atravesó una nube de agua pulverizada, rezando para que no viniera nadie de frente. Cuando salió a la luz y limpió la visera del casco con el dorso de la mano, vio cómo la carretera se le abría delante en una larga recta, completamente vacía.

Ni rastro de Winkler.

Sabía que tenía una única oportunidad para no echar el viaje en balde, una última esperanza.

Pasados unos cientos de metros, cuando rodaba por delante del club, Tilsner se aseguró de que no perdía de vista el aparcamiento por el espejo retrovisor, sin volver la cabeza, para que no resultara tan obvio. Afortunadamente, llegó a tiempo de ver cómo Winkler se bajaba de la moto, inconfundible con su llamativo y flamante casco a franjas que imitaban rayos.

Tilsner no paró la moto hasta que no quedó fuera del campo de visión. Entonces, la pegó a la acera y la calzó con la pata lateral. Se quitó el casco y sacudió el cuerpo para librarse del agua que se le había metido por la espalda. Pero enseguida se arrepintió de haberlo hecho.

Pasó a todo trapo el camión que había adelantado antes y le salpicó la cara con el chaparrón de agua que levantó de un charco. Sacudió la cabeza como un perro recién salido del río y agitó el puño en dirección a la parte trasera del camión, que ya desaparecía, rumbo a Hütte.

Tilsner se puso a otear desde la atalaya en la que solía guarecerse con Müller, el viejo cobertizo con la ventana rota, cuya puerta había acabado pudriéndose, o reventada de un puntapié. Veía perfectamente el club. Supuso que Winkler ya debía de haber entrado. No había ni rastro de él, pero la moto seguía allí aparcada, en el mismo sitio en el que Tilsner lo vio bajarse de ella. No había más vehículos en el aparcamiento, solo un Trabant que conoció mejores tiempos. Tampoco sonaba música alguna que retumbara dentro de las paredes bajas del edificio. Fuera lo que fuera lo que estaba pasando allí dentro, no parecía el encuentro semanal de siempre. Tilsner se preparó para lo que se le antojaba que sería una larga espera; si había suerte, cuando saliera Winkler, habría merecido la pena darse aquel paseo en moto tan largo como desagradable.

***

Para espantar el frío, Tilsner recurrió a unos sacos viejos que halló en un rincón del cobertizo. Se los echó por encima, a modo de improvisadas mantas, sin pararse a pensar en la proveniencia de las muchas capas de mugre que tenían adheridas. Debió de quedarse dormido unos segundos al calorcillo, porque despertó sobresaltado, cuando le iluminaron la cara los faros de un coche que entraba en el aparcamiento. Se agachó, luego alzó despacio la cabeza. Los ocupantes bajaron y fueron a la entrada del club. La moto de Winkler seguía aparcada en el mismo sitio. A aquel primer coche lo siguieron varios más, como si asistieran a alguna reunión vespertina. Pero ¿quiénes eran? Y ¿qué tenía Winkler que ver con ellos? Pensó que tendrían que haber hecho una redada en el club, por mucho que dijera la Stasi que era su cebo. Tal y como estaban las cosas, sobre todo, y al encontrarse él solo, Tilsner tendría que limitarse a esperar, oír, ver y callar.

Los primeros coches estaban llenos de hombres, la mayoría, treintañeros y cuarentones. No reconoció a ninguno. Luego detuvo la vista en uno que sí conocía.

Diederich. Con un desconocido.

Los dos entraron en el club, y cuando Tilsner aguzó la vista para ver quién les abría la puerta, creyó que era Winkler, aunque no estaba seguro. Llegaron más coches, y los que se bajaron de ellos tenían edades variopintas. Había más hombres de poco más de veinte años, acompañados de otros que ni llegarían casi a adolescentes. Luego vio por lo menos a dos jóvenes del grupo de motociclistas a los que había seguido con Karin al club, a primeros de año. Los llevaban hombres de mayor edad en sus respectivos coches.

Se espació más el reguero de llegadas. Tilsner iba a

instalarse de nuevo en su mullido lecho de sacos, sabiendo que tardaría mucho en salir nadie del club, cuando llegó un último coche. Tuvo que mirar dos veces al ver quién se bajaba del vehículo. «¡No puede ser!». El aparcamiento estaba mal iluminado..., lo más seguro era que Tilsner no hubiera visto bien.

Miró otra vez con detenimiento.

Era él, no cabía ninguna duda. «¡La madre que lo parió!».

Tendría que contárselo a Karin; pero es que tendría que verlo ella con sus propios ojos. El hombre en cuestión había entrado ya en el club. Y quien le abrió la puerta fue Winkler, confirmado, porque esta vez la luz le dio de lleno en la cara. Winkler ya conocía al hombre, eso saltaba a la vista. El abrazo que se dieron indicaba, cuando menos, que había bastante amistad.

«Puede que algo más».

Tilsner no se lo podía creer. Miró el reloj. Karin llegaría a tiempo si estaba ya de vuelta en Berlín después de aquella reunión con Fenstermacher, y lo más probable es que fuera así.

Salió de su escondrijo con todo el sigilo del mundo, cruzó el aparcamiento y enfiló por la calle en la que había aparcado la moto, no muy lejos de allí, entre la vegetación que crecía en la cuneta. No sabía si, con tantos arbustos alrededor, tendría señal en la radio, aunque había que intentarlo.

La línea no hacía más que chisporrotear, pero logró ponerse en contacto con Keibelstrasse.

No le daba para mucho aquella conexión por radio, abierta a cualquier receptor que pudiera sintonizarla; y lo que dijo fue breve y al grano.

«Ruego, por favor, pasen este mensaje a la comandante Karin Müller. Que manden a alguien a buscarla a casa si hace falta. Díganle que ha llamado su segundo, el *Hauptmann* Tilsner, para que acuda inmediatamente y sin demora al club de Frankfurt. Hay algo que tiene que ver con sus propios ojos».

No le llegó la conexión para decir nada más.

Sabía que Karin se quedaría de piedra, tal y como se había quedado él.

37

Más tarde, esa misma noche.
En un centro de internamiento de la Stasi.

Llegó a su fin el largo trayecto en línea recta y volvieron las paradas, los arranques y la conducción en lo que parecían círculos. Bien poco le importaba a Müller ya dónde se encontrara. Le dolía todo el cuerpo, la celda móvil apestaba y se lo había tenido que hacer encima. Olía a rayos, pero tuvo que respirar hondo varias veces para calmarse. Suponía que se debía todo a un error, pero ¿y si no era así? ¡¿Y si era con toda la intención?! No cesaban de asaltarle recuerdos de Jannika y Johannes. Quería besarlos, abrazarlos, mecerlos y que se quedaran dormidos en sus brazos. Todo era por culpa suya. Nunca tenía que haber aceptado aquello que le propuso Reiniger de mudarse a Strausberger Platz.

Finalmente, la furgoneta se detuvo y echaron el freno.

—¡Fuera, venga, fuera! —gritaron los guardias, mientras uno de ellos trepaba, abría la portezuela de la celda y la sacaba, tirando de los esposados brazos.

—Yo no he hecho nada malo. Soy comandante de la Policía del Pueblo, de la sección de homicidios. Esto es…

—¡Cállate! —gritó un segundo guardia, y la sacó a

empellones de la furgoneta. Müller tuvo que cerrar los ojos porque la cegó la luz, de una blancura resplandeciente, en la zona de recepción: una especie de garaje, con paredes blancas que hacían que fuera más potente todavía el resplandor de los fluorescentes.

El guardia le golpeó la espalda con algo duro, metálico. A Müller no le cupo ninguna duda de que era un rifle. Quería protestar, seguir diciendo que era inocente, pero los que la llevaban eran soldados de a pie y no hacían más que su trabajo. No tenía ningún sentido ponerse a discutir con ellos.

Luego se vio sumida otra vez en la negrura, cuando le pusieron una caperuza a la fuerza y la llevaron de un brazo.

Supo que cruzaban una zona al raso por el cambio en la temperatura del aire. Luego entraron de nuevo en un edificio que repetía el eco de sus pasos. La capucha no impedía que le llegara el chasquido de las botas de los guardas contra el suelo de cemento. Caminaban deprisa, y le daban golpes en la espalda cuando se quedaba atrás.

Detuvieron la marcha un instante, metieron una llave en la cerradura, sonó el crujido de una puerta al abrirse y luego otro al cerrarse, a sus espaldas.

La empujaron para que siguiera caminando, una vez más. Al poco, dieron la vuelta a una esquina y, por fin, le quitaron la capucha.

Müller no sabía a qué atenerse. Por la duración del viaje en furgoneta, les podía haber dado tiempo a atravesar la frontera de la República Democrática Alemana. Pero en el garaje los guardias hablaban alemán, y el uniforme que llevaban era el de la República. Pensó que quizá todo el trayecto no había sido más que un ardid; que a lo mejor la habían sacado de Berlín para tomar una autopista y luego traerla de vuelta, posiblemente a Hohenschönhausen.

Aunque no estaban en la prisión berlinesa en la que retuvieron a Gottfried, donde ella fue a visitarlo. O por lo menos, si era ese edificio, estaban en otra ala.

Tenía delante una escalera metálica que se elevaba tres o incluso cuatro pisos, rodeada de jaulas metálicas. Olía como en la Barkas: a pis, a mierda y a sudor mezclado con el tufo ácido del desinfectante, como si limpiaran de mala gana allí. Y tenían implantado el mismo sistema de luces verdes y rojas que vio en Hohenschönhausen.

Entre tirones y golpes en la espalda, la subieron al segundo piso y fue llevada a buen paso a otra ala. Atravesaron dos puertas, sometidas al férreo control de las luces; luego, un pasillo estrecho de blancas paredes, jalonado por puertas con el marco de color beis. Se veían las cañerías, pintadas de un amarillo chillón.

La de la celda número 13. Esa fue la puerta que abrieron, y, después, la empujaron dentro.

Müller estaba preparada para enfrentarse a condiciones de aislamiento. Sabía que era el truco más socorrido. Así se cargaron a Gottfried, lo convirtieron en aquel desecho que no logró arrancar de ella, pese a los lloriqueos, ni un gramo de pena cuando se entrevistó con él en Hohenschönhausen, hacía dieciocho meses. Sin embargo, ella tenía compañera de celda, una mujer corpulenta de pelo gris y apergaminado rostro, entrada en años. Estaba sentada en el banco que hacía las veces de cama, fumando.

Müller se volvió a los guardias.

—No pueden dejarme aquí. No he hecho nada…

Uno de los guardias le tapó la boca con la mano; el otro le quitó las esposas. Luego, se dieron la vuelta y salieron.

Müller fue rauda a la puerta de la celda.

—Por favor…

La cerraron de golpe. Y ella cayó al suelo, presa de la desesperación.

38

Al día siguiente.
Keibelstrasse, Berlín Oriental.

Tilsner había solicitado una reunión con Reiniger al no haber podido dar con Müller; nadie sabía, al parecer, dónde estaba, y cuando la llamaban a casa, salía la voz de una telefonista diciendo que ese número ya no estaba operativo.

Cuando, por fin, el coronel de la Policía se avino a recibirlo, Tilsner halló a Reiniger con aspecto de haber sido hostigado.

—¿Qué está pasando? ¿Dónde está Karin?

—Querrá usted decir: «¿Qué está pasando, camarada *Oberst*?».

Tilsner se tragó las ganas de agarrar al hombretón de mediana edad y zarandearlo. Lo que hizo, más bien, fue poner las manos encima de la mesa y clavar en el coronel lo que esperaba fuera su mirada más gélida.

—Le pido disculpas, camarada *Oberst*. Pero sé que aquí hay algo sospechoso. Leí en el periódico lo del atentado que sufrió el coche de Metzger. ¿Tiene que ver con eso?

Reiniger bajó la mirada y la clavó en sus propias manos.

—No sé de qué va. Lo único que sé es que la han arrestado.

—¡¿Arrestado?! ¿Por qué narices la han arrestado?

Vio el movimiento oscilante que hizo la nuez de Reiniger según tragaba saliva.

—No la hemos arrestado nosotros, eso es obvio, *Hauptmann* Tilsner. Ha sido la Stasi.

—Vale, pero tiene rango suficiente como para hacer que la «desarresten», ¿o no? ¿Dónde está?

—En Bautzen.

—¡¿En Bautzen II?! Ese es el agujero más infecto de todas las cárceles de la República Democrática Alemana. Ella es la persona que dirige su recién creado Departamento de Delitos Graves. Yo creía que lo que tenía que hacer era servir de enlace con la Stasi, no acabar arrestada por la Stasi.

El otro parecía derrotado. Como si se hubiera quedado pegado a la mesa y formara con ella un bloque de hielo; como si no fuera la misma persona que los había autorizado a emprender la búsqueda de Markus Schmidt, aunque ello implicara seguir con sus pesquisas e indagar en el asesinato de Nadel, ir contra lo prescrito por la Stasi.

Reiniger suspiró.

—Tengo las manos atadas, *Hauptmann*.

Tilsner vio a las claras que, por mucho que lo intentara, no iba a conseguir nada de Reiniger. El coronel se había dado por vencido. Solo había una persona que tenía la suficiente influencia para revertir la situación. Y, a su vez, la influencia que Tilsner tenía sobre esa persona cuajaba en forma de amenaza: la amenaza de sacar a la luz algo que dejaría al propio Tilsner igual de expuesto.

Pero por Karin merecía la pena hacerlo.

Tenía que jugarse esa última carta, pasar por alto el peligro que corría él mismo.

—¿Cree usted que podría conseguir que se pusiera al teléfono el *Oberst* Jäger, del Ministerio para la Seguridad del Estado? Quiero hablar con él.

—¿Qué le hace pensar que iba a hablar de eso con usted, *Hauptmann*? Además, ya he intentado yo hablar con él. Al parecer, está fuera de su alcance también. Me han dicho que el arresto lo ordenaron desde la oficina de la Stasi en el *Bezirk* de Frankfurt.

—*Scheisse!* —escupió Tilsner—. O sea que es cosa de Baum y Diederich. —Tilsner respiró hondo y vació los pulmones despacio—. No puedo contarle por qué a mí sí me escuchará Jäger, camarada *Oberst*. Pero le aseguro que lo hará. Y puede que sirva para solucionar esto.

Reiniger no parecía muy convencido, pero descolgó despacio el teléfono y empezó a marcar el número. Se sucedieron una serie de preguntas y respuestas, y le pasó el auricular a Tilsner.

—Hola, Werner. Tengo entendido que quiere hablar conmigo.

—Ha llegado la hora, Jäger, de que me haga ese favor. Por eso llamo.

—No sé a qué se refiere.

—Sabe de sobra a qué me refiero. Y sabe también qué pasará si no colabora.

—A mí no me amenace. Ni lo intente siquiera.

—No es una amenaza. Es una declaración de intenciones. Arregle esto, de lo contrario, aténgase a las consecuencias. —Tilsner vio que Reiniger alzaba las cejas, intrigado. Era una conversación que tendría que haberse celebrado en privado, pero Tilsner no tenía tiempo, y si su jefe acababa sabiendo que tenía algo con lo que presionar a Jäger, a lo mejor también se andaría con ojo en el futuro.

La línea era defectuosa, pero Tilsner oyó lo que dijo Jäger, después de soltar un largo suspiro.

—No le puedo prometer nada.

—No quiero promesas, Klaus. —Reiniger arrugó el entrecejo sin ningún recato al oír que su subordinado llamaba al coronel de la Stasi por el nombre de pila, como si tal cosa—. Quiero que se mueva usted, y que haya resultados.

La línea enmudeció.

—¿Me ha oído bien? —preguntó Tilsner.

—Lo he oído. Estoy esperando a que me diga qué quiere que haga.

—Quiero que saquen a Müller de Bautzen y que no quede ni una mota de polvo en su expediente, y no vuelvan a ir contra ella.

La línea volvió a enmudecer.

—Lo comprende usted, ¿verdad?

—No sé si voy a poder hacerlo.

—Pues yo sí que lo sé, Klaus. Ya le digo yo que puede. Hace mucho que nos conocemos, ¿a que sí? Si quiere, puede solucionar esto, y estoy seguro de que quiere. —Tilsner miró el reloj—. Son las nueve menos cuarto. El *Oberst* Reiniger y yo vamos a salir para Bautzen y lo esperamos allí a las…, vamos a decir a la una de la tarde, como un clavo. Con las autorizaciones que haga falta para solucionar esto, aunque tenga que llegar a las más altas instancias.

39

Tres meses antes (septiembre de 1976).
Frankfurt an der Oder.

—Para nosotros has sido un chasco tremendo, Markus. Y eso que lo estabas haciendo tan bien. —El agente, que todavía no sé cómo se llama, da vueltas al boli entre los dedos.

—Mire. Ustedes querían que lograra esas fotos. El trato era ese. Hice lo que se me pidió.

—Un buen trabajo, sí señor. Pero el hombre con el que andabas liado lleva a cabo negociaciones muy importantes con la República Democrática Alemana. Es de vital importancia para nuestro país que sigas con la tarea que se te encomienda. Aun así, tú te niegas. Sabes cuál es la alternativa, ¿verdad?

—Ya me lo dijo, sí. Me meterán en la cárcel. Pues si es lo que toca, adelante. Ya le he dicho que lo de las pastillas fue un montaje, que no eran mías. Solo me queda esperar que algún día se sepa la verdad. —Enderezo los hombros, saco pecho e intento sostenerle la mirada. Intento aparentar una confianza en mí mismo que no siento por dentro. De pie delante de ellos, no sé cuánto aguantaré sin derrumbarme. Me estoy mareando, como si me fueran a fallar las piernas en cualquier momento.

El otro agente, de más edad, con la cara redonda, no ha abierto todavía la boca. Se levanta, mira por la ventana y empieza a hablar, aunque lo hace de espaldas a mí, con las manos enlazadas por detrás.

—Sabes lo que les pasa a los que son como tú en la cárcel, ¿no?

—¿A los que son como yo? —No sé adónde quiere ir a parar, pero que lo diga alto y claro.

Se da la vuelta y me taladra con la mirada.

—Sí, los que son como tú, los homosexuales, los maricas, los bujarrones. Así, sin gafas, con las lentes de contacto que te hemos dado, la verdad es que eres bastante mono. Sí, mono de sobra para algunos de los violadores y asesinos que tenemos en las cárceles. Con un poco de suerte, alguno se prendará de ti. Pero ni así, porque meses después de que salgas, todavía no podrás apoyar el culo.

—No es delito ser homosexual en la República Democrática Alemana.

—Puede que no sea delito, pero es que en la cárcel no se aplican las leyes normales, te lo aseguro. Supongamos que te falta esa pizca de suerte y no encuentras quien se prende de ti y te proteja. ¿Sabes lo que te pasará entonces?

Guardo silencio. ¿Por qué voy a tener que caer en sus juegos de palabras? Que me caiga lo que me tenga que caer.

—No es que te vayan a utilizar como juguete sexual. Es que te van a dar una somanta de palos. Lo más seguro es que te pateen la polla en las duchas. No durarías ni seis meses, ni qué decir los tres años que seguramente te meteremos entre rejas.

«¿Tres años? Ay, Dios». Nunca antes habían hablado de tiempo. Yo pensé que serían meses, no años.

—Veo que te asusta el panorama. Pero deja que te cuente, porque hay más. Tenemos fotos tuyas en posturas muy comprometedoras con Herr Metzger, no te imaginas cuánto. Esa parte del encargo la hiciste de maravilla. Yo creo que a tus padres les interesará mucho verlas.

—¡No! —grito—. Por favor, a *Mutti* y *Vati* no. No los meta usted en esto. Por favor.

Responde torciendo un poco los labios, en una media sonrisa espeluznante.

—No tenemos más que mandárselas en un sobre mondo y lirondo a tus padres. Y luego vamos y les tendemos una redada. Los acusamos de estar en posesión de material pornográfico: eso no caerá muy bien entre los jefes de tu padre en la Policía del Pueblo. ¿Y encima, siendo su propio hijo el protagonista? Yo creo que será el fin de su carrera de forense.

—*Arschloch!* —Doy un paso hacia él. Quiero arañarle la cara redondita y de burla que pone…, pero el guapo, que es más joven, da un salto y me sujeta.

—Ten cuidado —dice este agente—. Siéntate, no te sulfures. A lo mejor te puedo ofrecer una alternativa.

Me siento con los codos apoyados en los brazos de la silla, me tapo los ojos con las manos abiertas.

—¿Quieres que te diga qué es? Si cooperas, evitarás ir a prisión, les evitarás ese trago a tus padres. —Han vuelto a sentarse los dos agentes, uno al lado del otro, detrás de la mesa, debajo del retrato de Honecker.

No digo nada. Han faltado a sus promesas muchas veces antes. ¿Por qué las iban a cumplir ahora?

—Te lo diré de todas formas, porque yo creo que te va a interesar. Podría ser una forma de que ya no nos debieras nada y te quedaras con la cuenta a cero por lo que respecta a nosotros. Nos olvidaremos de todo. A lo mejor hasta te conseguimos plaza en la universidad, fíjate lo que te digo.

El otro mueve afirmativamente la cabeza.

Yo suspiro.

—No tuve buenas notas en el bachillerato.

—Ya, pero siempre podemos hacer que no se note mucho eso, o darte notas que sí sean buenas y pasen la de corte. Más que buenas.

Sigo sin fiarme de ellos. Nada me empuja a hacerlo. Son pura escoria. Una escoria que no hace más que manipularnos.

—Lo único que queremos es que ayudes a uno de nuestros científicos más eminentes.

—Yo de ciencia no sé nada.

—Ni falta que hace. Solo tendrías que colaborar como ya han colaborado algunos de sus alumnos en Berlín: presentándote voluntario a un experimento médico. Es muy importante, lo patrocina una empresa farmacéutica estadounidense. De esa manera, la República ingresa divisas, o sea que estarías también poniendo tu granito de arena para ayudar a tu país. Podríamos hacer que constara como tu servicio militar. Te evitarías así tener que pasar por el ejército.

No me fío de ellos, pero me pica la curiosidad.

—Siga —digo.

—Es un experimento que consiste en probar un fármaco con el que intervenir en los niveles hormonales, para así controlar el deseo sexual. Nos cuesta dar con voluntarios que cumplan el perfil. Podemos decir que tú lo cumples y recomendarte. De esa manera, ya no tendrás que traicionar a Georg Metzger. Cuando todo acabe, si todavía sientes lo mismo por él, te podemos facilitar los papeles para que emigres a la República Federal Alemana y vivas con él. Y, claro, olvídate de la cárcel. Y de las fotos. No las mandaríamos a tu casa; y tu padre no vería amenazado su trabajo en la Policía Científica.

No me fío de ellos. Cómo me voy a fiar. Pero ¿me queda realmente alguna opción? Además, así protegeré a mis padres. A mi padre lo he decepcionado tantas veces… A lo mejor puedo, por una vez, hacer que se sienta orgulloso de mí.

—Vale —digo—. Deme más detalles.

40

Tres meses más tarde (diciembre de 1976).
Bautzen II.

Tilsner tardó algo más de dos horas y media en cubrir en coche los doscientos kilómetros y pico desde Keibelstrasse a Bautzen. La ciudad era una monada, en flagrante contraste con las dos horrendas cárceles que albergaba, como bien sabía Tilsner. Aunque cuando uno se acercaba desde ese ángulo, no se veían, y la vista de las muchas torres que coronaban los edificios históricos se enseñoreaban de la perspectiva.

Miró a Reiniger, sentado en el asiento de copiloto, que casi no había dicho ni media en todo el trayecto, cosa rara en él.

—No ha abierto usted mucho la boca, camarada *Oberst*.

—Como se podrá imaginar, no me tiene nada contento, *Hauptmann*. Me dejó usted en evidencia con esa llamada telefónica. Y si se enemista con Jäger o me enemista a mí, las cosas se pueden poner muy feas.

—La verdad es que me trae sin cuidado, camarada *Oberst*. A mí lo único que me importa es sacar a mi jefa de la cárcel y que se vuelva a poner al frente de este caso. Y eso debería ser lo que le importara a usted. Tengo meridianamente claro que debemos de estar acercándonos a la resolución del caso; y que hay gente, puede que incluso los que más mandan, que no quieren que lo resolvamos.

—A mí no me tiene que decir cómo hacer mi trabajo, *Hauptmann*. Y ya puede andarse con cuidado, no le digo más.

Esperaron en una calle lateral, para asegurarse de que tenían una visión despejada del recinto de la cárcel, rodeada por un muro coronado de alambre de espino. Unos minutos antes de la una de la tarde, vieron venir de frente un Volvo que aminoró la marcha al llegar a su altura. Tilsner señaló con el brazo desde la ventanilla y Jäger aparcó detrás de ellos.

Una vez fuera de los vehículos, cuando se dirigían los tres a pie a la entrada de la prisión, Tilsner se dirigió al coronel de la Stasi.

—¿Está todo arreglado?

Jäger lo fulminó con la mirada y puso cara de póquer.

—Enseguida podrá comprobarlo.

Müller no paraba un momento en la celda. Su compañera fumaba constantemente y el humo las envolvía como una nube tóxica. El deambular de un lado para otro en el reducido espacio respondía al vano empeño de que corriera un poco el aire. La mujer no era mala compañía, aunque se quedó de piedra al enterarse de que compartía encierro con una *Vopo*. Ninguna había dormido gran cosa. La luz que había encima de la puerta no hacía más que encenderse y apagarse, y Müller solo había logrado dar un par de cabezadas de escasos minutos.

—Échese mientras pueda —dijo su compañera de celda—. No tardarán en ponerla a trabajar en el sótano. Guarde fuerzas.

—No estaré mucho tiempo aquí encerrada —seguía diciendo Müller—. Ha habido un error. Me soltarán hoy mismo, en cuanto se den cuenta.

—¡Sí, sí! —dijo la mujer, y echó otra bocanada de humo blanco que las asfixió a las dos y le arrancó la tos a la fumadora. Müller le dio unos golpecitos en la espalda—. Eso es lo que dicen todas —añadió con voz de cazallera—. Pero ya le digo yo que esta gente no comete errores. Usted no será culpable de nada, o creerá que no lo es, pero por alguna razón está aquí. Porque ellos quieren tenerla aquí. Quieren romper su resistencia, domarla.

El ruido metálico que hicieron las llaves del carcelero cuando metieron una en la puerta puso fin a aquella breve conversación.

Entraron dos guardias.

—¡Tú! —gritó uno, y señaló a Müller—. Te vienes conmigo, y rápido.

Müller intentó en vano zafarse del guardia, que se esposaba a ella. Luego, cerró los ojos, dejó el brazo muerto y no opuso resistencia mientras él tiraba para sacarla de la celda. El otro no le quitaba ojo de encima a la fumadora, que sonreía para sí con cara de satisfacción.

Imaginó que la llevaban al sótano, tal y como había dicho su compañera de celda. Si no era eso, sería que la arrastraban a una sala de interrogatorio parecida a aquella en la que se vio con un desesperado Gottfried, el tiempo que estuvo preso en otra cárcel de la Stasi.

Pero cruzaron el centro penitenciario por el pasillo

enrejado del primer piso, luego bajaron las escaleras de metal, hasta una zona que parecía dedicada a las dependencias del personal o de oficinas. La metieron en una sala de reuniones que estaba vacía y el mismo guardia que le quitaba las esposas le dijo que esperara, que enseguida vendría a verla alguien. Luego salió y cerró la puerta con llave.

Müller tomó aire a bocanadas y lo notó más limpio. Aunque también habían fumado allí. Flotaba en la sala un olor a tabaco; pero, en comparación con el ambiente mefítico de la celda, allí parecía que se encontraba al aire libre. Pasaban los minutos y nada ocurría. A lo mejor no era más que parte del proceso y buscaban romper así su resistencia, sutilmente. Aunque no tenía nada que confesar. Se retorcía las manos y tiraba del mono que le habían dado, un tejido almidonado que raspaba la piel. Luchó para que la esperanza no se abriera paso en su fuero interno: la esperanza de que pronto sería libre y podría volver a ver a sus retoños.

Cuando, por fin, abrieron la puerta, la sorprendió ver a Jäger, seguido de Reiniger. Sonreían los dos, aunque de manera forzada, como si la procesión fuera por dentro y alimentara una gran tensión. Notó que se le encogía el estómago; aquella visita inesperada tenía que ser buena señal, ¿o no?

—Siéntese, Karin —dijo Jäger, que cogió él mismo una silla para tomar asiento al otro lado de la mesa. Después, puso los codos encima del tablero y entrelazó los dedos para apoyar en ellos la barbilla—. Como se podrá imaginar, ha habido un malentendido. En estos momentos estamos intentando solucionarlo. Muy pronto le traerán la ropa, luego la llevaremos en coche de vuelta a la capital del Estado.

Müller soltó una risa que hasta a ella misma le pareció forzada. La ira le latía por dentro, caldeaba cada centímetro de su cuerpo.

—¿Así que un malentendido, eh? —dijo en un tono que quiso que pareciera neutro—. Un malentendido que lleva a que me arresten delante de mis hijos y mi abuela; a que una anciana acabe en el suelo por el atropello al que la someten unos gorilas de su propio ministerio. Menudo malentendido.

Reiniger soltó un suspiro.

—Está claro que algo se ha salido de madre, Karin. Estamos haciendo lo que está en nuestras manos para ayudarla. Su arresto no tiene nada que ver con ninguno de nosotros, pero Klaus ha movido Roma con Santiago para que la suelten. No tomarán más medidas contra…

—¿Más medidas? ¡Ya! ¿Y por qué tomaron estas, si puede saberse? Porque yo no he hecho nada, pero nada de nada.

Jäger asintió.

—Como decía, ha sido un malentendido. Ha habido miembros de una oficina regional del Ministerio que se han excedido en sus competencias.

Müller se podía imaginar quiénes habían sido. Baum y su lacayo, Diederich.

—Confío en que sean castigados como es debido.

Jäger se pasó las manos por la cara.

—Mejor nos concentramos en devolverla a usted a su familia. Podemos hablar de todo lo demás en otra ocasión. Ya tiene que estar casi lista su ropa; se la han lavado y la traerán en cualquier momento. La llevarán al vestuario y, luego, de vuelta aquí. Después, la acompañaremos a casa, a Berlín.

41

Strausberger Platz, Berlín Oriental.

Müller no salía de su sorpresa al ver que también había ido Tilsner, quien la esperaba a la salida de la prisión. Fue a hablar con ella, pero Jäger la llevó del brazo sin detenerse. Parecía que había algo que su ayudante quería decirle, pero el coronel de la Stasi abortó todo esbozo de conversación entre ellos asegurándose de que volvía en el Volvo con él a la capital del Estado, mientras Tilsner llevaba a Reiniger.

Müller recurrió al espejo retrovisor para retocarse el maquillaje, que era mínimo, como siempre: apenas se había empolvado la nariz.

—Ahora que estamos solos, ¿me quiere dar más detalles de lo que está pasando?

Jäger no apartaba los ojos del frente. Nevaba copiosamente, mas, por mucho que cuajara en los arcenes y terraplenes de la autopista, en el pavimento era poco más que una capa lodosa.

—Ya le he contado cuanto estoy autorizado a revelar.

—¿Así que ha sido todo a instancias de la Stasi de Frankfurt? Estoy convencida de que no quieren que llevemos la investigación hasta sus últimas consecuencias.

Él suspiró y la miró un instante.

—Quizá fuera un aviso para usted. Y quizá debería hacer caso. —Volvió a poner la vista en la carretera—. Tuve que recurrir a las más altas instancias para sacarla. Me ha supuesto, de nuevo, pedir un montón de favores.

—¿Y entonces va a hacer todo lo posible para que Reiniger aparte a Tilsner del caso?

—No, pero me interesaré personalmente de ahora en adelante.

—Yo creía que trabajaba usted en la Dirección General de Inteligencia, en la sección de Asuntos Exteriores. ¿Cómo se va a interesar por un caso así?

—Por sus encuentros con Metzger. Él sí que nos concierne…, o para ser más exactos, nos concernía, aunque todavía está por verse si las repercusiones de una muerte tan inoportuna como la suya no nos acaban salpicando.

Müller guardó silencio. Al parecer, a Jäger le venía bien que creyera que el arresto había sido instigado por Baum y Diederich. Pero ¿y si no había sido así? ¿Y si la gente que la detuvo provenía del propio departamento de Jäger? ¿Y si el coronel de la Stasi estaba al tanto? ¡¿O incluso si lo había autorizado él?! Pudo haber cambiado luego de opinión, al ver que Reiniger tomaba cartas en el asunto.

Jäger limpió la condensación del parabrisas del Volvo, y Müller se arrebujó dentro de la gabardina roja. ¿Qué sería lo que Tilsner había intentado decirle? ¿Querría avisarla de algo? ¿La llevaba Jäger a su apartamento, tal y como había dicho, o más bien iban de camino a Normannenstrasse para someterla a interrogatorio?

***

Pero no, esta vez Jäger cumplió su palabra y la acompañó hasta el portal del bloque de apartamentos en Strausberger Platz. Müller no lo invitó a pasar. Aunque todavía quería pedirle algo más al coronel de la Stasi. Pero no era ahora la ocasión propicia. Y, haciendo de tripas corazón, le tendió la mano y le dio las gracias.

Él asintió, pero iba muy serio de vuelta al coche, mientras la nieve derretida crujía en la acera bajo sus pies.

—Karin, Karin. Dios mío, qué alegría ver que estás de vuelta. —Emil la abrazó fuerte y luego Helga se les unió, pero Müller se dio cuenta de que su abuela torcía el gesto. La apartó a un lado y le miró el brazo. Tenía un moratón que amarilleaba ya en los bordes, del tamaño de una ciruela.

—*Scheisse*, Helga: ¿esto te hicieron? —le preguntó.

—Bah, no es nada. Emil me lo ha estado mirando y no hay nada roto.

—Lo que no acabamos de entender, Karin, es por qué lo hicieron —dijo Emil poniéndole a su novia las manos en los hombros—. ¿A santo de qué vino todo esto?

Müller negó con la cabeza.

—No lo sé. No me dieron una explicación en condiciones. Dijeron que fue una delegación del Ministerio para la Seguridad del Estado que se excedió en sus competencias.

—¿Tendrá esto consecuencias para ti, *Liebling*?

Ella se encogió de hombros.

—No lo creo. No me han imputado nada. Han sido dos mandos de la Stasi y de la Policía los que me han traído de vuelta a la capital del Estado. Hasta que no me digan lo contrario, he de seguir con mi trabajo. A partir de ya.

Helga ahogó un grito.

—Pero ¿no te van a dar un poco de tiempo para que te recuperes? ¿Dónde te llevaron? Tuvo que ser horrible.

Müller se pellizcó el entrecejo con el índice y el pulgar. Luego levantó la cabeza y sonrió.

—He estado en Bautzen. Solo una noche. Y me puedo dar con un canto en los dientes. —Su compañera de celda, por lo poco que hablaron, llevaba ya dos meses en Bautzen... y no había visos de que la liberaran, ni noticia del supuesto delito que había cometido. Solo sabía que unos amigos suyos habían planeado escapar escalando la Barrera de Protección Antifascista, pero ella juraba que no estaba involucrada. Tampoco tenía razón alguna para mentirle, por muy comandante que fuera Müller de la Policía del Pueblo. No había que olvidar que el mero hecho de estar también encerrada en Bautzen apuntaba a que su carrera había tocado fondo, al menos por el momento.

—¿Dónde están Jannika y Johannes? —preguntó Müller—. Tengo tantas ganas de verlos.

—En la guardería —dijo Emil—. Pensamos que era mejor que todo siguiera como si tal cosa, en la medida de lo posible. No sé qué hubiera sido de nosotros sin Helga.

—Es lo menos que puedo hacer —dijo la abuela de Müller—. ¿Quieres que vaya a buscarlos un poco antes, así les das un beso y un abrazo?

Müller estuvo tentada de decir que sí. Pero la verdad era que tenía que volver al trabajo cuanto antes. Si la Stasi quería a toda costa que no hablara con el contacto que le había dado Fenstermacher en el servicio de endocrinología de la Charité, entonces tenía que hacer lo que estuviera en su mano para dar con él y descubrir qué sabía exactamente de aquellos experimentos tan siniestros.

—Espero verlos esta noche antes de que los acostemos; con tiempo para darles la cena y prepararles el baño.

—¿Podíamos dar una pequeña fiesta? —apuntó Helga.

—Qué buena idea —dijo Emil—. Aunque esta noche me toca turno. Logré cambiarlo, y en vez de ir de mañana, ahora estoy de tarde, así ayudo a Helga con los mellizos y los llevo a la guardería. —Miró el reloj y arrugó el ceño—. Estaba a punto de salir para allá cuando has llegado. Mejor me voy, si no me va a caer una buena.

—Pues claro —dijo Müller. Adelantó la cara para darle a su novio un beso en la boca, aprovechando que él iba a coger el abrigo. La mano de Emil no llegó a la percha, porque atrajo a su novia y le dio un abrazo.

—Siento tener que marcharme. Tenemos que preparar una excursión con los niños, y con Helga si se apunta, en cuanto busquemos un hueco. Lo que pasa es que, en el trabajo, todo está manga por hombro ahora mismo. Tenemos dos médicos y dos enfermeras de baja por enfermedad.

Müller sabía que tenía tanta culpa como él, que no acababa de encontrar tiempo para su relación. Pensó que el ascenso, las nuevas responsabilidades al frente del recién creado departamento, todo podía acabar siendo un regalo envenenado. Y no quería que fuera su familia la que apurara también ese veneno. Ya había fracasado en una relación —con Gottfried—, y ahora no había que olvidar, además, a los niños. Tenía que esmerarse para que esta saliera adelante.

42

No se lo pusieron fácil en la Charité para entrevistarse con el endocrino. Como le dieron largas por teléfono, fue en persona al servicio de endocrinología, y le dijeron más de lo mismo: que el médico no estaba, ni se lo esperaba hasta el lunes de la semana siguiente; pero que sabía que Müller tenía que hablar con él y ya buscaría un hueco para ella.

Quiso hablar con Tilsner en Keibelstrasse y se topó con el mismo tipo de evasivas, hasta que, cuando la llamó para ponerla al tanto, Reiniger la informó, al final, de que a su ayudante le habían encomendado por el momento otras tareas.

—Se lo devolveré en cuanto haya un avance significativo en su caso, Karin —había asegurado Reiniger.

—Eso suena a música celestial, camarada *Oberst* —replicó una enfurecida Müller—. Pero ¿cómo va a haber avance significativo que valga si no tengo ni segundo de a bordo ni nadie que me ayude? Habré de recurrir a la Policía del Pueblo de Eisenhüttenstadt; y me da la sensación de que tendrán las manos atadas en el caso, por los vínculos con la oficina local de la Stasi en el *Bezirk* de Frankfurt.

—Le sigue quedando Schmidt. No lo he movido de Wilhelm-Pieck-Stadt Guben. Así tiene la mente ocupada mientras buscamos a su hijo.

—Pero, al retirar a Tilsner del caso, acaba usted de dejar en el chasis al equipo de búsqueda de su hijo.

—Ya le he dicho que no está apartado del caso, Karin. Lo único que he hecho ha sido reubicarlo temporalmente porque me hacían falta efectivos en otra parte.

Müller notó que, de la tensión, al escuchar aquello, rechinaba los dientes. Era un hábito suyo de cuando soñaba por las noches, y que traía por la calle de la amargura a Emil.

—Si quiere hacer algo útil, vaya a ver a la mujer de Schmidt. Seguro que le viene bien un hombro del mismo sexo. Llega la Navidad y tiene que ser horrible cómo se le presenta: con el hijo desaparecido y el marido, ocupado en un caso, a muchos kilómetros de distancia.

Müller se mordió la lengua para no decir lo que, de seguro, le costaría un disgusto. Era todo un detalle por parte de Reiniger pensar en la mujer de Schmidt, pero no hacía falta expresarlo con un comentario tan machista. Como si a una madre en apuros solo le valiera el apoyo de otra mujer. Notó que le latía con fuerza una vena en la sien.

La pausa la ayudó a mitigar un tanto la ira que sentía.

—Sí, claro que podría ir a verla. Pero, en teoría, estoy al frente de un Departamento de Delitos Graves recién creado. Y va usted y se lleva a mi segundo. Tengo al forense a medio gas porque se le va la energía con tanta preocupación por su hijo desaparecido. ¿Está usted seguro de que quiere que siga?

—Estoy bien seguro, Karin. Bien seguro. Pero acuérdese de que uno de los motivos por los que creamos ese departamento fue para tener una relación más estrecha con la Stasi a nivel de mandos. En lo que respecta a eso, no parece que le haya cogido usted muy bien el tranquillo al nuevo puesto. A lo mejor tenía que verse otra vez con su amigo Jäger; y ver si puede hacer algo para que la vuelva a tener en alta estima.

Müller soltó un suspiro pero no dijo nada. Estuvo por colgarle el teléfono, pero al final dejó que fuera Reiniger el que pusiera fin a la conversación. Cada vez le perdía más el respeto a su coronel de la Policía. Puede que Tilsner tuviera razón, después de todo. A su segundo, el jefe le había parecido siempre lleno de pompa y poco más, un inútil. Müller se llevaba mejor con su superior, pero cada vez era más de la opinión de Tilsner.

Reinaba la tristeza, eso saltaba a la vista, en el apartamento de los Schmidt. Estaba decorado como sin ganas de cara a la Navidad; y, aunque Müller estaba lejos de ser una forofa de las tareas domésticas, se dio cuenta de que los pocos adornos navideños que había a la vista —en la repisa del comedor y en la estantería— los habían puesto sin limpiarles el polvo del año anterior. Vio candelabros sin velas, con cera derretida de pasadas alegrías, y los pequeños *Räuchermännchen* estaban cubiertos por una capa de mugre.

Hanne Schmidt invitó a pasar a Müller y salió corriendo a la cocina a hacer café, aunque la detective le dijo que no se molestara. Como si tuviera que ocuparse en algo a todas horas para no pensar en Markus, ni en los días, semanas y meses que habían pasado sin tener pruebas evidentes de que estaba bien.

—Me temo que Jonas no se encuentra en casa, comandante Müller —dijo desde la cocina, alzando la voz para hacerse oír por encima del cacharreo—. Aunque imagino que eso ya lo sabe. —Se le notaba la sensación de abandono hasta en la voz.

—Siento que sea así, Hanne. Fue idea mía que siguiera trabajando, cuando, a lo mejor, tenía que estar aquí con usted.

La mujer asomó la cabeza por el vano de la puerta del salón. Tenía los brazos cruzados sobre el pecho, como si así quisiera consolarse.

—Huy, no —dijo—. Mejor que esté haciendo algo útil. Además, me dice que puede que este caso los ayude a ustedes a encontrar a Markus. Aunque, según tengo entendido, es un asesin...

La mujer no llegó a pronunciar la palabra: relacionaba a su hijo desaparecido con una muerte que tenía visos de haber sido atroz.

Se llevó una mano a la boca, como aterrada por lo que había estado a punto de decir.

—Me... me voy a preparar el café..., perdóneme. —Se dio la vuelta y volvió corriendo a la cocina, no sin que le diera tiempo a Müller de percatarse de las lágrimas que le afloraban a unos ojos enrojecidos ya de tanto llorar.

Pasados unos minutos, Hanne volvió con la bandeja del café y se sentó en un sillón, dejándole todo el sofá a Müller, que adelantó el cuerpo para sentarse en el borde. La mujer fue a echar el café en las tazas, pero le temblaban las manos y tuvo que dejar otra vez la cafetera en la bandeja. Müller le puso la mano en el brazo, con toda ternura, y sirvió ella el brebaje.

—Gr... gra... gracias —dijo con un balbuceo. Se

llevó las manos a la cara e inspiró hondo, para luego soltar el aire despacio—. ¿Hay algo nuevo que deba saber? —le preguntó a Müller—. Me parece que no, ¿verdad? Se lo vi en la cara, nada más abrir la puerta.

Müller se quedó pensando unos instantes. Recordó la cara que había puesto la mujer cuando salió a recibirla. «Pues claro: esperaba oír el peor de los desenlaces, o el mejor. ¿Por qué, si no, iba a ir a visitarla la jefa de su marido? Debí haberle dicho que no había noticias en cuanto abrió la puerta».

Müller abrazó a la mujer con cariño, luego la apartó un poco y la miró a los ojos.

—Lo siento mucho Hanne. Tenía que haberme dado cuenta de que, al venir así a verla, sin avisar, a lo mejor usted pensaba que había pasado algo. Fue una torpeza por mi parte. Debí haberme explicado inmediatamente. Pero, por favor, créame, removeré cielo y tierra para dar con el paradero de su hijo. Cueste lo que cueste. Los datos de los que disponemos apuntan a que sigue con vida y, por lo que yo sé, se encuentra sano y salvo. —Esto último, bien lo sabía Müller, era, en parte, mentira. Temía seriamente por la integridad física de Markus, dado lo que Fenstermacher le había contado: las marcas de agujas y ligaduras en los dos cadáveres encontrados. Pero no tenía ningún sentido preocupar más a la mujer, si es que podía estarlo más.

—Sigo pensando que Jan Winkler es una pieza clave en todo esto —dijo Hanne—. Al principio, parecía el salvador de Markus. Le dio la vida. Pero la verdad es que fue entonces cuando empezaron los problemas. Lo que le pasaba antes, el acoso escolar, la vuelta a casa llorando porque le habían roto las gafas, el que no supiera valerse por sí mismo ni con dieciocho años, todo eso palidece ahora.

¿No le puede usted presionar al chico ese para que diga dónde está Markus?

—Créame que lo hemos intentado, Hanne. Hay hombres siguiéndole la pista a todas partes. Tengo trabajando en ello a mi equipo y a los de la Policía de uniforme de Keibelstrasse.

—Seguro que lo protege su padre —dijo Frau Schmidt, con toda la amargura que le destilaba la voz.

Bien lo sabía Müller. Y también sabía que tenía las manos atadas. Pero no iba a admitir delante de la madre de Markus la impotencia que sentía cuando se enfrentaba a la Stasi.

43

Müller decidió que tenía que volver a ver a Jäger. En parte por aquello que había dicho Reiniger de que debería esforzarse por tender puentes con el coronel de la Stasi y en parte, también, por lo que había dejado caer Hanne Schmidt del verdadero trabajo que desempeñaba el padre de Jan Winkler. Había, además, algo personal que quería hablar con él. Puede que no fuera el momento, en mitad de la investigación de un asesinato, pero era algo que llevaba meses reconcomiéndola.

La elección como escenario del encuentro del monumento soviético a los caídos en la guerra, en el parque de Treptower, llevó a Müller a pasar por casa para ponerse un abrigo más grueso. Por muchas capas que llevara debajo, la gabardina no iba a protegerla del frío. Pudo, también, coger algo del piso que tenía que enseñarle a Jäger. Algo personal.

Sentía ahora la nieve, crujiente, helada, debajo de sus pies y apretaba con la mano enguantada la cajita de metal que llevaba en el bolsillo del abrigo. Se la había dado Helga la primera vez que se vieron en Leipzig. Allí estaba la foto de su madre biológica, todavía una adolescente, con Karin en brazos, de bebé. Debajo de la foto, en el fondo de la cajita, había descubierto una placa de identificación que tenía toda la pinta de pertenecer al Ejército Rojo.

A Müller la removía por dentro quedar en aquel sitio. Si la placa pertenecía a su padre, tal y como había confesado Helga, ¿fue uno de los ochenta mil soldados soviéticos muertos en la batalla por la toma de Berlín? ¿O había sobrevivido, para dejar luego embarazada a su madre y seguir con su vida como si tal cosa? Y si estaba vivo, ¿dónde se encontraba ahora? ¿En la propia Unión Soviética o destinado, quizá, en alguno de los países socialistas aliados, a las puertas de aquel país ingente? ¿Estaría, a lo mejor, acantonado en la propia República Democrática Alemana? Müller no lo creía. Había muchas tropas soviéticas en el país, así que cabía dentro de lo posible. Pero no había que olvidar que la Unión Soviética era un país enorme, con un ejército igual de inmenso. ¿Por qué iba a seguir en el ejército su padre si la guerra era ya cosa del pasado? Sería, con toda certeza, muy mayor ya para eso, por muy joven que fuera cuando conoció a la adolescente que sería su madre. Y, aunque fuera soldado, o incluso oficial, mucha casualidad sería que estuviera destinado en la República Democrática Alemana.

Entró en el recinto del monumento conmemorativo por el extremo opuesto a la estatua y vio, de lejos, la escena que reproducía: un soldado soviético con una niña alemana, recién rescatada, en brazos. Jäger le había dicho que lo esperara en el octavo sarcófago, a la derecha de la zona central que ocupaba el gigantesco monumento.

Müller alzó la vista para contemplar las banderas soviéticas esculpidas en granito rojo a la entrada, descomunales, a ambos lados de las puertas del complejo. Las estatuas de soldados arrodillados que había debajo aparecían todavía coronadas de nieve.

Contó los sarcófagos. Sabía, por las clases de historia del colegio, que había dieciséis: uno por cada una de las repúblicas soviéticas, al menos las existentes a finales de los años cuarenta, cuando acabaron de construir el monumento. Antes de llegar al octavo ya vio a Jäger, enfundado en su abrigo de borrego, que se abrazaba el pecho para entrar en calor.

No la sonrió según se acercaba a él.

—Espero que sea importante, camarada comandante. No me hace ninguna gracia que me saquen de mi despacho con el tiempo que hace —dijo apretando los dientes.

—La misma poca gracia que me hizo a mí que unos matones de la Stasi me sacaran a rastras de mi apartamento para llevarme a una cárcel apestosa, camarada *Oberst*.

A Jäger se le suavizaron un poco los rasgos de la cara.

—*Touché*.

—O sea que si seguimos jugando al juego de quién le debe qué a quién, yo creo que a la que más se le debe es a mí.

—A mí no me salen esas cuentas —dijo Jäger—. Y me arriesgué muchísimo en lo personal, puse en peligro mi reputación, para sacarla a usted de Bautzen en un tiempo récord.

—Una cárcel en la que me tenían retenida sin cargo alguno, sin la más mínima imputación contra mi persona.

Rio Jäger al oír aquello, pero era una risa que retumbaba con un eco cruel.

—Sabe usted perfectamente que fue cosa de Baum y Diederich. Y que fue por cómo echó usted mano de Reiniger, sin ningún miramiento, para revocar sus órdenes.

—Puede —dijo Müller—. Pero tuvo el efecto de retrasar toda la investigación. Y sospecho que, en todo esto, hay más intereses en juego.

Jäger resopló por la nariz.

—Me parece que no tiene usted ni la más remota idea de lo que está en juego, Karin.

«Por lo menos vuelve a llamarme por el nombre de pila», pensó Müller. «Que ya es algo».

—No he venido aquí solo para intercambiar unas palabras con usted, *Oberst*. Necesito algo.

—Usted siempre necesita algo.

—Algo personal —siguió diciendo Müller, y sacó la cajita de latón que tenía en el bolsillo.

—¿No he visto eso antes?

Müller asintió.

—En la isla Peissnitz. Cuando nos subimos al tren en miniatura.

Jäger suspiró.

—O sea que hay todavía más cosas ahí dentro, ¿no?

Müller dijo que sí con la cabeza. Se quitó el guante y tiró de la tapa para abrir la caja de metal oxidado. Al hacerlo, el aire frío le dejó los dedos blancos en el acto. La foto de su madre con ella en brazos ya la había guardado en un sitio más seguro, pues era el objeto más preciado que poseía: su vínculo con el pasado y que, ahora, había tomado cuerpo en la persona de Helga.

Sacó la placa, grabada con extraños caracteres y letras en cirílico. Jäger fue a tomársela de la mano, pero ella la apartó.

—Se mira pero no se toca. Yo soy la única que puede ponerle las manos encima. Es una placa del Ejército Rojo.

—¿Una placa, de quién? ¿Y de dónde la ha sacado?

Müller no dijo nada, pero notó que se ponía roja ante la mirada inquisitiva que le dirigía Jäger.

El coronel apoyó el peso en los talones, luego se echó para atrás, soltó una risotada y olvidó el frío por un momento. Al echar el aire, formaba nubecillas de vapor.

—Usted cree que esto era de su padre, ¿a que sí? ¿Cómo diantre se le ocurre pensar que yo podía averiguar información de él? ¿O que querría hacerlo?

Müller no pensaba ni esbozar un asomo de respuesta. Pero, desde que supo que su madre biológica fue una adolescente que murió con el corazón partido cuando le arrebataron a su hija, apenas un bebé, se había visto impelida desesperadamente a completar la pieza que faltaba en su genealogía. Por mucho que se viera ahora inmersa en la investigación de un asesinato y de una persona desaparecida.

Metió otra vez la placa identificativa en la lata que Helga le había dado junto con la noticia de quién era su madre, la cerró con la tapa y se la volvió a guardar en el bolsillo. Buscó en otro bolsillo del abrigo y sacó un folio doblado.

—He apuntado los detalles. —Le entregó el papel a Jäger, quien lo tomó y se lo llevó al bolsillo—. Necesito que averigüe de quién son estos datos, y si sigue vivo.

—Y supongo que también si es su padre de verdad o no lo es.

—Si hubiera información que lo confirmase, y no creo que la haya, pues sí, también, ya que se pone. Y tengo algo más que pedirle.

—Usted dirá —la apuró él con cautela.

—Quiero saberlo todo del padre de Jan Winkler. Por algún motivo, no nos dejan que llevemos al hijo a comisaría para interrogarlo.

Jäger hizo un ruido que podría haber sido un chasquear de dientes y clavó la vista en el cielo, allá en lo alto. Luego bajó los ojos y volvió a mirarla a ella.

—Espero que siga mi consejo, Karin. Será lo que le pida a cambio de averiguar quién fue ese soldado del Ejército Rojo que pudo haber sido su padre o no.

Müller arrugó el entrecejo.

—Si intenta usted tomarle la medida a Winkler, tendrá que ir con mucho pero que mucho cuidado. No sé qué pensará de él, pero sepa que es un hombre con mucho poder. Y totalmente despiadado. No le sienta nada bien que metan las narices en la vida de su hijo, ni en cómo decide vivirla. Aunque usted piense que, en los dos años o así que hace que nos conocemos, ha pasado por todo, como se cruce en el camino de Winkler, va a saber de verdad lo que es el peligro. —La cara de Jäger se había nublado con una seriedad que Müller no le había visto nunca—. Espero que eso le quede bien claro.

—Meridiano, muchas gracias, camarada *Oberst*. Aunque no le puedo prometer nada al cien por cien; solo mientras Herr Winkler y su hijo no cometan ningún delito: si no lo hacen, nada deberán temer de mí ni de mis hombres.

—No me refiero a eso, Karin. A lo que voy es a que no debe acercarse usted a Winkler bajo ningún concepto, sea lo que sea lo que cree que sabe de él.

Müller asintió con la cabeza. Aunque no era un gesto que expresara acuerdo por su parte, sino, simplemente, que se hacía cargo y se daba por informada. Si Jäger lo interpretaba como cualquier otra cosa, era problema suyo.

Le tendió la mano al coronel para despedirse.

Jäger se la estrechó brevemente.

—Hablo completamente en serio, Karin. Me parece que no puedo ser más claro.

—Ya lo he oído, camarada *Oberst*, bien alto y claro. Haga el favor de llamarme cuando tenga información sobre el otro asunto.

Se separaron y cada uno se fue en una dirección.

Müller aprovechó para caminar hasta la estatua principal del recinto: el soldado soviético, Nikolai Masolov, con la niña en brazos, después de salvarla del fuego que devoraba una arruinada Berlín, encaramado al Kurgán o túmulo funerario en el que, se decía, había miles de soldados del Ejército Rojo enterrados. Müller se preguntaba si cabía buscar algún parecido entre el heroico Masolov y su padre, fuera quien fuera. Seguro que había sido también un héroe del Ejército Rojo, que salvó Alemania de los males del fascismo, del nazismo, y engendró de paso un hijo con una adolescente alemana.

44

Domingo por la tarde (a mediados de diciembre de 1976).
Strausberger Platz.

Por fin confirmaron la cita de Müller con el endocrino, un encuentro largo tiempo aplazado. Sería al día siguiente, y Fenstermacher había intercedido para que se celebrara. A pesar de que su último encuentro con la patóloga había resultado incómodo para ambas, como viera que no lograba dar con el hombre, Müller le pidió ayuda. Fenstermacher había venido en coche nada menos que desde Hoyerswerda, para que su presencia le pusiera las cosas más fáciles al médico. Luego, que el endocrino hablara o no, eso ya era otra cosa.

El *Kriminaltechniker* Jonas Schmidt también afirmaba haber hecho un descubrimiento de importancia del que no quería hablar por teléfono. Así que Müller le prometió que saldría derecha para Guben en cuanto acabara la cita en la Charité. Hasta Tilsner la había telefoneado para decir que volvía a tenerlo a su servicio. Pensó en el acto en cómo podía serle de utilidad su ayudante, y eso la llevó al espinoso problema de Jan Winkler y su padre. Fuera lo que fuera lo que Reiniger había considerado tan urgente como para privarla de su ayudante, había pasado ya a un segundo plano.

Tilsner suspiró, hastiado, cuando Müller le dijo que quería que siguiera al joven una vez más en sus correrías dominicales.

—Yo creo que deberías acompañarme, Karin. Quería que vieras algo con tus propios ojos, desde antes de que te llevaran a Bautzen. ¿Es que no te llegaron mis mensajes? Te los dejé en el apartamento y en la oficina.

Müller recordó que Helga le había dicho que un compañero quería hablar con ella. Debió de pasarlo por alto con la que se lio cuando el arresto y lo tensa que se puso. Pero no tenía noticia de que le hubieran dejado ningún mensaje en Keibelstrasse. ¿Sería pura desidia de alguna de las telefonistas o había detrás algo más siniestro?

—Tienes que verlo para convencerte —siguió diciendo Tilsner—. Por eso me gustaría que vinieras conmigo en la moto.

—La otra vez fue un desastre. Y ahora es más peligroso todavía, con la nieve y todo eso.

—¡Ja! O sea, que tú vayas de paquete eso sí que es peligroso, pero que siga yo solito a ese cabrón de Winkler no. Un detalle por tu parte. En fin, te lo pido una vez más. Te aseguro que es por tu bien. Ven más tarde, incluso aunque vengas por tu cuenta y no conmigo. La fiesta empieza ahora más tarde, al parecer, que es cuando se reúnen. Y son otros. Más mayores. Es que tienes que verlo.

—¿No me lo puedes contar tú?

—Tú ven. De verdad, Karin. Te lo juro por mi vida. Lo tienes que ver con tus propios ojos.

Pese a los ruegos de Tilsner, Müller se creyó en el deber de pasar el día con la familia. Y, en vez de ver *Tatort* con Helga, lo que le apetecía eran unos arrumacos con Emil en el sofá, después de acostar a los mellizos.

Lo pasaron muy bien por la tarde, de paseo Karl-Marx-Allee arriba y Karl-Marx-Allee abajo. Aunque hacía frío, pegaba el sol y era un hermoso día de invierno. Johannes no hacía más que tirar de las correas del cochecito, como si quisiera soltarse y salir corriendo. Y eso que tanto él como Jannika no habían pasado todavía de la fase de gateo. A veces tenía que tomar a uno en brazos para que no llorara, pero cuando se veía libre, Müller iba del brazo de Emil, que empujaba el carrito de dos plazas. Helga se había quedado en el piso para que tuvieran algo de intimidad.

—Parece que Helga y tú os lleváis ahora mejor, Emil. Se os ve más relajados.

Él sonrió.

—Al final, me ha acabado cayendo bien. Y es dura, la tía. Me dejó impresionado cómo se recuperó después de tu arresto. Porque fue una mala caída…

—Una caída no fue, que la empujaron —precisó Müller.

—Claro, claro. —No tenía ganas de mostrarse en desacuerdo con ella, al parecer—. Pero no se vino abajo ni nada; al revés, empezó a llamar a tu jefe a todas horas para enterarse de qué narices había pasado. No paró ni un minuto.

Una idea empezó a formársele a Müller en la cabeza, con toda la intención. «¿No eras tú el que tenía que haber estado haciendo eso, Emil?».

Aunque, al fin y al cabo, a lo mejor estaba siendo demasiado dura. En ese preciso instante, Johannes empezó a patalear y gritar otra vez, y Müller ya no pudo seguir el hilo de ese pensamiento.

***

Pero lo retomó a la hora de la cena. Una vez más, Emil se daba prisa en acabar de cenar.

—Emil, ¿por qué tienes tanta prisa otra vez? No te había visto nunca comer tan rápido. ¿Es que no podemos cenar ni un día en paz?

Su novio arrugó la cara.

—¿Cómo?

—Pues que comes muy deprisa, nada más.

—¿Qué pasa que ahora también vigilas cómo mastico?

—No quería...

Emil dio un golpetazo en la mesa y Johannes empezó a llorar y a dar berridos. Helga lo tomó en brazos y empezó a mecerlo.

—Bien sé lo que querías. —Emil miró a Helga y dijo—: ¿Nos puedes dejar solos, por favor?

—Pues claro. Voy a meter a Johannes en la cuna.

—Helga, no hace falta que... —dijo Müller, en defensa de su abuela, pero su novio la interrumpió sin más.

—Y a la niña también.

—¡¿A la niña?! Por si no lo sabes, la niña tiene nombre —dijo Müller.

—Vale, pues ya he tenido bastante —dijo él, y echó mano del abrigo—. No pienso tolerar que me digan cómo tengo que comer en mi propia casa.

—Querrás decir mi casa —replicó Müller, y notó que se le tensaban los músculos del mismo enfado—. ¿Y adónde coño te crees que vas?

Helga ya tenía a los mellizos en la cuna. Lloraban los dos, desconsolados, pero la anciana hizo caso omiso de sus berridos y buscó refugio en su habitación, cerrando de un portazo.

—Comía deprisa porque tengo que sacar trabajo adelante. Pensaba que podría hacer algo aquí esta noche. Tuve que ausentarme del hospital para solucionar el drama que montaste cuando hiciste que te arrestaran.

—¿Cuándo yo hice que me arrestaran? ¿Cómo puedes decir…?

—Vas siempre al límite, Karin, eso es lo que te pasa. En la República Democrática Alemana hay leyes que tenemos que respetar. Podías hacer tú por obedecerlas aunque solo fuera una vez.

—Eso no te lo consiento. ¿Cómo te atreves…?

Emil ya estaba con un pie en la puerta.

—Pues atreviéndome. Voy al despacho del hospital. Es el único sitio en el que puedo trabajar en paz. —Cerró de un portazo.

Müller fue corriendo a la habitación de los mellizos para tranquilizarlos. Los sacó a los dos de la cuna, encendió la luz y les dio unos juguetes. Bien pronto los tenía ya jugando, con sus balbuceos, tan felices. Pero Müller sabía que no bastaba con eso. Emil y ella no deberían dejar que sus diferencias afectaran a los niños, sobre todo a una edad tan temprana, en la que son como esponjas.

Ella se dejó caer en la mecedora que había heredado de Helga, donde su abuela se sentaba a dar de mamar a su madre, y donde quizá mamara la propia Helga, un mueble muy antiguo. Se estuvo meciendo y pensó que las cosas no podían seguir así. Lo estaban haciendo fatal con los niños. Pero no quería tirar la toalla una vez más en una relación. De alguna manera, Emil y ella tenían que sacar aquella adelante.

Helga dio unos golpecitos en la puerta.

—Pasa —dijo Müller, sorprendida de lo mucho que le temblaba la voz al decirlo.

Helga entró con sigilo en la habitación, luego vio que los mellizos estaban despiertos y jugaban en el suelo.

—¿Estás bien, Karin?

Emil y ella habían dejado mucho que desear como padres, y allí estaba su abuela, dándolo todo. Eso ya era demasiado para Müller, que tuvo que carraspear para poder hablar.

—Ojalá puedas perdonarme, Helga. No teníamos que habernos puesto a discutir delante de ti y los niños. Lo siento muchísimo.

Müller sabía que la única solución, por el momento, era refugiarse en el trabajo. Redoblar los esfuerzos para encontrar a Markus Schmidt y resolver los casos de asesinato.

Seguía presintiendo que había un vínculo muy íntimo entre ambos crímenes. Pero la prioridad era que Markus volviera a casa, sano y salvo, lo antes posible.

Helga quiso convencerla para que viera la tele con ella. Llegó hasta a ofrecerle otra botella de vino de aguja, de las pocas que le debían de quedar ya. Pero Müller le explicó que debía ausentarse. Había algo que tenía pendiente.

—Virgen santa —susurró Tilsner, cuando Müller entró sin ser notada en su escondrijo, delante del club de Frankfurt—. Me dije: «¿Quién será?»; y por un momento, pensé que me habían descubierto. ¿Qué haces tú aquí? Aunque, ¿sabes qué te digo? Que ya estaba empezando a preguntarme qué hacía yo aquí. Estoy hasta las narices de ver a Winkler y a sus amiguitos, cuando lo que tenía que hacer es arrestarlos. Pero si yo pensaba que querías que me las arreglara yo solito.

—Pues que no tengo nada mejor que hacer —dijo ella en voz baja—. Y pensé que me vendría bien tomar el fresco. Aunque, aquí, fresco lo que se dice fresco, no hace mucho.

—Son estos sacos —dijo Tilsner—. Huelen igual de mal que la primera vez que entramos. Si acaso, huelen peor. Pero así entro en calor. Aunque no sé si es calor, o solo evitan que muera por congelación. —Levantó una esquina de las improvisadas mantas que se había echado encima y le hizo señas a Müller para que se uniera a él. A la comandante se le estaba metiendo el frío en los huesos y notaba ya cómo le castañeteaban los dientes. Se apretujó contra él para que le diera calor.

—Como en los viejos tiempos, ¿eh? —dijo él con voz lasciva.

—No te vayas a hacer ilusiones…

Tilsner la dejó a medio susurro, pues con una mano le tapó la boca. El faro de otro coche hendía el escasamente iluminado aparcamiento.

Müller hizo pantalla con las manos para susurrarle a Tilsner al oído izquierdo.

—Solo he venido porque no hacías más que decir que había algo que tenía que ver en persona —dijo entre risitas—. Aunque la verdad es que se está la mar de bien aquí apretujados.

Tilsner suspiró.

—No te va hacer nada de gracia cuando lo veas, Karin —dijo, y esta vez el susurro le salió con tono grave—. Ya te he dicho que tienes que verlo con tus propios ojos, pero no te va a gustar ni un pelo. Aunque no sabemos si tendremos oportunidad de verlo como la semana pasada.

—¿Y no me puedes decir qué es?

Ella lo vio negar con la cabeza, justo cuando los últimos en llegar al club cerraban las puertas del coche. Eran un hombre de unos treinta años, pensó Müller, por lo que le permitía ver la escasa luz, y un joven, que no tendría ni veinte años. Esperaron a la puerta del club, luego se abrió y pasaron dentro. En el vano iluminado de la entrada, Müller vio con todo detalle la cara de Jan Winkler.

—¿Eso es lo que querías que viera? —preguntó Müller, *sotto voce*.

Tilsner volvió a negar con la cabeza.

—No, Karin —respondió al oído—. Ojalá fuera eso, pero es otra cosa.

—¿Pues qué? —preguntó ella.

Antes de que Tilsner pudiera replicar, entró otro coche al aparcamiento.

A Müller la sorprendió ver que el conductor era Diederich. Abrió la puerta de atrás y salió otro joven. Cuando por fin lo vio de pie derecho, la sorpresa devino pura conmoción. Diederich lo empujó contra un lateral del coche, y daba la impresión de que se estaban dando un abrazo.

—¡Dios santo! —exclamó Müller, ahogando un grito.

—Me temo que tampoco es eso lo que quería que vieras, Karin —dijo entre dientes Tilsner.

Del asiento del copiloto, se bajó otro hombre. Por un instante, pareció el doble de Diederich. «El pelo rubio, la mandíbula cuadrada, el porte clásico de...».

—¡No! N...!

Tilsner le tapó la boca otra vez, y tiró de ella para que no se zafara y los delatara.

—Lo siento, Karin. Lo siento. Por eso quería que lo vieras con tus propios ojos.

Porque, allí mismo, de cara a ellos ahora, fundido en lo que parecía un abrazo con otro joven que salió del asiento de atrás, había un hombre que se parecía de manera asombrosa a Diederich. Müller ya se había percatado de ello antes, en el bar de Frankfurt al que entraron al poco de empezar aquel caso que maldita la hora en la que se lo habían encomendado.

Müller parpadeaba desesperadamente porque se le habían llenado los ojos de lágrimas. Sí que era cierto que el aparcamiento estaba mal iluminado. Pero no había ninguna duda. Aquel hombre era su pareja, Emil Wollenburg. El padre de sus hijos. Y Müller supo en aquel preciso instante, mientras Tilsner la sujetaba como podía y ella seguía queriendo zafarse, que su mundo había saltado hecho pedazos.

45

Le daba asco Emil; ella misma se daba asco por no haberse dado cuenta, y tenía ganas de estrangular a Tilsner por no contárselo nada más enterarse. Los cuatro hombres entraron en el club y ella se quitó de encima como pudo los brazos de su ayudante.

—No vayas a hacer ninguna estupidez, Karin —dijo entre dientes Tilsner.

Müller hizo como que no lo oía, hizo como que el club no estaba allí, se quitó de la cabeza toda idea de enfrentarse a Emil por el momento. Eso podía esperar. Bien poco le importaba lo que fuera a averiguar Tilsner en su improvisada imaginaria, allí solo, muerto de frío. Ella lo que quería era irse a casa.

Müller sabía que no estaba en condiciones de conducir. Se le pasaban por la cabeza demasiadas ideas, demasiado lúgubres. Ideas tan tétricas como matar a Emil, hacer que pagara el precio por haberla traicionado.

Notaba los tendones del cuello, hinchados a más no

poder, mientras se aferraba con las manos al volante del Lada. No, no iba a hacer ninguna estupidez. Iba a volver a Strausberger Platz y, una vez allí, ver qué opciones tenía.

En el piso, reinaba la calma, solo rota por alguna motocicleta o algún coche que pasaban por Karl-Marx-Allee; o por Lichtenberger Strasse, que era la calle a la que daba el piso. Helga y los mellizos ya llevaban un buen rato durmiendo. Müller sopesó un instante la posibilidad de despertar a su abuela, pero pensó que eso sería puro egoísmo. El problema —y llamarlo así era quedarse corta— lo tendría que solucionar ella sola. Y en última instancia, Emil Wollenburg era a todos los efectos el padre de sus hijos. Ella seguiría unida a él de alguna manera, cualquiera que fuera la decisión que al fin tomara. Y no tenía ninguna duda de que, decidiera lo que decidiera, Jannika y Johannes eran lo primero.

De repente, notó que la invadía el cansancio. Sentía plomo en las piernas y le costaba llevar una delante de otra de camino al dormitorio: ese dormitorio que compartía con un hombre que, ahora lo sabía, era un embustero. Más aún, un pervertido. Aunque borró esa idea en cuanto se le formó en la cabeza. Porque Markus Schmidt no era ningún pervertido. Pero Emil sí, ¿por qué?

Se quitó las botas y cayó rendida en la cama. No tenía fuerzas para quitarse la ropa, y lo que hizo fue echarse el edredón por encima y adoptar la posición fetal. No sabía qué hacer, ni en quién confiar. Puede que solo le quedase Helga, aunque no era justo cargarla con todos sus problemas.

***

No sabría decir cuánto tiempo pasó hasta que notó el peso de Emil en el otro lado de la cama. Se acercó para abrazarla, pero ella lo apartó de un empujón. Lo más seguro es que pensase que seguía enfadada por la riña de antes, que no lo había perdonado todavía. Pero era algo peor, mucho peor. Una traición de las peores, las que atañen a algo muy íntimo. Él empezó a roncar, sin ningún cuidado en el mundo, y ella siguió despierta, mientras veía pasar por su cabeza, una y otra vez, las imágenes de él a la puerta del club.

Lo vio llegar con Diederich. ¿Llevaba todo ese tiempo traicionándola con él, revelándole sus secretos, los detalles del caso que ella contaba en casa? Peor aún: ¿era uno de ellos? Un miembro de la Stasi. ¿Habían estado fundadas sus sospechas de que era demasiada coincidencia lo de aquel trabajo que le salió en el hospital de Halle-Neustadt justo cuando a ella la mandaron allí a investigar un caso?

Porque si esto era así, eso quería decir que todo era mentira.

Toda su vida juntos era mentira.

¿Y los mellizos? ¿Qué pasaba con ellos? Para Emil seguro que habían constituido un tremendo error. A lo mejor, se había fiado de lo que los ginecólogos le habían diagnosticado a Müller una y otra vez: que era imposible que se quedase embarazada. Y aun así, embarazada se quedó. He ahí lo irónico de la situación. Si Emil era de la Stasi, si era homosexual, le había dado a ella lo mejor que le había pasado nunca en la vida: Jannika y Johannes. Y seguía siendo, pese a todo, su padre biológico. Müller tendría que pensarse mucho el siguiente paso que fuera a dar, y tomarse su tiempo.

***

Al día siguiente, ya se encargó ella de levantarse antes que él, dejó una nota para Helga, con la excusa de que tenía una reunión a primera hora en Keibelstrasse. No era cierto, claro. No tenía nada hasta las diez de la mañana, cuando se reuniría con Fenstermacher y el endocrino que conocía de la Charité. Pero no podía soportar la idea de verse cara a cara con Emil. Ni con Emil, ni con Helga y los mellizos, aunque ellos no supieran nada de todo aquello.

Tenía que salir del apartamento.

Todas las esperanzas y los sueños que albergaba para un futuro feliz habían saltado por los aires.

46

Müller paseó la vista por el aparcamiento del hospital de la Charité. Buscaba el Wartburg de color verde claro de Fenstermacher, sus líneas elegantes y aerodinámicas. Cuando por fin lo vio, fue para allá y abrió la portezuela.

—Ciudadana Fenstermacher, qué detalle por su parte venir desde tan lejos. Le estoy muy agradecida. ¿Le parece bien que me suba en el asiento de delante o mejor en el de atrás?

Fenstermacher dio una palmadita en el asiento del copiloto.

—Siéntese delante, conmigo. Poldi que vaya atrás. Y así, si ha traído papeles, tendrá más sitio para extenderlos.

Müller subió y se puso cómoda en el asiento, y la otra mujer, de más edad, se la quedó mirando.

—Parece usted cansada, si me permite que se lo diga, comandante Müller.

—Y lo estoy. Me temo que he dormido mal esta noche. —Había algo de cierto en ello; aun así, quedaba tan lejos de lo que en realidad le había pasado que sentía que estaba mintiendo, así sin más—. Pero si Herr Althaus tiene algo que contarnos que pueda ayudarnos a avanzar en el caso, seguro que me reanimo.

—Seguro que sí —dijo Fenstermacher—. Pero está un poco nervioso, y se puede entender. Por eso quería que nos viéramos en el aparcamiento, mejor que dentro del hospital.

Cuando llegó Althaus, Müller vio que era tal y como se lo había imaginado. Más bien poquita cosa, con gafas de montura metálica, un poco como un demacrado Trotsky: un hombre de otro tiempo, vestido con ropa pasada de moda, no ya de hacía una década, sino que casi parecía de los años treinta.

Fenstermacher los presentó y enseguida le preguntó a Althaus si le parecía bien hablar allí, en el aparcamiento del hospital, o si prefería que dieran una vuelta. Cuando el otro dijo que esto último, la patóloga le preguntó que si tenía alguna preferencia.

—Pues, si no te pilla muy a trasmano, ¿podríamos ir al Müggelsee? Me gusta mucho ese sitio, y puedes aparcar al borde del lago.

A la patóloga le cambió la cara, porque aquello quedaba a casi una hora de distancia.

Müller sonrió. Se podía dar gusto al endocrino sin abusar de la patóloga.

—Si, a la vuelta, nos deja al doctor Althaus y a mí en la estación de Köpenik, podemos coger el metropolitano desde allí, y usted, tomar la red de autopistas en Bohnsdorf.

***

El Müggelsee, o, al menos, lo que se veía de él entre la neblina, estaba helado como consecuencia de la bajada de temperaturas de los últimos días. Un puñado de incombustibles, embutidos en la ropa más abrigada y las botas más calientes que tenían, paseaba por el hielo. A Müller le apetecía más bien poco ponerse a imitarlos, y al parecer, Althaus y Fenstermacher también estaba más a gusto en el coche. Esta última dejó el motor en marcha para que no les faltara calor.

—Entonces, Poldi, cuéntale a la comandante Müller, aquí presente, lo que sepas del doctor Uwe Gaissler —dijo la patóloga, y le sonrió a Müller con complicidad—. No están los dos a partir un piñón que se diga, pero sé de buena tinta que la versión de Poldi es de fiar.

Althaus se subió las gafas por el puente de la nariz y empezó a hablar, y Müller y Fenstermacher se volvieron en los asientos para escucharlo.

—Pues, la verdad es que no me gusta hablar mal de mis colegas médicos, pero haré una excepción con el doctor Gaissler. Trabajó en el servicio de endocrinología, parte de cuya labor es muy polémica, pero la tesis central que sostienen no es mala: postula que la homosexualidad en los varones se produce por carencia de andrógenos en una fase muy concreta del desarrollo del hipotálamo a nivel fetal. Probaron a revocar esta tendencia en experimentos con ratas y tuvieron éxito. Lo que el servicio de endocrinología defiende es que, si bien la homosexualidad no es un delito en la República Democrática Alemana, muchos homosexuales corren el riesgo de cometer suicidio, y por tanto, cualquier esfuerzo encaminado a prevenir eso tiene que ser bueno por naturaleza.

—O sea que, al principio, lo que buscaban era la

prevención, más que la cura; si se puede hablar en esos términos cuando se trata de orientación sexual.

—Bah —resopló Fenstermacher—. Claro que no deberíamos. Es una elección del ser humano a un nivel muy íntimo. Una vez que se empieza a hablar de «curas», o se empieza a buscarlas, estamos ya al nivel de los nazis: ese tipo de experimentos no son mejores que los que ellos tenían por tal.

Müller podía estar de acuerdo con la patóloga, pero quería oír lo que el médico tenía que decirle de los datos y de Gaissler, y no tanto la opinión de Fenstermacher.

—Usted siga, doctor Althaus —dijo.

—La teoría era que si les suministraban una terapia de andrógenos a esos fetos en riesgo, se evitaría que desarrollaran la homosexualidad de adultos. Con los fetos que no cumplieran los criterios para el experimento, habría que provocar un aborto.

Fenstermacher ahogó un grito, aunque Müller estaba convencida de que había oído todo aquello antes; no en vano era ella la que había propiciado el encuentro. A Müller, las palabras del médico le traían el recuerdo súbito y doloroso de su propio pasado: el aborto que tuvo al principio de su carrera policial.

—¿Qué me dice de Gaissler? Porque lo que nos concierne aquí es él, ¿no? —apuntó Müller.

—Sí —reconoció Althaus—. Alguien propuso que llegaran todo lo lejos que fuera posible, incluso a aplicar cirugía cerebral como parte de la supuesta «cura». Que yo sepa, nunca se llegó a ese extremo. Pero Gaissler decidió que él quería intentarlo, y contaba con mucho respaldo en las altas esferas.

—¿Incluida la empresa farmacéutica estadounidense? —preguntó Müller.

—Sí, a eso iba. Gaissler empezó a hablar en sus conferencias de la posibilidad de intervenir de manera más ambiciosa, de buscar la «cura» en los adultos, mediante cirugía. Y eso fue lo que les interesó a los estadounidenses. Me parece que la empresa contaba con el apoyo de personas muy tradicionales y religiosas, gente que creía que los homosexuales deberían arder en el infierno, ese tipo de cosas.

—Chorradas —escupió Fenstermacher.

—Y claro, el Gobierno de la República tenía mucho interés en captar la atención de esta empresa farmacéutica...

—Porque aportaba dólares estadounidenses —dijo Müller.

—Eso es, comandante, eso es. Gaissler dio inicio a los experimentos en fase de cura hace un par de años, empleando alumnos que se presentaban voluntarios. Los pagaban bien. No estoy seguro, eso sí, de que supieran realmente a qué se estaban prestando. Hubo quejas en la Charité. Algunos colegas suyos empezaron a poner seriamente en duda sus métodos, las conclusiones obtenidas. Como resultado de ello, por mucho apoyo que tuviera del Gobierno y muchos dólares estadounidenses, el hospital lo echó. Aunque se dice que algunos de ellos han sufrido represalias a manos de la Stasi por ese vacío que le hicieron.

—¿Fue usted uno de ellos, doctor Althaus?

—Prefiero no entrar en eso. Aquí estoy. Conservo mi trabajo. Vamos a dejarlo ahí.

—Pero ¿sospecha usted —siguió diciendo Müller — que Gaissler haya seguido adelante con sus experimentos en algún punto de la República?

—Es más que una sospecha, comandante. Se llevó

con él a uno de sus ayudantes. Contaban con protección por parte de la Stasi. Pero, por algún motivo, discutió con este ayudante, que vino a mí y me pidió que hiciera lo posible por detener a Gaissler. Dijo que los experimentos se estaban saliendo de madre, que había sucedido algo.

—Esto, ¿cuándo fue? —preguntó Müller.

—Hará como unos tres o cuatro meses.

«Justo cuando apareció el cuerpo sin vida de Nadel en Senftenberger See. ¿Sería eso lo que había sucedido?».

—Necesito el nombre de ese ayudante —dijo Müller.

—Me temo que no se lo puedo dar, comandante. No le costaría mucho averiguarlo. Pero no seré yo el que se lo dé.

Müller suspiró.

—Vale, y ¿qué más me puede usted decir que no me haya contado ya la doctora Fenstermacher? —preguntó Müller.

Althaus le entregó un sobre.

—Le puedo dar esto; dentro va la fotografía más reciente que he podido encontrar de Gaissler. A lo mejor le sirve. Y he estado investigando un poco más desde la última vez que hablé con Gudrun. He descubierto un detalle muy interesante. ¿Le dice algo la ciudad de Wilhelm-Pieck-Stadt Guben, comandante, o Gubin, la ciudad en la que se mira en el río, del lado polaco?

A Müller se le quedó la boca seca de repente. «¿Guben? No hallamos nada ahí en nuestras pesquisas. ¿Cómo es posible que estuviéramos tan cerca y no lo supiéramos?». Notó la lengua como pegada a la boca cuando fue a hablar.

—Sí me dice —respondió, pasados unos instantes, para no anticiparse a lo que estaba a punto de decir el otro—. ¿Por?

—Lo que descubrí fue que la familia de Gaissler tenía una fábrica de suministros médicos en la zona, antes de la guerra. Resultó muy dañada en la contienda; quedó prácticamente inutilizable, según me dijeron. Por eso, cuando otras fábricas que había muy parecidas quedaron en manos de la administración soviética, y luego de la República Democrática Alemana, la suya no.

—¿Y está en el mismo Guben?

—Me temo que esa información no la tengo, camarada. Pero si Gaissler fuera a elegir un sitio para montar su nuevo laboratorio, yo creo que sería ahí.

47

En la medida de lo posible, Müller se quitó a Emil de la cabeza. Ya se las vería con eso más tarde. Por ahora, la prioridad era dar con el paradero de Gaissler, antes de que hiciera daño a más gente. En vez de volver en tren desde Köpenick, levantó la mano para echarle el alto a una patrulla de la *Vopo*, les enseñó la placa y tomó prestada su radio para comunicarse con Keibelstrasse. Cuando la pasaron, le dijo a Tilsner que cogiera su Lada y fuera a buscarla inmediatamente. Luego intentó ponerse en contacto con Schmidt en Guben. El forense le había dicho que tenía información nueva sobre el caso. ¿Qué sería? Müller tenía que saberlo sin más demora. Pero los de la Policía de Guben dijeron que no sabían dónde estaba.

Tilsner no había levantado el pie del acelerador desde que entró en la autopista. El parpadeo azul de las luces de emergencia les abría paso; y a los coches que se ponían en su camino, los apartaban con el claxon.

Mientras su segundo de a bordo conducía, Müller siguió con la búsqueda desesperada de Schmidt por la radio.

Tuvo más suerte en esa ocasión.

—Vamos de camino, Jonas. Pero me tienes que decir qué era aquello que me querías contar.

—La verdad es que no quería hacerlo ni por teléfono ni por radio, camarada comandante. Y sigo creyendo que es mejor en persona.

—No te preocupes por eso, Jonas. Tú dímelo. Ahora.

—Pues, es que estaba hablando con nuestro colega polac…

—Toda la historia no, Jonas. Resúmelo en una frase. Y rápido.

—Ratas. Ratas muertas. Muchísimas, varadas en una isla en la ribera polaca del río, o tiradas allí. Formaban un mazacote enorme y estaban heladas, bueno, la verdad es que el río está helado ahora mismo, y las encontró un polaco viejo cuando paseaba al perro. Analicé una y saqué los mismos resultados que obtuvo Fenstermacher al hacer la autopsia. Hormonas sexuales.

—¿En qué isla? ¿Dónde?

—Se llama la isla del Teatro. Está en medio del río, aunque queda un poco más hacia el lado polaco. Se llega a ella por un puente peatonal. Y ahora, cruzando por el hielo.

—Pero ¿no hay carretera? —preguntó Müller.

—Que llegue a la isla no, camarada comandante.

Tilsner tocó otra vez el claxon, al ver que el camión que iba delante hacía amago de invadir el carril izquierdo para adelantar. Como viera el Lada por el espejo retrovisor, y lo aprisa que se le venía encima, el camionero se lo pensó dos veces.

—¿Tú has estado allí?

—Sí, claro que he estado.

—Aparte de las ratas, ¿qué hay?

—Pues árboles, hierba y un teatro al aire libre. Nada más.

—¿Algo que parezca una fábrica abandonada?

—¡Sí, sí! —gritó Schmidt—. En Guben, en la parte alemana del río. Hay un edificio en ruinas que, por el aspecto, tuvo que haber sido una fábrica. Un poco más arriba en el cauce del punto en el que aparecieron las ratas. Tiene toda la pinta de haber sido eso. Y los cuerpos de las ratas aparecieron todos juntos, estaban como abrazadas, todas juntas. A lo mejor iban en un contenedor que se partió o algo así.

Müller no sabía si podía fiarse de su forense, o si el de la Científica haría alguna estupidez. Porque, aunque ahora mismo estuviera entusiasmado con el descubrimiento de las ratas, en el fondo no dejaba de ser un padre desesperado. Ya tenía que saber, como lo sabía Müller, que su hijo corría serio peligro si —como creía ella— lo tenían retenido en la fábrica junto a otros jóvenes.

—Vale, Jonas. No me fío ni de la Policía de Eisenhüttenstadt ni de la de Guben. —Müller sabía que los *Vopos* de Guben podían estar escuchando aquella conversación, pero siguió adelante con lo que tenía que decir de todas formas—. No han conseguido parar esto en todo el tiempo que llevamos. Pero Schwarz, de Senftenberg, ese sí parecía competente. Dile que vaya a esa fábrica cuanto antes, con todos los efectivos que pueda reunir.

—Eso va a costar más de lo que usted piensa, camarada comandante.

—¿Por qué, Jonas?

—Han cerrado al tráfico todas las carreteras que llevan a Wilhelm-Pieck-Stadt Guben y todas las que salen de ella. Y el puente que une la ciudad con Polonia también.

«¿Cómo pueden haber actuado con tanta rapidez? ¿Es imposible que estén al tanto de lo que me ha contado Althaus?».

—¿No sabes por qué, Jonas?

Müller se agarró al salpicadero cuando Tilsner salió de la autopista por el desvío de Cottbus.

—Pues no lo sé a ciencia cierta, camarada comandante. Pero fue al poco de que le dijera a un compañero de uniforme que había descubierto eso en las ratas. Lo siento mucho. Por supuesto, tenía que haberle dado novedades directamente a usted.

Müller soltó un improperio en voz baja. Claro que tenía que haber acudido a ella antes, o habérselo callado hasta que no la viera en persona. Tal y como estaban las cosas, seguro que la Policía local había ido con el cuento directamente a Diederich y Baum.

—Vale. Bueno, pues mira a ver qué puedes averiguar de la fábrica esa. Entérate de si se puede acceder por otro punto. Pero no hagas ninguna tontería, Jonas.

Müller colgó. El tráfico era denso y los retenía. No había manera de sortear Cottbus. Era esa salida o la de Forst, más abajo en la autopista. En cualquiera de las dos, había que atravesar por el centro de la ciudad.

Tilsner tenía una mano en el volante. Con la otra no hacía más que tocar el claxon del Lada. Pero los conductores que tenían delante seguían haciendo caso omiso.

Ya cerca de Guben, Müller intentó localizar al equipo de Schwarz por radio.

—¡Helmut, ¿me recibe?! —gritó una y otra vez. Por fin, logró dar con él.

—Alto y claro, camarada comandante.

—Tenemos que llegar a una fábrica abandonada que está enfrente de lo que se conoce como la isla del Teatro, en Wilhelm-Pieck-Stadt Guben, Helmut. Pero hay un problema.

—¿Qué problema es ese?

—Creemos que la oficina local de la Stasi está actuando por propia iniciativa y ha sellado a cal y canto la ciudad. ¿Sabe si existe alguna carretera secundaria o algún camino vecinal que lleve allí sin pasar por sus controles?

—No —reconoció Schwarz—. Pero sí que tengo una idea.

Lo que dijo el otro a continuación le pareció tremendamente arriesgado a Müller. Se palpó el abrigo, para comprobar que la Makarov estaba en su sitio. Luego la sacó, quitó el cierre de seguridad y lo echó de nuevo, y se aseguró de que la pistola estaba cargada.

—¿Tienes la tuya lista? —le preguntó a Tilsner.

El otro movió afirmativamente la cabeza con gesto serio.

Sabían los dos lo que había que hacer.

Por su compañero de la Policía Científica. Por su hijo. Y por los otros padres, con cuyos hijos puede que estuvieran haciendo en ese mismo instante un experimento como parte de los planes locos de Gaissler.

48

—No te resistas, muchacho. Que has sido tú el que lo ha querido así.

Tengo tanto miedo que me va a estallar el corazón, aunque no sé por qué. No me acuerdo. Solo sé que cuando me hablan en tono tranquilizador, creo entrever un peligro. Mi cerebro hace por aprehender las palabras, pero se desvanecen antes de que pueda siquiera intuir lo que significan, no ya entenderlas, igual que no puedes pescar un pez con las manos. Papá y yo lo intentábamos, cuando estábamos de vacaciones en los lagos de Mecklenburgo. Los peces se nos escapaban siempre. Ese recuerdo me arranca una sonrisa. Pero eso era antes... antes de que me odiara, por lo que soy. Antes de que pasara todo esto.

Intento soltarme las muñecas, intento gritar. Pero siento los brazos inmovilizados; y la mandíbula, en vez de abrirse, me hace rechinar los dientes.

—Prepárele el brazo, por favor, enfermera.

«Váyanse. Quítenme las manos de encima». Eso me gustaría decirles. Pero, aunque el cerebro manda la señal a la boca para que se abra, no me salen las palabras.

—No oímos qué quieres decirnos, muchacho. Pero esto lo elegiste tú, ¿no lo recuerdas?

«¡Que lo elegí yo! ¡Embustero! No me dio ninguna opción. No quería seguir engañando a la gente por usted ni por los de su ralea. No quería traicionar a mi amor. ¿A eso lo llama usted una opción?». Veo la cara de mi amor y eso me atormenta en este preciso instante. No podía, ni quería, traicionarlo.

La aguja se acerca a mi brazo a cámara lenta, lentísima. O por lo menos, eso me parece... pero es que la mente me está jugando malas pasadas. Han ralentizado el tiempo para que dure más la tortura.

Quiero que venga mi padre. Quiero perdonarlo. Quiero que me quiera por ser quien soy.

«Papá, papá. Sigo siendo tu niño pequeño. ¿Por qué no me ayudas cuando más te necesito?».

La aguja, en manos de la enfermera, ha llegado ya casi al final de su trayecto. Cuando perfore la piel, cuando entre la química en mi corriente sanguínea, la esencia de lo que soy habrá cambiado para siempre.

Ya nunca podré amar de nuevo.

Al menos, no podré amar como yo quiero. Y eso, para mí, será como una muerte en vida.

«¿Era eso lo que tú querías, padre?».

«¿Era eso lo que tú querías para tu niño pequeño?».

«Tú y la impagable República de Trabajadores y Campesinos, a la que tanto te esfuerzas en servir como un esclavo».

49

Müller pensó que la mejor opción, si iban a hacer una redada por sorpresa en la guarida de Gaissler, sería entrar por el norte. Se lo comunicó por radio a Schwarz.

A escasos kilómetros de Guben, Tilsner siguió las instrucciones de Müller y tomó un desvío a la derecha que los llevó en perpendicular desde la carretera hasta el pueblo de Grano. Así rodeaban la ciudad y podían llegar a un punto situado a unos kilómetros a las afueras, donde una de las carreteras seguía el curso del Neisse.

Llegó la voz de Schwarz por la radio. Los había alcanzado, y lo tenían ahora justo detrás, con todo el equipo, en dos coches de Policía. Uno con distintivos, el otro, sin ellos. Müller volvió un poco la cabeza y lo saludó con la mano.

Cuando llegaron a la carretera que discurría en paralelo al cauce, Tilsner siguió con la mirada la cuneta izquierda, buscando un sitio que se abriera un poco y permitiera la entrada al río.

De repente, lo halló.

Unas gradas para embarcar.

Müller ya había avisado a Schwarz de que tendrían que romper la hilera del convoy que formaban. Habría que dejar espacio entre unos y otros vehículos.

Aunque no era religiosa, no le costó elevar una plegaria, pidiéndole a Dios, si es que existía, que cuidara de sus seres queridos, en caso de que les pasara algo a ella y a Werner. Que cuidara de Jannika, Johannes y Helga. No hubo mención alguna a Emil en aquella oración silenciosa. Ya se ocuparía de eso a su debido tiempo. Si es que salía ilesa.

Tilsner condujo con cautela para atravesar las gradas y entrar en el río helado.

Müller pensó que el coche rompería el hielo con su peso, pero no lo hizo. Las ruedas delanteras aguantaron, luego las traseras, y luego Tilsner iba ya abriendo camino, despacio pero sin pausa. Schwarz le había dicho que la técnica más efectiva de conducción sobre el hielo era no parar, bajo ningún concepto, e ir a una marcha constante.

Müller bajó la ventanilla. Quería asegurarse de que lo oía por encima del zumbido del motor. Le dio en plena cara el viento helado. Notó cómo se le contraían los poros. Y, en efecto, lo oyó, más claro que antes. El chasquido que hacía el hielo al romperse debajo de las ruedas.

—No me gusta nada esto, Werner —gritó, mientras el Lada seguía tirando para delante—. No va a aguantar.

—Podía ver las grietas según se iban formando con el avance del coche. ¿Qué grosor tenía el hielo? El forense de Schwarz había calculado que el río llevaba helado ya lo bastante, y que podía ser que aguantara el peso de un coche. Pero iban tres, uno detrás de otro. Y no estaban en pleno invierno, eso no llegaría hasta el mes de febrero.

—¡Cállate! —gritó Tilsner—. Que no me concentro.

Müller sabía que, más al norte, donde el Oder desemboca en el Ostsee, los vientos marinos, los ciclos de deshielo y congelación constantes no habrían hecho posible aquella maniobra. Había visto fotos, tomadas allí, de bloques de hielo que rompían la superficie y habían quedado congelados en un perfil accidentado. Aquí, el coche temblaba en ocasiones en un reborde del hielo provocado por el viento, pero, aparte de eso, la superficie presentaba por lo general un pulido aspecto.

Se volvió para ver si Schwarz y los suyos avanzaban a buen ritmo.

—*Scheisse!* —gritó—. Se les ha quedado encajado uno de los coches. Están intentando sacarlo. Tenemos que dar la vuelta y ayudarlos.

—No podemos —dijo Tilsner—. Es demasiado arriesgado.

Vio cómo los cuatro agentes de policía salían del vehículo y daban precarios pasos en el hielo. Tenían que dejar el coche a su suerte para salvarse. Pero el que conducía Schwarz seguía detrás de ellos y tampoco paraba. Iba dando un rodeo, buscando hielo de más espesor.

—¿Cuánto queda? —preguntó Müller, que sentía como una opresión en el pecho. Intentó tragar saliva.

Tilsner miró un instante el cuentakilómetros.

—La isla del Teatro está a cuatro kilómetros, y llevamos dos.

De repente, Tilsner cogió el auricular de la radio.

—¿Qué haces? Tienes que coger el volante con las dos manos.

Él no hizo ni caso y empezó a hablar por la radio.

—¡Vamos a entrar! —gritó Tilsner, pegándose el micrófono a la boca; el rápido chasquido del hielo ponía un fondo dramático a sus palabras—. Vosotros aseguraos de que estáis preparados.

—¿Con quién hablas? —preguntó Müller. Tilsner no respondió y centró toda su atención en conducir en línea recta. Sería con Schwarz, pensó ella.

Vio cómo el río se ensanchaba, y pudo distinguir edificios en ambas riberas: la de la República y Guben; y la de Polonia y Gubin. Entonces vio que el río, cubierto de hielo, se bifurcaba en dos canales helados.

—¡Saca la pistola! —gritó Tilsner—. No puedo disparar y conducir a la vez.

Ella miró otra vez por encima del hombro. El Wartburg de Schwarz los seguía a buen ritmo, a unos cientos de metros.

—*Scheisse!* —exclamó Tilsner—. No hay dónde meter el coche, la orilla es demasiado escarpada.

Müller vio que su ayudante tenía la vista puesta en la ribera alemana del río. Ella buscó en la otra orilla y vio la isla. Había una pequeña playa de guijarros cubierta de nieve y hielo.

—¡Mira! —gritó—. Llévalo allí.

—Pero vamos al otro lado.

—Hay un puente peatonal. —Lo señaló con la mano. Tilsner siguió acelerando para cubrir los últimos metros que quedaban. Ella sintió cómo seguían deslizándose las ruedas debajo, notó más sacudidas y golpes, y luego el Lada quedó varado a salvo, fuera del río.

Pistola en mano, salieron del coche y fueron hasta el puente. Como la Stasi o quien fuera lo estuviera vigilando, allí acabaría todo.

Parecía estar despejado. Pero en el puente que unía ambas ciudades, unos cientos de metros río abajo, Müller vio cierto ajetreo. Un hombre los señalaba a ellos con el dedo. Entonces se dio cuenta de que no era un dedo: los apuntaba con una pistola.

—¡Agáchate! —le gritó a Tilsner. Fueron corriendo en cuclillas, protegidos por la barandilla del puente peatonal. Sonó un disparo y oyeron rebotar la bala contra el metal detrás del que se guarecían.

Alcanzaron la orilla alemana entre jadeos y salieron corriendo en dirección al edificio de la fábrica abandonada, de unos seis pisos de altura. No sabían muy bien qué estaban buscando, ni en qué parte del edificio tenían que mirar.

Al llegar a la entrada, vieron a un hombre ataviado con una bata blanca de científico que asomaba la cabeza, alertado por los gritos; también, quizá, por el disparo. Quiso meterse otra vez dentro, pero Tilsner fue más rápido. Le trabó por las piernas y luego le apuntó a la sien con la Makarov reglamentaria.

—Ahora, calladito, nos llevas al laboratorio, y no te pasará nada —le dijo al hombre al oído sin levantar la voz. Le sujetaba el brazo por detrás y se lo retorcía, lo que le provocó al otro algún gañido.

Como quiera que el hombre no se movía del sitio, Tilsner le retorció más el brazo.

—¡Ya vale, ya vale! —gritó por fin—. ¡Por favor! Es por ahí arriba. —Señaló una escalera semiderruida entre las sombras.

—Rápido —dijo Tilsner, y le clavó el cañón de la pistola en la espalda—. Llévanos allí.

Subieron a toda prisa dos tramos de escaleras. Al ganar el segundo piso, vieron que habían llegado de repente a una zona más moderna y restaurada. Pero cuando Müller fue a abrir la puerta, la halló cerrada con llave.

Tilsner le volvió a clavar al hombre la pistola en la espalda.

—¿Cómo entramos?

—Tiene que llamar por el telefonillo.

Müller creyó adivinar algo en los ojos del científico.

—¡Embustero! Tiene usted la llave, ¿a que sí?

—¿A que sí, cabronazo? —dijo Tilsner, y le retorció el brazo otra vez.

Como eso no surtió efecto, Müller le quitó el seguro a la Makarov y le metió el cañón en la boca.

—No tenemos tiempo para andarnos con monsergas. Ábranos o disparo.

Apoyó el metal del cañón en los labios carnosos del hombre, luego, muy despacio, empezó a apretar el gatillo.

El otro soltó un repentino quejido y asintió con la cabeza. Tilsner lo dejó que metiera la mano en el bolsillo. En cuanto vio la llave fuera, Müller se la quitó de la mano y abrió la puerta.

—Llévanos a donde tenéis encerrados a los chicos. Y no hagas ruido.

Müller sabía que se les acababa el tiempo. Ya los habían visto los agentes de la Stasi desde el puente grande. Habían tenido la suerte de que no hubiera guardias en el edificio del laboratorio, pero podían llegar en cualquier momento en número mayor que ellos y acabar reduciéndolos.

El pasillo daba a un espacio más ancho, una especie de quirófano improvisado.

Müller buscó entre las personas que lo ocupaban, intentaba reconocer a Gaissler por la fotografía que le había dado Althaus. Parecía mentira, pero todavía no se habían percatado de su entrada allí.

Entonces lo vio, inclinado sobre alguien que estaba atado a la camilla.

—Gaissler. Deténgase. Somos de la Policía del Pueblo y queda usted arrestado.

El endocrino descarriado miró a todas partes con cara de desesperación y echó a correr para ganar la puerta de atrás. Müller lo siguió.

—Alto o disparo...

Aunque Gaissler ya había escapado por las puertas del fondo. Müller estuvo tentada de seguirlo ella sola, pero se acordó de cómo había acabado todo en el Harz, cuando Tilsner casi pierde la vida al intentar salvarla. Lo que hizo fue buscar a Markus desesperadamente por todo el quirófano. Schmidt ya se había unido a ellos, y le vio el pánico dibujado en los ojos, al comprobar que su hijo no estaba allí.

Tilsner le clavó al otro científico la pistola en la sien.

—¿Adónde se dirige Gaissler? ¿Y dónde están los otros jóvenes?

Le quitó el seguro al arma.

—¡Habla, vamos! Si no, disfrutaré de lo lindo metiéndote una bala en la cabeza.

50

Bajaron corriendo por la escalera de atrás, sin detenerse hasta que no llegaron al sótano. Tilsner apretaba la Makarov contra el cuerpo del hombre; Müller, Schmidt y Schwarz los seguían.

Cuando llegaron al fondo, Müller se detuvo, jadeando.

—Y ahora, ¿adónde?

—Por allí —dijo el otro—. Hay un túnel.

Müller puso la mano en el pomo y fue a abrir la puerta gris de metal.

—¡¿Dónde está la llave?! —gritó Tilsner, y le clavó la pistola al científico en las costillas.

El hombre sacó el manojo, escogió una y la metió en la cerradura. Tilsner lo apartó, abrió la puerta y Müller entró rauda, pistola en mano.

Se abría delante de ellos un túnel que estaba prácticamente a oscuras. Müller volvió a enfundar la Makarov en la pistolera y sacó una linterna del bolsillo. Apuntó con ella a las sombras y los otros la siguieron. Un tipo de grafía de robusto aspecto, de la época de los nazis, indicaba que era el túnel número 41; pero ¿cuántos había?

—¡¿Adónde lleva esto?! —gritó Müller, medio a la carrera, mientras tropezaba en el suelo irregular del túnel y, con las botas, salpicaba el agua verdinegra de los charcos.

—Va por debajo del río y llega a la parte polaca —gritó el científico—. A la isla del Teatro.

A unos cientos de metros, el túnel se ensanchaba y formaba una especie de cámara. En un lado, había un tramo de escalones de piedra que subían; en el extremo opuesto, vieron otra puerta de metal gris, que era la que señalaba el científico. Müller pensó que la Stasi llegaría en cualquier momento. Lo que no sabía era qué pasaría cuando llegaran. Porque ¿acaso Tilsner, Schwarz y ella no estaban haciendo el bien al intentar salvar a aquellos jóvenes? Aunque, desde el disparo en el puente, según se acercaban a la guarida de Gaissler, no se le iba de la cabeza que algo podía salir mal. Que la Stasi acabaría haciendo acto de aparición y tapándolo todo. ¿Qué les pasaría a los chicos entonces?

Müller se guardó la linterna en el bolsillo y sacó la Makarov de la funda una vez más. Probó a abrir la puerta y vio que no estaba cerrada con llave.

La abrió de un puntapié.

—*Kriminalpolizei!* Que no se mueva nadie.

En cuanto rebasó el quicio de la puerta, vio a Gaissler, inmóvil, de pie, mirándola. Apuntaba con una pistola a la cabeza a una figura hecha un guiñapo en un colchón hediondo. Müller se dio cuenta, horrorizada, de que era el hijo de Schmidt, Markus.

Había más jóvenes, echados en colchones, desperdigados por el suelo. Por lo menos diez, puede que hubiera más. Estaban encadenados con grilletes, pero ninguno se movía: como si estuvieran bajo los efectos de alguna droga.

—¡No dé ni un paso más! —gritó Gaissler.

—Tire el arma —dijo Müller con toda la calma—, y levante las manos por encima de la cabeza.

—¡No! ¿Quién es usted para detener mi trabajo? Cuento con la aprobación de personas al más alto nivel. Estamos a punto de lograr un avance significativo.

Müller notó movimiento a sus espaldas. Luego, otro hombre armado entró por la puerta, con dos compinches, uno a cada lado.

Jäger.

A Gaissler le cambió la cara cuando lo reconoció y esbozó una sonrisa nerviosa.

—Camarada *Oberst*...

Jäger levantó el arma y lo cortó en seco.

—Su trabajo ha acabado aquí, camarada Gaissler. Tire el arma.

—Pero...

Müller oyó el clic que hacía la pistola de Jäger cuando le quitó el seguro.

—Tírela.

Gaissler hizo ademán de soltar el arma. Müller sintió una momentánea ola de alivio: parecía que el científico iba a dejar la pistola en el suelo.

Pero, al instante, sonó un disparo, luego otro. Hubo gritos, alaridos. Müller vio que el cuerpo de Markus aparecía salpicado de sangre. Schmidt se abalanzó sobre su hijo y lo abrazó.

—¡No! ¡No!

Entonces alcanzó a ver que Markus todavía se movía. La sangre era de Gaissler, no del chico. El endocrino yacía despatarrado en el suelo, herido de muerte.

Müller fulminó a Jäger con la mirada.

—¿Qué ha hecho usted?

La voz de Jäger tenía un tono gélido.

—Estaba a punto de disparar contra él, eso es lo que va a poner usted en su informe, camarada comandante. Y démelo a leer a mí antes de entregarlo.

De la conmoción, Müller casi no podía moverse. Fue Tilsner el que tuvo que darle la orden a un tembloroso ayudante de Gaissler para que liberara a Markus y a los otros jóvenes.

Mientras tanto, Schmidt ya había ayudado a su hijo a incorporarse y lo abrazaba con ternura.

Jäger se acercó a Tilsner y le dio una palmada en la espalda.

—Buen trabajo, Werner, sí señor.

—Gracias, camarada *Oberst* Jäger —respondió Tilsner.

Jäger se volvió para encarar a Müller.

—Y suyo también, Karin, no faltaría más. Ha sido un magnífico trabajo por parte de ambos. Su labor de hoy hará que la República Democrática Alemana se sienta orgullosa de ustedes.

Müller se lo quedó mirando con cara de pocos amigos. «¿Cómo podía tener el cuajo aquel hombre de hacer que el fin de la operación de Gaissler, y la liberación de los jóvenes que habían sobrevivido, pasara como anhelada culminación a los desvelos del Ministerio para la Seguridad del Estado?». Ella había visto en los ojos de Gaissler que reconocía al coronel de la Stasi. Incluso había empezado a razonar con él, hasta que fue silenciado de la forma más cruel posible. Ahora le venía de perlas a Jäger contar con Müller y su equipo para echar el cierre a aquellos experimentos, pero ella sabía que no siempre había estado en contra de los mismos.

51

—¿*Todo arreglado, Klaus?*

—*Todo, camarada comandante general.*

—¿*Y Jan no acabará implicado?*

—*No, por supuesto que no. Ya me he asegurado yo de eso. Su hijo aparecerá como una víctima inocente.*

—*Y mi nombre, ¿eso también queda salvaguardado?*

El coronel asintió con la cabeza, y el comandante general de la Stasi le ofreció a su subordinado un chupito de aguardiente.

—¿*Y qué decimos que estaban haciendo los de la oficina del* Bezirk *de Frankfurt?*

—*Diremos que Baum y Diederich actuaban por iniciativa propia. Que estaban desviando fondos de la empresa farmacéutica estadounidense para lucrarse ellos. Diremos que estaban confabulados con Gaissler, quien, a su vez, se quedaba con parte del dinero para reconstruir la antigua fábrica de su familia en Wilhelm-Pieck-Stadt Guben. Este último murió cuando intentaba abortar una operación de la Policía destinada a liberar a los pacientes.*

—*Es decir, ¿que Baum, Diederich y Gaissler se esta-*

ban comportando como unos capitalistas acérrimos, lo peor que hay?

—Exacto, camarada comandante general.

El alto mando de la Stasi se repantingó en el sillón, con las manos entrelazadas detrás de la cabeza.

—Y, solo para asegurarnos: ¿no hay ningún rastro en forma de documento escrito? ¿Nada oficial que nos pueda inculpar?

—Nada, camarada comandante general.

—¿Qué pasa con esa comandante tan coñazo, la de la Policía del Pueblo? ¿No podemos bajarle un poco los humos? Decía usted que le queda grande el ascenso.

—Sí —respondió el coronel—. Pero eso hace que nos sea muy útil.

—¿No será que se está usted encariñando con ella, no Klaus? Es una mujer atractiva; y he oído que a lo mejor ahora se queda soltera otra vez. —El comandante general abrió la caja de puros, escogió uno para fumárselo él y le ofreció a Jäger, que declinó la oferta, tal y como había hecho con el aguardiente.

—En absoluto, camarada comandante general. Ya sabe que estoy casado. Tengo niños pequeños. No osaría.

—Pues siento que no se me una usted en la celebración con el chupito y el puro. —Dejó a un lado el habano sin encender y le pasó la mano con cariño al busto de un hombre de cara angulosa y barba que presidía la mesa de trabajo—. Yo creo que Dzerzhinsky habría suscrito esta operación nuestra, ¿no le parece? Hemos demostrado ser la checa alemana, por mucho que se metan con nosotros los colegas soviéticos.

Se sonrió el coronel.

—Volviendo a esa comandante de la Policía del Pueblo —siguió diciendo el comandante general—. Aquí acaba su investigación, ¿no es así? ¿No andará metiendo las narices en esa muerte tan inoportuna que tuvo Metzger?

—No tiene motivo ni autoridad para pasar a la Alemania Federal, así que no lo creo. Estarán de enhorabuena en Keibelstrasse, con lo bien que les ha salido la operación de Wilhelm-Pieck-Stadt Guben, sin tener ni idea de lo que ha pasado en Bonn.

—Y ese agente nuestro implicado en lo de Metzger, ¿podemos estar seguros de su lealtad?

—Completamente. Lo reclutamos en..., digamos, circunstancias excepcionales. Se le enseñó lo importante que era la lealtad, y el precio de la deslealtad.

—Y la mujer policía esa, ¿no se da cuenta de quién es?

—Qué va. No tiene ni idea. Y ya nos encargaremos nosotros de que siga así.

52

La verdad es que no sé qué está pasando. Se nos nubla el pensamiento con la medicación que nos ponen. No es fácil dar con las palabras para decir lo que siento; es como encontrar una aguja en un pajar, y doy golpes entre la paja, intentando encontrarla. Pero entonces me olvido de qué estoy buscando, y comprendo que tampoco tiene importancia.

Ha cambiado algo, eso es verdad. Nuevas caras han venido a reemplazar a las de antes. Caras más felices, sonrientes.

Y entonces, una de estas caras nuevas, redonda, que luce gafas de cristales gruesos como las que llevaba yo antes de que me pusieran las lentillas, emerge del mar de confusión que me rodea y se abalanza sobre mí.

Entonces caigo en la cuenta.

Es mi padre.

Está feliz de verme. Yo estoy encantado de que esté feliz, pero no sé por qué llora.

—Ay, Marki, Marki —balbucea, me llena de babas con el besuqueo y me acaricia la cara como hacía cuando era un niño pequeño. Voy a decir algo, algo cariñoso, pero solo consigo abrir y cerrar la boca, tengo la cara mojada y no emito ningún sonido.

Me pongo de pie y mi padre deja que me apoye en él, es una sensación muy agradable. Me da consuelo. Como esos días de lluvia, en otoño, cuando por fin llegas a casa, después del colegio, y *Mutti* te tiene preparado un tazón de cacao humeante. Pero cuando muevo las piernas, noto que me fallan, tiemblan como gelatina. Y siento que me caigo, me doy en la cabeza con algo. Todo es más confuso todavía. «No importa», quisiera decirles. Nada importa, la verdad. Y me atan a algo. Quisiera decirles que no lo hagan, que no quiero más inyecciones, que me parece que no me sientan bien. Pero no encuentro las fuerzas, y entonces dejo que me suban por las escaleras, y salgo al aire libre.

Afuera, veo unas luces azules, parpadeantes. Me llevan a una furgoneta que tiene una cruz roja pintada en la ventana. Hago por recordar qué es. Y me viene la palabra, entre la neblina. Es una ambulancia. Una ambulancia. Repito la palabra mentalmente, todo orgulloso de mí mismo. Es una palabra bonita. Me gusta cómo suena.

Después de estar unos días en casa, se me despeja la cabeza. Y esa sensación de que tengo lana en el cerebro empieza a desaparecer. En vez de eso, lo que siento es mucha ira. Se me han reído a la cara, me han engañado y han abusado de mí y, sin embargo, mis padres están dispuestos a seguir como si nada hubiera cambiado. Quieren que hablemos de mi futuro. Lo que me prometió el agente, aquello de que me conseguirían una plaza en la universidad, de que retocarían para mí las notas, todo eso, al parecer, se ha esfumado.

Al final de la primera semana, la jefa de mi padre en la Policía, la comandante Müller, viene a verme con su ayudante. No es que me apetezca mucho hablar, pero mi padre insiste.

Se sientan delante de mí en el salón. Les digo a mis padres que no quiero que estén presentes.

—¿Cómo vas, Markus? —pregunta Müller cuando ya han salido.

—Bien. —Noto que me pongo rojo y se me acelera el corazón.

—Estupendo. Estamos encantados de que estés a salvo ya, y de vuelta a casa.

«Sí», pienso. «Pero ya lo saben todo de mí, ¿verdad? Saben lo que tuve con el pobre Georg. Y a los que tendré siempre encima será a ustedes y a sus amigos de la Stasi, vigilándome».

Müller me cuenta lo que pasaba en Guben. Experimentaban con nosotros porque querían «curarnos» la homosexualidad con hormonas inyectadas y con implantes, gracias al apoyo financiero de una empresa estadounidense. Éramos conejillos de indias humanos. Solo de pensarlo me dan arcadas. La redada de la Policía halló a unos diez de nosotros en la base de operaciones de Gaissler. A algunos hasta les habían operado el cerebro. Pero algo salió mal con Dominik Nadel, e hicieron que su muerte pareciera un asesinato sadomasoquista, tiraron su cuerpo a un lago cerca de Senftengerb, con un peso atado al torso para que no saliera a la superficie. Claro que yo no lo conocí. Pero él conocía a Georg. Por lo mismo que lo conocía yo. Mediante puro chantaje, habían hecho un «ligón» de él, igual que conmigo. Así que siento que algo nos une, como si fuera el hermano que jamás conocí.

—Hubo uno de vosotros que logró escapar del búnker de la isla del Teatro —sigue diciendo ella—. No sabemos quién fue; creemos que era polaco o ruso. Estamos cotejando ficheros con la Policía de estos países. —La comandante me trata con actitud maternal, como si le importara. Pero es igual que ellos, los agentes que me obligaron a espiar al pobre Georg. Ella también trabaja para el Estado.

Entonces empezó a venírseles todo abajo, me explica. El joven que escapó ya se estaba ahogando en las aguas turbulentas del Neisse cuando lo encontraron. Pero ellos le dispararon, para estar bien seguros de que no sobrevivía. «¿Ellos?», pienso. «¿Quiénes son ellos?». ¿Por qué no dice «nosotros»? Cuando la verdad es esa: que es uno de ellos. Que tiene las manos manchadas de sangre igual que los demás.

Este país se ha convertido en algo horrendo, podrido hasta la médula. ¿Ha habido alguna vez en la historia un Estado más sucio, turbio y repugnante, gobernado por embusteros y criminales? Y trileros, como mi antiguo «amigo» Jan, que engatusaba a la gente a instancias de la Stasi para que acudieran a aquel club, y luego los tendía una trampa y les metía droga en los bolsillos. De una forma o de otra, yo pienso largarme de aquí. De una u otra forma.

Al poco de irse los policías, mi padre me dice que quiere «hablar» conmigo. Hasta *Mutti* parece preocupada por lo que se le oye decir, y también quiere estar presente. Pero papá dice que es cosa de hombres, solo entre padre e hijo.

Vamos en el Trabi hasta el Weisse See, y una vez allí, no salimos del coche, nos quedamos mirando el lago helado. Recuerdo cuando veníamos aquí los tres, siendo yo pequeño. Un día me compraron unos patines. Los otros niños patinaban con sus padres, pero los míos nunca fueron de hacer mucho ejercicio. Solo me ayudaron a ponerme los patines, y luego me dejaron solo en el hielo. Si otros niños y niñas se metían conmigo porque era torpe patinando, pues mala suerte. Una vez, después de una caída bastante aparatosa en la que me hice cortes en la cara con los cristales rotos de las gafas, que me arrancaron la piel, me negué a volver a la semana siguiente. Fue la única vez que papá vino conmigo; pero no se puso a patinar, me llevaba de la mano y él daba pasitos en el hielo, intentando mantener el equilibrio.

Lo oigo suspirar ahora, de vuelta al presente.

—Es un sitio muy bonito, ¿verdad? Sobre todo cuando está todo helado, como ahora —dice y sonríe.

Yo digo que sí con la cabeza, pero no le devuelvo la sonrisa.

—Tu madre y yo estamos muy preocupados por ti, Markus. Sabemos que has pasado un calvario, y que tardarás en superarlo. Pero tenemos que hablar de tus planes para el futuro. Por si hay algo que podamos hacer para ayudarte.

Hago como que canturreo. Sé que lo pone de los nervios.

—No hagas eso, Markus. Ya no tienes diez años, eres un adulto.

—¿Por qué me has traído aquí? —pregunto.

—Porque tengo que hablar contigo de algo muy importante.

—¿De qué?

Mi padre traga saliva. Sé que le cuesta. Pero ¿por qué tengo yo que ponérselo más fácil? Si le cuesta, es por los prejuicios que tiene.

—De tu futuro… y del tipo de vida que elijas.

Me echo a reír, no puedo evitarlo, y veo que se pone todo rojo.

—Intentaremos ayudarte. Intentaré verlo todo desde tu punto de vista. Pero sabes que si sigues con tu… —Le falla la voz. No puede nombrar lo innombrable—. Lo único que digo es que tienes que ser consciente de los peligros que implica. Ya sabes cuántos prejuicios hay contra…

—¿Contra qué?

Quiero provocarlo para que pronuncie la palabra. Pero no lo hace. Detrás de los gruesos cristales, veo que se le llenan los ojos de lágrimas.

53

El ambiente que se respiraba en Strausberger Platz era de un odio contenido entre Müller y Emil. Ella todavía no se había enfrentado a él. Mientras duró la investigación, había querido concentrarse en el trabajo. Comprendió que Emil no se había dado cuenta todavía de que su enfado era por algo más que la discusión del domingo.

A Müller le vino bien aquel tiempo, además, para decidir qué iba a hacer. En su fuero interno, se decía una y otra vez que era el padre de sus hijos. Tenía derecho a verlos, y los mellizos podían llegar a resentirse, o incluso a odiar a su madre, si les negaba ese derecho. Sin embargo, cada vez que él se insinuaba sexualmente, ella lo apartaba de un empujón. Le ponía a Müller la carne de gallina. Y no era por la homosexualidad, la bisexualidad o lo que fuera. De eso no tenía pruebas, y lo más seguro era que él lo negara, o que se inventara alguna historia para explicar su comportamiento.

No. El problema, se decía a sí misma, era la mentira. Emil aseguraba que tenía una reunión importante en el hospital, y lo que hacía era conducir kilómetros y kilómetros los domingos por la noche para ir a un club casi en la frontera con Polonia. Había que tener una razón muy poderosa que te empujara a hacer eso. Ya fuera para reunirte con tus amigos, los agentes de la Stasi, o para follar con chicos jóvenes, eso Müller no lo sabía. Lo que sí sabía, se mirase por donde se mirase, era que la estaba traicionando.

Decidió hablar con Helga antes de enfrentarse a él.

—¿Tú crees que podrías ir al cine hoy, Helga? Yo te lo pago. ¿O salir a cenar por ahí? No sé. Tengo que hablar con Emil de algo muy importante.

Su abuela asintió.

—Pues claro, cariño. Pero no hace falta que me lo pagues. Dinero tengo. ¿No ves que aquí no pago el alquiler?

Müller sonrió.

—Con lo que me ayudas a criar a los niños, ya estás pagando más que de sobra. O sea, que insisto. Es que tengo que hablar con Emil, me llevará una hora o así. Y a lo mejor se sale la cosa un poco… de quicio, vamos a decir. Así que creo que es mejor que no estés.

—¿Y los mellizos? Si te preocupa que me quede, ¿no sería mejor que no estuvieran ellos tampoco?

—Tú tranquila —dijo Müller—. Esperaré a que duerman profundamente. Son un terremoto los dos, pero, por lo menos, tienen buen dormir.

Helga rodeó a Müller con sus brazos y le dio unas palmaditas en la espalda.

—Ya he notado que las cosas no van bien entre vosotros dos. ¿Quieres hablar de ello, o prefieres que no meta las narices?

Müller dio un paso atrás, pero no soltó las manos de su abuela.

—Si te soy sincera, no quiero airear lo que pasa, y tampoco quiero que acabes odiando a Emil. No deja de ser el padre de Jannika y de Johannes, y siempre lo será. Así que la situación es delicada.

—¿Hay otra mujer?

—Algo parecido, pero ya digo, no quiero dar detalles. Lo que sí te diré es que Emil se va a tener que ir de casa, por lo menos un tiempo; aunque espero, sinceramente, que sea para bien. Está el apartamento que le proporciona el hospital. No tiene más que mudarse allí.

Emil llegó tarde del trabajo, si es que venía de allí, a saber. Müller ya no tenía ni idea de dónde paraba su novio. Solo sabía que les había dado tiempo a los mellizos, a Helga y a ella a cenar. Ya había acostado a los niños, que dormían profundamente, y Helga había salido a dar una vuelta.

No tenía sentido retrasarlo más. En cuanto entró por la puerta, sin darle tiempo siquiera a quitarse el abrigo, Müller le pidió que se sentara a la mesa del comedor.

Él suspiró y se pasó la mano por el pelo.

—Estoy cansado, Karin. Y yo creía que ya no me hablabas.

—Tú siéntate —le ordenó ella, en un tono que no admitía discusión.

Él se sentó con el abrigo puesto y dejó el maletín encima de la mesa.

Ella carraspeó.

—Quiero que te vayas de casa. Inmediatamente. Esta misma noche.

—¡¿Cómo?! Ya sé que últimamente no nos llevamos bien, pero…

—El apartamento es mío, Emil, no tuyo. Eso no es negociable. Te estoy diciendo que te largues. Tampoco es que vayas a acabar debajo de un puente. Sigues teniendo el piso del hospital, aunque sabe Dios para qué lo usas.

—¿Perdona? ¿Qué me estás diciendo? ¿Y qué pasa con los mellizos?

—Te estoy diciendo que esta relación se ha acabado. Tendrás que…

—¿Acabado?

—Eso es. No somos compatibles. Me has estado ocultando cosas, y por ahí no paso. Seguirás teniendo acceso a los mellizos, pero, por el momento, será un acceso controlado.

—¿A qué te refieres?

—Que los verás, aquí, cuando yo no esté. Y no podrás llevártelos a ninguna parte.

—Pero eso es absurdo. No sé qué mosca te ha picado, y no estoy dispuesto a consen…

—Consentirás, vaya si consentirás. Firmarás los papeles que haga falta. —Müller se sentó y soltó un suspiro. Luego alzó la vista y lo miró a los ojos—. ¿Sabes, Emil? Ya no es que me estés mintiendo, ni que me ocultes cosas, secretos muy íntimos. El problema es que ya sé qué es eso que ocultas. Y tengo pruebas. —En cierto sentido, iba de farol. Sí que era cierto que Tilsner había sacado fotos de los que entraban y salían del club. Pero Müller las había visto y no había nada que incriminara especialmente a Emil, solo se lo veía entrar en el club con un hombre más joven. Eso no demostraba nada. Tilsner no había logrado hacer ninguna del morreo que se pegó con uno de los jóvenes. Pero eso Emil no lo sabía.

Dejó caer la cabeza, apesadumbrado, y enterró la

cara entre las manos. Finalmente, alzó la vista y la miró a los ojos.

—¿Cómo te enteraste?

—Soy detective, Emil. Enterarme es lo que hago para ganarme la vida.

Él suspiró.

—Imagino que este trabajo nuevo que tienes te lleva a colaborar con los altos mandos de la Stasi, y debí suponerlo. ¿Será ahí donde te has enterado, no? Si te soy sincero, no sé cómo no sospechaste más cuando te seguía en Halle-Neustadt.

Müller se dio cuenta de repente de que la conversación tomaba un giro que ella no esperaba. Pero, por el momento, dejó que Emil siguiera hablando.

—Pero lo de los niños no fue culpa mía, Karin. Dijiste una y otra vez que era del todo imposible que te quedaras embarazada. Y yo te creí. Como te podrás imaginar, cuando nos asignan una misión de largo alcance como esta, se nos entrena para que evitemos que pasen cosas así.

—¿Os entrena la Stasi? —preguntó, o más bien dedujo, Müller. Porque ya sabía cuál era la respuesta.

Emil asintió despacio con la cabeza.

—Pero en esto tienes que creerme: a mí ahora me importas tú, me importan los niños.

Müller le dirigió una mirada gélida. No se lo creía.

—Mucho no te importaremos cuando sigues yéndote de picos pardos a tu club los domingos. Tú con tus novios.

Emil se apoyó en el respaldo de la silla y miró al techo.

—Ay… ¡Dios mío! —Sofocó una risa—. No creerás que soy uno de ellos, ¿no? —Abrió mucho los ojos—. ¡O sea que es por eso! —Empezó a decir que no con la cabeza.

—Maldita la gracia que me hace, Emil. En teoría te ibas a atender asuntos urgentes al hospital. Y asuntos urgentes sí que atendías, sí: los de satisfacer tu lujuria con toda urgencia.

Emil seguía diciendo que no con la cabeza, sin parar de reír.

—Está claro que te he sobrevalorado como detective, Karin. Lo de Halle-Neustadt lo reconozco. Lo que te voy a decir no tiene carácter oficial, y lo negaré si me preguntan, pero tenías razón en sospechar de mí entonces. Mi misión era averiguarlo todo de ti. El encuentro por casualidad en la Charité no fue tal. Habías llamado antes preguntando si podías ir a visitar a Tilsner, que estaba ingresado. Se sabía que ibas. Pero el asunto del club de Frankfurt no tiene nada que ver con mis inclinaciones sexuales, te lo aseguro. Es solo trabajo, ni más ni menos.

Müller hizo lo que pudo para que no la delatara la respiración. Había llegado a pensar que Emil tenía una doble vida, que era homosexual, o bisexual, por lo menos. Esto último era todavía peor; pues demostraba que las sospechas que tuvo siempre sobre su relación venían a confirmarse como una burda mentira.

Emil extendió la mano para tomar la de Müller, pero ella la apartó en el acto.

—Me tienes que creer, Karin. Me he hecho a ti y te amo. Y te puedo asegurar que amo a esos niños.

Müller dijo que no con la cabeza.

—Para ti nuestros hijos son poco más que una equivocación. Parte de esa operación tuya de contravigilancia que te salió mal. Para mí, son un mundo. Todo lo que amo en la vida. Y no pienso dejar que les hagas daño, como me lo has hecho a mí. Así que te quiero fuera de aquí, inmediatamente. Y tendrás que firmar los papeles que yo te diga para fijar las condiciones de acceso. ¿Me explico?

Hubo una pausa. Müller vio cómo le temblaban las manos a Emil, aferradas al maletín; y las lágrimas que le afloraban a los ojos.

—Te equivocas, Karin —susurró—. La relación que tenemos no es una farsa, independientemente de cómo empezara. Y sí que quiero a Jannika y a Johannes. Me destrozaría el corazón no verlos crecer.

Müller no se mostró conmovida y se puso de pie.

—No digo que te vaya a negar el acceso a los niños en el futuro, Emil. Pero, por ahora, así van a ser las cosas. Y eso es lo que vas a firmar. Si no, las pruebas que tengo se harán públicas.

Él la miró, presa de la conmoción.

—¿O sea que me estás chantajeando?

—Llámalo como quieras —dijo ella, y le sorprendió la calma fría con la que pronunciaba aquellas palabras—. Así van a ser las cosas. Y tú no tienes nada que decir al respecto.

54

No soporto esa falsa bondad que tiene todo el mundo en Navidad, me asfixia. Además, los adornos tiran para atrás. El ambiente en el apartamento es pésimo. *Mutti* y yo todavía nos llevamos más o menos bien, aunque procuro no pasar mucho tiempo con ella. Estoy casi todo el rato en mi habitación, con los cascos puestos, escuchando discos. No quiero empezar de aprendiz en ningún sitio. No quiero hacer el servicio militar. Solo me interesa la música y la moto.

Por fin, en Nochebuena, reviento.

El detonante es otro comentario de mi padre.

He intentado a toda costa evitarlo, pero me arrincona en la cocina.

—¿Has pensado en aquello que te dije, en el Weisse See?

Me pone las manos en los hombros, pero yo me zafo. No lo miro a los ojos.

—Di, ¿lo has pensado, Markus? —repite.

—Sí —digo yo, y lo aparto de mí—. Sí, sí, sí, sí. Estoy de acuerdo contigo. Por supuesto que tienes razón.

—Deja el sarcasmo, Markus.

—No es sarcasmo, papá. Lo vas a ver. Voy a hacer lo que tú quieras.

Me abrigo bien, aunque tampoco me importa gran cosa. Pero supongo que la ocasión lo requiere, por lo menos que vaya cómodo en la moto.

No sé muy bien adónde voy, solo tiro para el sur, me guío por la torre de la televisión, para empezar, y luego tomo la vía del sureste, por Karl-Marx-Allee. La nieve fina me golpea la cara con un azote gélido. Imagino que me siento un poco como se debían de sentir esos exploradores de los polos. Los que sabían que no iban a volver jamás.

Me doy cuenta de que bastaría con llevar la moto de frente contra el tráfico que viene por el otro carril. Bien rápido acabaría todo así. Es tentador, casi no me resisto, pero quiero ver un sitio por última vez antes de eso.

Tiraron el cadáver de Dominik, y esperaban que nadie daría nunca con él. Pero lo encontró alguien. De no haber sido por eso, no me habrían rescatado. Pero ¿de veras fue un rescate? La verdad es que me sacaron de una trampa y me metieron en otra. Según mi padre, todavía no me está permitido vivir como yo quiero.

A mitad de camino, paro a tomar un café. En la cafetería, tengo la impresión de que hay un hombre que se fija en mí. Es atractivo, tiene el pelo negro, es alto. Le devuelvo la mirada, espero a ver qué siento. Pero es como si me hubieran entumecido, o castrado: sin lo que me daba la vida estoy. No hay reacción. A lo mejor, después de todo, hasta han funcionado las inyecciones de Gaissler, con todas las veces que la cagó bien gorda. Conmigo ha tenido éxito, y lo odio con toda mi alma.

El viento viene frío hasta decir basta, me da de lleno según sopla del lago. ¿Es este el sitio en el que encontraron a Dominik, aquí, en el club de vela? Por lo menos, sí que es el mejor sitio para aparcar. Me pregunto si supo lo que le había pasado. ¿Y Georg? Era muy tierno ese hombre. Me río conmigo mismo, sorprendido de que me queden ganas todavía de reír. Primero me propuse engañarlo, y lo conseguí, y al final, acabé enamorándome de él. Si la Stasi no nos hubiera separado a la fuerza, ¿me habría llevado con él a Alemania Federal? ¿Cómo será la vida allí? Lo ves en la tele, claro; lo ves desde lo alto de la torre de telecomunicaciones, como hacía yo años atrás, cuando mi padre me subía a ella. Pero lo que no sé es cómo será en realidad la vida allí. Lo que se dice vivir allí. Dicen que es más duro para los homosexuales, los maricas, los bujarrones, eso que me llamaban en el recreo cuando iba al colegio y que, al final, ha resultado ser lo que soy. Más duro que aquí. Más perseguido. Más cruel todavía.

El acto en sí. Sé que todavía puedo dar placer. Pero no creo que vuelva a sentir una excitación como es debido nunca más. Es lo que me ha hecho Gaissler. Los de la Charité dicen que todo son imaginaciones mías; que, según consta en los registros de Gaissler, solo me daban placebo. Yo sé que es diferente. Me siento diferente. Nunca volveré a amar así otra vez.

Cojo una piedra plana; está tan fría que casi se me queda pegada a los dedos. Y la tiro contra la superficie del lago. Rebota un par de veces, luego se desliza sin más, como un disco de *hockey* sobre hielo. Por la superficie helada del lago artificial. Por encima de los peces que me imagino nadando debajo. Esos peces del lago que no se pueden pescar con la mano. Ese lago que fue en su día una mina a cielo abierto, para alimentar el hambre de lignito que tiene este país, ese lignito sucio que mueve nuestra industria, nuestras fábricas, que ilumina nuestras casas. Y que cubre la capital de un manto de niebla sucia que nos asfixia.

Vuelvo en la moto por donde vine, sin ningún plan trazado, pensando cómo retrasarlo todo un poco. Pero cuando lo veo delante de mí, es como si me llamara a voces, igual que antes me llamaba el tráfico de frente. Es una estructura enorme, pero no gigante. Casi como si la torre Eiffel se hubiera desplomado y la hubieran dejado para el desguace aquí, en pleno cinturón industrial del lignito de Lusacia.

Parece un animal metálico gigante, sacado de una película de ciencia ficción. Se come la tierra y excreta lo que no quiere. Desperdicia franjas enormes de este país para que su corazón no pare nunca de bombear. Y me llama a voces. Sé que me está llamando. Y tengo que responder a su llamada.

55

Müller estaba decidida a que la partida de Emil no empañara con un halo de tristeza las primeras Navidades que pasaban juntos Jannika, Johannes, Helga y ella. Se lo estaban pasando los cuatro en grande con el árbol de Navidad. Los dos mellizos habían dado sus primeros pasos hacía poco, y perdían la cabeza por las cintas de colores y las bolas que decoraban las ramas. Había que estar siempre encima de ellos para evitar algún percance.

Como no había disfrutado entera la baja por maternidad, para incorporarse a la brigada recién creada, Müller se las apañó para negociar con sus jefes y le dieron más días por las fiestas navideñas. No tenía que incorporarse al servicio hasta primeros de enero; a no ser que hubiera algún delito grave y la oficina de la *Kripo* en cuestión se viera desbordada, según criterio de Reiniger.

Cuando sonó el teléfono por la línea directa que tenía con Keibelstrasse, pensó que eso era, precisamente, lo que había pasado. Que tendría que decir adiós a las Navidades por culpa del trabajo. Pero fue algo todavía peor. Y ni siquiera era de la Policía del Pueblo; era Jäger.

Con toda seguridad, la telefonista de Keibelstrasse le habría desviado directamente la llamada.

«¿Qué coño querrá ahora?».

—Hola, Karin. Feliz Navidad. Siento llamarla en su día libre, pero es que acabo de recibir la noticia, y pensé que querría usted enterarse de primera mano.

—¿Qué ha pasado? —preguntó ella, con todas las alarmas encendidas.

—La veré a la puerta de su bloque en diez minutos. Hay algo que tengo que enseñarle. No puedo hablar de ello por teléfono.

Jäger la llevó en coche por la autopista, en dirección al norte, sin querer decirle todavía de qué se trataba. Müller revivió aquella ocasión, hacía dos años, a primeros de 1975, en la que Jäger la llevó a casa del coronel general Horst Ackermann, en una aldea en pleno bosque, edificada, ahora lo sabía, para asueto de los prebostes de la República. Honecker vivía allí. Y Mielke. Comparadas con casas similares al otro lado del Muro, estas viviendas unifamiliares podían tomarse por modestas. Pero ¿en la República Democrática Alemana? Con decir eso, que eran unifamiliares, ya se estaba diciendo bastante, a juzgar por donde vivía la gente a este lado del Telón de Acero.

Pero tomaron una salida distinta en la autopista, y entonces, casi nada más incorporarse a la nueva vía, Jäger aparcó en la cuneta. Abrió la guantera del Volvo y sacó una capucha.

—Espero que esto no vaya en serio —dijo Müller.

—Pues sí, Karin. He descubierto algo que le interesará saber. Se lo prometo. Quiero enseñarle el sitio, pero hasta llegar allí, no quiero que sepa dónde está exactamente. Su localización es información clasificada. —Sostuvo en alto la capucha, por encima de la cabeza de ella—. ¿Qué pasa, que no se fía de mí?

—Pues no, creo que no me fío. —¿De qué iba todo aquello? La última vez que le habían puesto una capucha fue cuando la llevaban a Bautzen unos esbirros de Jäger. ¿Es que iban a otra cárcel? No creía que fuera así, pero le dio repelús la capucha, como un saco negro. Se parecía a eso que les ponían a las víctimas de una ejecución en la cabeza.

—Confíe en mí —murmuró él.

Ella sabía que tenía que decir que no. Por nada del mundo merecería la pena pasar por aquella humillación. Pero la curiosidad mueve montañas. Además, ¿no era ella detective? Su trabajo era descubrir cosas. Cosas que la gente no quería que se descubrieran.

Asintió apenas y dejó que le tapara la cabeza.

El viaje se convirtió en algo parecido al calvario que supuso ir a Bautzen. Paraban, volvían a arrancar, avanzaban en círculo. Sabía que Jäger lo hacía para que ella no pudiera formarse un mapa mental del trayecto. Pero había una diferencia importante, eso sí: que este coche era cómodo, de lujo. Olía a cuero, a habano, a la colonia de Jäger. Una mezcla embriagadora. De camino a Bautzen, los olores iban desde la orina al vómito, pasando por la mierda.

Por fin, el coche hizo un alto en el camino y Jäger le quitó la capucha con cuidado. Estaban en una pista forestal. Delante de ellos se abría un claro en el bosque. Pero, por ambos lados, los árboles formaban un tupido muro. La única luz que había venía del cielo, un cielo lúgubre, invernal. Los lados del camino, cuajados de árboles, cebaban la negrura de las sombras.

Jäger echó mano al asiento de atrás y cogió el abrigo de borrego. Se lo puso sin salir del coche. Müller llevaba un abrigo grueso, pero sabía que, en cuanto abrieran las puertas, los envolvería un sudario de aire invernal, lacerante.

Cuando salió del coche, Jäger se abrió paso hasta el claro del bosque, y Müller lo siguió.

Al llegar al centro de aquel espacio rodeado de árboles, respiró hondo y luego exhaló.

—Me encanta el olor del bosque —dijo—. Sobre todo en invierno. ¿A usted no?

Müller asintió con cautela. «¿De qué iba todo aquello?».

—He de confesarle una cosa —dijo él—. Tiene que ver con su marido.

Müller habría dicho que Jäger parecía nervioso: como si le diera cierto apuro la reacción de ella a lo que tenía que decirle.

—Ya sé que está divorciada. Pero a lo mejor todavía siente algo por él. Por eso, en cuanto me enteré de esto, pensé que tenía que traerla aquí. Como bien sabe, me dijeron que le habían permitido emigrar a la República Federal. Tengo entendido que hasta recibió usted carta suya.

—Así es —dijo Müller. No le preguntó cómo se había enterado él. A aquellas alturas, suponía que la Stasi sabía todo lo que hubiera que saber. No había secretos en la República Democrática Alemana—. La carta estaba firmada; y era su firma, eso seguro.

—¿Y el resto de la carta?

—Estaba…, estaba mecanografiada. —Eso le había

parecido siempre a Müller un tanto intrigante. No era la forma que tenía Gottfried de hacer las cosas. Por lo general, sus cartas eran todas manuscritas, de principio a fin.

—¿Sabe usted lo fácil que es falsificar una firma, Karin?

Ella lo miró horrorizada. ¿Qué quería decir?

—Los dirigentes de las naciones, los presidentes de las empresas occidentales, todos tienen máquinas que pueden falsificar una firma. Parece auténtica porque, en cierto sentido, lo es. Haces que el sujeto en cuestión estampe su firma encima de la máquina, la máquina graba los movimientos del bolígrafo y es capaz de recrear la firma con total exactitud. Una vez y otra y otra. ¿No irá usted a creer que el camarada Honecker firma a mano todas las cartas en respuesta a las peticiones y misivas que le envían, verdad que no?

Müller notó una opresión en el pecho. Quería que Jäger dejara de hablar inmediatamente. No quería oír nada más.

—Hice lo que estuvo en mi mano por Gottfried, eché mano de mis influencias para que lo liberaran. Me dijeron que mis desvelos no habían caído en saco roto, que lo habían autorizado a pasar a Alemania Federal. Lamento decirle que me mintieron.

La noticia le cayó a Müller como un mazazo.

—¡¿Qué?! —gritó—. ¿Se refiere a que sigue en la República Democrática Alemana, en alguna de sus cárceles, y usted no me lo dijo?

Jäger negó con la cabeza y soltó un suspiro.

—Me temo que no, Karin. Los cargos que pesaban contra su marido eran muy graves. La máxima condena era la pena capital. Eso es lo que le habría impuesto un tribunal de la República.

Müller arrugó el entrecejo.

—¿Que lo juzgaron delante de un tribunal? ¿Por qué nunca se me dijo? Yo habría testificado, habría dado testimonio de su conducta.

Jäger desvió la vista. Empezó a hablar, pero no la miraba a los ojos.

—El Ministerio para la Seguridad del Estado, como usted ya sabrá, no siempre se atiene a un sistema de tribunales; sobre todo cuando se trata de impartir una sentencia de muerte. A su exmarido lo trajeron aquí. Encapuchado, tal y como ha venido usted. Y me temo que ya no volvió.

Müller se sintió sin fuerzas y cayó al suelo helado. No podía ser cierto, se decía a sí misma. La carta le había llegado. De acuerdo, estaba mecanografiada. Pero era de Gottfried, no cabía duda. El tono, la voz, todo.

De rodillas en el suelo del bosque, empezó a dar golpes en la tierra con los puños. Sí, estaban divorciados; pero todavía le importaba. Y esperaba verlo algún día. Había sido su primer amor verdadero. Él la cuidó y se ocupó de que no le faltara de nada después de todo el horror que tuvo que pasar cuando la violaron en la academia de Policía. Habían vivido años muy felices juntos. Pensar en aquel final tan horrible y solitario que tuvo era algo superior a sus fuerzas.

Volvieron a la capital del Estado en silencio. Müller estaba desesperada. Se dio cuenta de que ni siquiera sabía si creer o no a Jäger. Ya se había tensado hasta lo inimaginable la relación entre ellos. Müller no sabía si sobreviviría a aquel golpe. Todo pasaba por admitir que el Ministerio para la Seguridad del Estado había asesinado a su primer amor verdadero. Un hombre que ella sabía que era inocente. Schmidt había demostrado que la Stasi había falsificado fotografías de él en las que salía con adolescentes del reformatorio en situaciones comprometedoras. ¿Y si todos los cargos que habían levantado contra él eran infundados?

56

—¿Aceptó lo que usted le contó, Klaus?

—Sí, sin cuestionarlo lo más mínimo, camarada comandante general.

—¿Así que la identidad de su agente queda a salvo? ¿Y
ella cree que está muerto?

—Sí, camarada comandante general.

—Esta vez tengo que insistir en que se tome conmigo
un coñac, Klaus. Antes de que vuelva usted con su familia
para pasar las Navidades. ¿Aceptaría?

—Sí, aceptaría con mucho gusto, camarada comandante general.

57

La línea directa con comisaría volvió a sonar. Müller hizo un esfuerzo por no descolgar el teléfono pero, al final, pudo más su sentido del deber que otra cosa.

Según se llevaba el auricular al oído, tuvo la sensación de que eso ya lo había vivido antes. Y razón no le faltaba. Era Jonas Schmidt.

—Karin, Karin, tiene usted que ayudarnos, se lo ruego. Ha vuelto a desaparecer.

Schmidt quería ir con ellos a toda costa, aunque no sabían adónde iban. Al Lada no le había sentado demasiado mal la travesía por el río helado, así que allí estaban, dentro del vehículo, paralizados, pensando dónde podía haber ido Markus.

—¿Habrá intentado ir a vengarse de Gaissler a la cárcel? —preguntó Tilsner.

—Es imposible que sepa a qué cárcel lo han llevado. No tendrá ni idea —respondió Müller.

Schmidt se sostenía la cabeza entre ambas manos.

—Tenemos que hacer algo, ¡se lo ruego!

Müller se volvió para encararlo.

—Hemos dado la alarma a todas las comisarías, Jonas. Me parece que no tiene mucho sentido ponernos a dar vueltas por ahí hasta que no nos llegue un avistamiento. Porque a lo mejor acabamos alejándonos de donde hay que estar cuando alguien lo vea.

—Pero no podemos quedarnos aquí y ya está, camarada comandante. Perdone que se lo diga, pero con eso no vale.

—¿Y en casa de Winkler? —preguntó Tilsner—. ¿No habrá ido a ajustarle las cuentas?

Müller seguía cabreada porque no habían logrado que se sostuviera ningún cargo contra Winkler. Era como si lo protegieran desde lo más alto; seguramente su padre, un comandante general de la Stasi, según se había enterado ya Müller. Pero ella sabía que Markus no estaba con Winkler.

—Pedí que fueran a vigilar la casa de los Winkler en cuanto me enteré de que Jonas había desaparecido. Si hubiera ido allí, ya nos lo habrían dicho.

—¿Y al club aquel? —preguntó Tilsner.

—¿El de cerca de Frankfurt? Podríamos acercarnos, pero ya digo, será como dar palos de ciego; y luego, si lo han visto en Berlín, estaríamos a muchos kilómetros de distancia.

Schmidt habló con firmeza.

—Me gustaría correr el riesgo, camarada comandante. Tenemos que hacer algo.

Afortunadamente, nada más entrar en la red de autopistas, cerca de Rüdersdorf, los llamaron por radio.

—Se ha visto al sospechoso en la mina Klettwitz-Norte, cerca de Lichterfeld —Müller se sintió dolida al oír que empleaban aquella palabra. No era un sospechoso, era un pobre chico que no sabía adónde ir.

Müller lo buscó en el índice en el mapa de carreteras.

—Eso no está lejos de Senftenberg. En Lusacia. ¿Qué narices habrá ido a hacer allí?

—Eso ahora es lo de menos —dijo Tilsner—. Lo demás es llegar allí cuanto antes.

Müller quedó pegada al asiento del acelerón que dio Tilsner.

Sacó la mano por la ventanilla del copiloto y pegó la sirena magnética al techo del coche. Activó el mecanismo, luego se volvió a Schmidt y le puso una mano en la pierna con un cariñoso gesto.

—No te preocupes, Jonas. Seguro que estará bien.

Cuando llegaron los tres a la mina, ya había allí varios coches de Policía, una ambulancia y hasta un camión de bomberos con la escalera extendida; las luces de emergencia de todos los vehículos estaban encendidas.

Enseguida reconocieron en uno de los agentes a Schwarz.

—Dice que nos echemos para atrás, que si no, va a saltar.

—¿Dónde está? —quiso saber Müller.

—Allí. —Schwarz señalaba lo que parecía un punto microscópico encaramado a aquella estructura gigantesca—. Justo al final de la cinta transportadora. La correa arranca la tierra que cubre la capa de lignito, y luego la vierte formando terrazas en ese lado de la mina.

—¿No pueden parar la apiladora, por lo menos hasta que lo bajemos de ahí?

—Dicen que no pueden. Tienen que alcanzar los niveles de producción que les marca el Gobierno. Entran en competición con otras minas. He intentado hacerles entrar en razón, pero insisten en que no es menos peligrosa la parada.

—Tengo que subir ahí —dijo Schmidt—. Se lo debo. Es todo por culpa mía. Ábrame paso.

—Tilsner sujetó al forense de la Policía Científica.

—Espera. Tú solo no vas. Y ¿qué quieres decir con eso de que es culpa tuya? Porque si es verdad y subes, le vas a meter todavía más miedo en el cuerpo.

Schmidt dejó caer la barbilla.

—Hubo un malentendido por... por una cuestión personal.

—¿Qué le dijiste, Jonas? —preguntó Müller.

Schmidt soltó un resoplido.

—Pues, a lo mejor le di la impresión de que ya no quería que siguiera en casa porque..., bueno, por el estilo de vida que había elegido. Pero yo no quería decir eso. Solo quería que se lo pensara todo muy bien... por su propio bien, no por mí.

Tilsner entornó los ojos, un gesto que no le pasó desapercibido a Müller.

—Si subes ahí con nosotros, Jonas, me tienes que prometer que no vas a decir nada negativo. Lo único que quiero oír de tu boca son palabras de confianza y afecto. ¿Estamos?

Schmidt dijo que sí con la cabeza.

Müller clavó la vista en Schwarz.

—¿Hay ascensor?

—No. Tienen que subir a pie. Por las escaleras y,

luego, pasarela adelante. La apiladora mide kilómetro y medio y está a doscientos metros del suelo. Y el chico está en el punto más alto, literalmente.

Müller padecía vértigo desde que, una vez, de adolescente, en la pista de saltos de esquí, se quedó bloqueada de miedo antes de saltar. Pero ya se había enfrentado a ese miedo una vez antes, cuando no tuvo más remedio, en la azotea del Interhotel Panorama, porque la vida de su propio hijo pendía de un hilo.

Ahora era por el hijo del *Kriminaltechniker*.

Sabía que Schmidt tenía que estar desesperado. Tilsner y ella harían lo posible por salvar a Markus, aunque, podía ser que, después de ver cuánto había sufrido, no quisiera que lo salvaran.

Dejaron que Schmidt abriera la comitiva, así Markus vería que su padre iba en camino. Müller pensó que sería lo mejor.

No había llegado ni a la mitad del primer tramo de escaleras, cuando Schmidt tuvo problemas para seguir, pues no paraba de jadear. Müller pensó que a lo mejor no había sido buena idea llevarlo: no pintaba nada bien aquel encuentro entre un padre con los nervios a flor de piel y su hijo, un suicida en potencia, en una situación peligrosa y llena de emociones encontradas, mientras batía un viento helado que no dejaba títere con cabeza.

—¡Joder! —gritó Tilsner—. Se va a morir de frío si no lo bajamos de ahí, ni te digo ya con lo alto que está eso.

Müller se posó un dedo en los labios y puso cara de recriminación. Afortunadamente, un golpe de viento se llevó por delante el comentario estúpido que acababa de soltar Tilsner.

Según iban por la pasarela, en ascenso todavía hasta el punto más alto de la correa transportadora, Müller hizo lo posible por no mirar al suelo. Ya era bastante la altura que se ganaba con aquella estructura metálica. Pero es que, debajo, la cinta había vaciado la tierra y el lignito, y había un agujero gigantesco que implicaba una caída de casi trescientos metros más por debajo del nivel del suelo.

Se acercaron al cabo, y ya les llegaban las voces de Markus, por encima del estruendo de la maquinaria.

—¡Ustedes dos, ni se acerquen! —gritaba—. Papá, tú sí puedes avanzar un trecho.

Schmidt recorrió otros diez metros; luego, su hijo ordenó que se detuviera.

—Ahí vale. Desde ahí me oirás bien.

—Perdóname, Markus. Lo siento mucho. No quería decir aquello que dije.

—Huy, no, pero bien que lo dijiste, padre. Querías decir cada palabra que te salió de la boca. Además, es demasiado tarde ya.

Markus empezó a auparse por encima del barandal de protección al final de la pasarela.

—Te juro que no quería —suplicaba Schmidt—. Vive tu vida como tú quieras. Tu madre y yo te queremos, sin condiciones. Siento muchísimo si lo que te dije te llevó a un malentendido. Nosotros siempre te apoyaremos, te lo prometo. Te queremos.

Markus se había sentado en el pretil de hierro; le colgaban los pies sobre el vacío inmenso.

—¿Recuerdas cuando pescábamos en los lagos de Mecklenburgo? —gritó, mirando a su padre.

—Pues claro que sí, Marki. Pues claro. Me encantaría volver allí contigo. En cuanto llegue el deshielo. Tú y yo, los dos juntos. Podemos ir de acampada.

—Pero ya no tienes tiempo, ¿a que no? Tu trabajo en la Policía es siempre lo primero.

Müller vio con el rabillo del ojo que Tilsner se las había apañado para encontrar una escalera que lo llevara a un nivel más bajo, y avanzaba por ella mientras Schmidt hablaba con su hijo.

—Sacaré tiempo para ti, Marki. Te lo juro. Te apoyaré en la vida que decidas vivir. Te ayudaré a salir de esta, cueste lo que cueste. —Müller se dio cuenta de que Markus estiraba los brazos y la espalda, como si se estuviera preparando para saltar. Ella se echó para delante mientras Schmidt seguía gritando para hacerse oír por encima del batir del viento helado—. ¡No te faltará nunca cobijo en…!

—¡No! —gritó Müller, y avanzó por la pasarela—. No lo hagas, Mark…

Demasiado tarde.

El chico había saltado.

Müller y Schmidt se asomaron por un lado de la pasarela, temiéndose lo peor. Pero Markus había caído apenas unos metros más abajo, y le había amortiguado la caída la correa transportadora, que era de goma y estaba llena de tierra.

Movía brazos y piernas. Müller no sabía si pugnaba por ponerse de pie o por volver a saltar. Y entonces cayó en la cuenta. El chico había visto el final del conducto. Y la tierra que caía formando una columna hasta llegar al fondo, a cientos de metros de altura.

Markus estaba a punto de caer con toda esa tierra.

El joven hacía lo imposible por volver a ponerse de pie y bajar corriendo para alejarse del punto en el que la correa culminaba la máxima altura y daba la vuelta; allí donde lo esperaba la muerte.

Acababa de comprender que merecía la pena vivir.

Quería estar con su padre.

—¡Voy a por él! —gritó Tilsner, que saltó de la escalera metálica a la cinta transportadora, y luego empezó a subir como pudo en dirección al joven. Tenía que llegar a tiempo, de lo contrario, los dos acabarían propulsados al abismo—. ¡Karin! —gritó Tilsner por encima del hombro—. Baja corriendo a la sala de control. ¡Diles que lo detengan!

Müller, que se había quedado clavada en el sitio, corrió tanto que le iban a estallar los pulmones, como si fuera la carrera más importante de su vida. Movía los brazos, con la esperanza de que Schwarz viera desde abajo lo que estaba pasando.

Müller se arriesgó y miró atrás.

Tilsner había llegado a donde estaba Markus, lo tenía bien sujeto a sus pies. Pero estaban los dos apenas a un metro del final de la cinta.

Müller gritó hasta desgañitarse en dirección a la sala de control, pero sabía que el viento se llevaría aquel grito, y que le quedaba todavía un largo trecho hasta llegar allí.

Corría todo lo que podía pero el cuerpo no le daba más de sí.

No había respuesta.

Sabía que no llegaría a tiempo.

Y sabía también lo que eso implicaba para Markus... y Tilsner.

58

Me digo que, en realidad, no lo voy a hacer.

Y cuando mi padre dice que retira lo que ha dicho, que mi sexualidad es asunto mío, me digo que mejor bajar de la barandilla. Pero es mi cuerpo el que parece clavado al destino de saltar.

En vez de bajar por la pasarela, caigo al vacío.

Al principio, no entiendo qué ha podido pasar. Luego comprendo. He caído apenas unos metros, en la correa llena de tierra. La superficie de goma y los terrones mullidos han amortiguado mi caída. Pero me cuesta ponerme en pie. Herido no estoy, al menos eso creo. Solo que no me puedo poner derecho.

Entonces oigo los gritos de la mujer detective, Frau Müller, y de mi padre. No comprendo al principio por qué gritan. Luego sí: la cinta se mueve y me lleva con la tierra de arrastre, y estoy a punto de ser vertido con ella a cientos de metros de altura.

Noto entonces que se mueve la cinta y veo al detective, que ha saltado desde la escalera de mantenimiento. Viene hacia mí, se balancea según sube y pisa la tierra, medio agachado, intentando no perder el equilibrio.

Ya casi está a mi altura. Pero nos acercamos peligrosamente al final de la cinta. Quedan apenas unos metros.

Oigo chillar a mi padre, a grito pelado.

—¡No, no, Marki!

El detective tira de mí, me sujeta fuerte con los brazos para poder bajar, pero no me responden las piernas.

Noto luego más vibraciones, más gritos, y el chirrido del metal.

Luego, silencio.

Nos mecemos en el viento, al final del enorme brazo. Abrazados el uno al otro.

Se ha detenido la cinta.

Nos han salvado.

Y mientras el apuesto detective sigue abrazándome y logra que pueda andar, me doy cuenta de dos cosas.

Que estoy contento de seguir vivo. Que quiero darle a mi padre otra oportunidad para que me acepte como soy.

Y de algo más también.

Algo que está fuera de lugar en una situación límite como esta, entre la vida y la muerte.

Que tener tan cerca a este hombre guapo, sentir la barba incipiente en su mentón, este hombre que me ha salvado ha provocado en mí una reacción embarazosa.

Las inyecciones del doctor Gaissler no han surtido efecto.

Pero ningún efecto en absoluto.

Siento la vida que bulle en mí. Soy lo que soy. Tómenme o déjenme.

Me llamo Markus Schmidt.

Y estoy vivo.

59

En la cena de Navidad en el apartamento de Strausberger Platz, había un sitio vacío a la mesa. El que no ocupaba Emil.

—No sabía si lo habías invitado o no —dijo Helga.

Müller negó con la cabeza, estaba triste.

—No, Helga. Ha pasado poco tiempo todavía. A lo mejor el año que viene. Vamos a ver primero si está de acuerdo con las condiciones que le propongo de visita a los niños.

Helga asintió.

—Por cierto, hay buenas noticias. Aparte del hecho maravilloso de que estemos celebrando la Navidad todos juntos por primera vez. Jannika dijo ayer su primera palabra.

Müller sintió la comezón de los celos, pero no paró mientes en ello. Había sido ella la que había querido volver al trabajo y, aunque pasaba menos tiempo con los mellizos, no se arrepentía de haberlo hecho. Solo tenía que aceptar que habría una serie de hitos en la vida de sus hijos que ella se perdería. Así que disimuló el disgusto como pudo.

—¿Ah, sí, cariño? —le dijo a su hija—. Qué niña más lista. ¿Se la dices a tu *Mutti* ahora? ¿O ya solo hablas con la *Oma*? A ver, di «*Mutti*». «*Mut-ti*». ¿No vas a hacer eso por tu *Mutti*?

Jannika sonrió y se quedó mirando la muñeca que tenía encima de la mesa. Luego la sostuvo en alto, toda orgullosa.

—¡Papá! ¡Papá! —chilló, y se le dibujó en la carita una sonrisa diabólica.

Por un instante, Müller se sintió ofendida, aunque sabía que eso era ridículo; y luego, ese sentimiento dio paso a otro de tristeza y casi se le saltan las lágrimas, pensando lo mal que había salido todo con Emil. Lo rematadamente horrible que había sido el final de Gottfried.

Helga le rio la travesura a Jannika, pero debió de ver la sombra que cruzó el semblante de su nieta.

—Luego, hoy mismo, aquí tu hombrecito ha hecho una cosa de niño listo, ¿a que sí, Johannes?

Johannes abrió los brazos, como pidiéndole a su madre que lo tomara del suelo. Pero cuando lo levantó, el bebé empezó a protestar y no hacía más que señalar algo encima de la alfombra. Helga se agachó para coger uno de sus coches de juguete y se lo dio al niño.

Müller sostuvo a su hijo en un brazo y vio que era el Wartburg de Policía que le había regalado esa misma mañana, por Navidad. Venía completo el cochecito: pintado de verde oscuro, con una línea blanca y la estrella plateada de la *Volkspolizei* en las puertas y el capó.

—¿Esa quién es, Johannes? —le preguntó Helga, y señaló la figurita que venía dentro del coche de juguete.

El niño no dijo nada. Al revés, tiró el coche contra la pared.

Helga entornó los ojos.

—No te lo quiere hacer, pero esta misma tarde estoy segura de haberle oído decir «Mamá, mamá».

Müller se echó a reír.

—Cada cosa a su tiempo. Siempre dicen que las niñas rompen a hablar antes que los niños. —Pero sintió en el acto haberlo dicho. Porque a Johannes y Jannika les hacía falta una figura paterna y ella no había logrado dársela.

Fue a recoger el coche y comprobó que no había sufrido daño alguno. Luego vio que el impacto había dejado un rasguño en el papel pintado. Müller intentó restaurarlo con el dedo. Si le daba un poco de pegamento, ni se notaría. Pero, según pasaba la uña por la zona rasgada, notó algo protuberante en un lado. Una especie de cable. ¿El tendido eléctrico? «Pero el tendido eléctrico no tiene que estar tan a la vista, justo debajo del papel pintado, ¿o sí?».

Siguió el recorrido del cable, hacia abajo y a un lado; movió la mesa auxiliar, pegada a la pared. Helga estaba ocupada, con Johannes en brazos, y no se percataba de lo que Müller estaba haciendo.

El cable llegaba a una especie de nudo que no se veía, al quedar detrás del borde de la mesa auxiliar.

Se dio cuenta inmediatamente de qué era.

Un micrófono.

Notó que se le ensombrecía el alma, como cuando pasa un nubarrón. Se llevó las manos al pecho.

No es que la sorprendiera, pero sí que le molestaba. Reiniger le había asegurado que estaba limpio cuando se vino a vivir a aquel apartamento. Así que o bien mentía descaradamente o lo habían instalado después, a lo mejor cuando ella estuvo en Bautzen.

Miró a su abuela, que jugaba con los mellizos. Reinaba la calma. No se habían dado cuenta de nada.

Sonrisas, risas, felicidad a raudales. Müller decidió que así sería la vida para ellos, siempre.

Había más fuerzas en la sombra en la República que, seguramente, rastrearían cada uno de sus movimientos, atentas a todas sus conversaciones.

Pero ella protegería lo que quedaba de su desmembrada familia.

Contra viento y marea.

Y con lo que tuviera a su alcance.

GLOSARIO

Ampelmann Semáforo peatonal en Alemania del Este.

Arschloch Gilipollas.

Barrera Antifascista de Protección – Término eufemístico oficial en Alemania del Este para referirse al Muro de Berlín.

Barkas Tipo de furgoneta de Alemania del Este.

Bezirk Distrito o región de la República Democrática Alemana.

Fernsehturm Torre de la televisión de Berlín Oriental.

Fernverkehrsstrasse Carretera nacional.

Goldbroiler. Pollo a la parrilla o asado.

Ha-Neu Abreviatura en habla coloquial de la ciudad de Halle-Neustadt.

Hauptmann Capitán.

Hohenschönhausen Distrito berlinés en el que se ubicaba la prisión de la Stasi, de infame recuerdo.

Hütte Forma abreviada de la ciudad de Eisenhüttenstadt.

Interhotel Cadena de hoteles de lujo de la República Democrática Alemana.

Jugendwerkhof Colegio interno para niños con problemas y taller de menores.

Keibelstrasse Cuartel de la Policía del Pueblo cerca de Alexanderplatz, en Berlín: el equivalente en la República Democrática Alemana a Scotland Yard.

Kriminalpolizei Policía Criminal.

Kriminaltechniker Agente de la Policía Científica.

Kripo Policía Criminal de forma abreviada. También conocida por la «K».

Liebling Cariño.

Dirección General de Inteligencia – Departamento de Exteriores dentro de la Stasi: como el MI6 de la República Democrática Alemana.

Ministerio para la Seguridad del Estado – Policía Secreta de la Alemania del Este, cuya abreviatura, *MfS*, deriva de las iniciales en alemán. Coloquialmente es conocida como la Stasi, por la contracción del nombre completo en alemán.

Mutti Mamá o mami.

Neues Deutschland Periódico del Partido Comunista de la República Democrática Alemana.

Oberleutnant Teniente o primer teniente.

Oberliga Primera división de la liga de fútbol de Alemania del Este.

Oberschule Instituto de Enseñanza Secundaria.

Oberst Coronel.

Oma Abuela

Plattenbauten Bloques de apartamentos construidos a base de planchas de hormigón.

Policía del Pueblo – Cuerpo de Policía de Alemania del Este (*Volkspolizei* en alemán).

Polizeiruf 110 Serie de televisión de la República Democrática Alemana (el equivalente al 091).

Räuchermännchen Quemador de incienso con forma generalmente antropomórfica.

Republikflüchtlinge Fugados (ciudadanos que han escapado o salido de la República Democrática Alemana).

Sauwetter Mal tiempo (literalmente, «puerco tiempo»).

Scheisse Mierda.

See Lago.

Sekt Vino de aguja alemán.

Śnieżka Copito de nieve (nombre típico de perra en Polonia).

Stahl Acero.

Stasi Término coloquial con el que se designa al Ministerio para la Seguridad del Estado (véase «Ministerio para la Seguridad del Estado»).

Szkopy Término polaco peyorativo y coloquial para referirse a los soldados alemanes (literalmente, «carneros castrados»).

Tatort Serie de la televisión de la Alemania Federal (literalmente, «escenario del crimen»).

Tierpark Zoo de Berlín Oriental.

Trümmerfrauen Las «mujeres de los escombros», que ayudaron a retirar las ruinas y reconstruir Alemania y Austria al término de la Segunda Guerra Mundial.

U-bahn Tren metropolitano o metro.

Unterleutnant Alférez.

Vati Papá.

Volkspolizei Véase «Policía del Pueblo».

Vopo Abreviatura de *Volkspolizei*, normalmente se refiere a policías de uniforme, para distinguirlos de los detectives o secretas.

Wohnkomplex Urbanización.

Wyspa Teatralna – Isla del Teatro en polaco.

NOTA DEL AUTOR

Aunque hay algo de verídico en los planteamientos científicos mencionados en la novela, casi todo es adaptación de los mismos a una obra de ficción. El doctor Uwe Gaissler es un personaje de ficción creado por el autor, sin intención alguna de que represente a ninguna persona viva o muerta. Sin embargo, el departamento de endocrinología de la Universidad Humboldt sí que llevó a cabo experimentos en la vida real, como parte de una campaña de prevención de la homosexualidad. Esta iniciativa defendía la manipulación de los niveles hormonales en mujeres embarazadas para que no dieran a luz a niños homosexuales. Gran parte de la investigación se realizó a base de experimentos con ratas, y postulaba que el deseo sexual se podía modificar mediante la implantación de hormonas, a través de la administración de andrógenos. A los defensores de esta hipótesis se les dio la oportunidad de investigar el alcance de la misma porque había un alto número de suicidios entre homosexuales. Tomando como base los experimentos en ratas, se propuso también la cirugía cerebral como método de modificación de la sexualidad de seres humanos adultos, aunque, que yo sepa, nunca fueron llevados a la práctica.

Esta novela, sin embargo, es, en su totalidad, una obra de ficción. Quiero insistir en que no tengo noticia de que hubiera experimentos con seres humanos o apoyo financiero por parte de empresas farmacéuticas estadounidenses.

Alemania del Este legalizó la homosexualidad en 1968; al parecer, con la idea de demostrar al mundo lo progresista e igualitario que podía llegar a ser el socialismo. Estamos hablando de cinco años antes de que Alemania Federal declarara que la homosexualidad no era delito. No obstante, en un documental de 2013, los homosexuales de la antigua República Democrática Alemana negaron que el Estado fuera tan progresista. «Era ultraconservador», dijeron, y hubo numerosos ejemplos de discriminación contra los gays y de persecución activa de este colectivo.

Está bien documentado el empleo, por parte de la Stasi, de mujeres que ligaban con políticos y hombres de negocios del otro lado del Muro para obtener información (solían ser muchas veces secretarias). Pero lo que normalmente no se sabe es que la Stasi también recurrió a «ligones» homosexuales. El mismo documental al que aludía más arriba, *Out in East Berlin* [Salir del armario en Berlín Oriental] (de Jochen Hicks y Andreas Strohfeldt) incluye una entrevista con una víctima de estos ligones, Eduard Stapel. Solo con la caída del Muro de Berlín, cuando tuvo acceso a los archivos de la Stasi, descubrió Eduard hasta qué punto la vigilancia de los homosexuales era una práctica extendida por parte del Ministerio para la Seguridad del Estado. Dicho esto, el blanco de mis ligones, Georg Metzger, es un personaje totalmente de ficción.

Cuando se abrieron los archivos, después de la reunificación, en 1990, otro descubrimiento de importancia fue el de los vínculos existentes entre la Stasi y la Facción del Ejército Rojo (RAF, por las siglas en alemán). La Stasi adiestró a los miembros de la RAF que perpetraron el atentado de 1981 contra la base estadounidense de Ramstein. Y el diario británico *The Guardian* informó en 2011 de que uno de los fundadores de la RAF había sido informante a sueldo de la Stasi.

Dejo constancia de que el invierno de 1976-1977 no fue, hasta donde yo sé, especialmente frío, así que el trayecto que recorren Müller y Tilsner por el río helado es una licencia que me tomo como autor. Hay años en que el Neisse, a su paso por Gubin, queda completamente helado (y los lugareños aseguran que la capa de hielo aguantaría el peso de un coche en los años más fríos, algunos de los cuales datan de la época de la DDR), pero no sé si fue el caso en el invierno en el que está ambientada la novela. No obstante, el registro histórico de temperaturas demuestra que en la vecina Cottbus, la mínima ese invierno fue de 17,5 grados bajo cero, más fría que las mínimas habituales; y la estación meteorológica de Ueckermünde, cerca de la frontera con Polonia, registró un total de veintidós días en los que la temperatura no subió de cero.

Por necesidades del argumento, me he tomado otra libertad con el puente peatonal que une Guben y Gubin, construido en época actual, inexistente en tiempos de la DDR, aunque sí había uno para coches. El túnel de los nazis por debajo del Neisse, que une Guben con la isla del Teatro, es también invención mía.

Las Comisiones Especiales de la Stasi existieron en la vida real, y fueron abordadas por otro documental de la televisión alemana, a primeros de 2017. Se trataba de unidades operativas que relevaban a las brigadas de la Policía del Pueblo para que los resultados no salieran a la luz. Y también es cierto que la Policía del Pueblo creó una Brigada de Delitos Graves de ámbito nacional, aunque no fue hasta los primeros años de la década de 1980. El equipo de fútbol de Eisenhüttenstadt, el BSG Stahl, llegó a jugar en la primera división de la *Oberliga* de Alemania del Este, y descendió de categoría como castigo por los pagos en dinero negro que había efectuado, y que constituyeron un escándalo. Sin embargo, todo sucedió unos años antes de los hechos ficticios que narra la novela.

La gigantesca apiladora, comúnmente conocida como «la torre Eiffel inclinada», existe y existió en Lichterfeld, aunque ahora es una pieza de museo (que merece la pena visitar). También se puede visitar una mina de lignito todavía operativa en Lusacia, en Welzow Süd, algo más que recomendable. Es como estar en un decorado de una película de ciencia ficción.

Otra visita que merece mucho la pena es el lindo pueblecito de Bautzen, donde estuvo ubicada la tan odiada prisión homónima de la Stasi, que se conserva como monumento en homenaje a las víctimas. Contaba con un ala para mujeres, pero no creo que tuviera una celda número 13. Hay que estar atentos a las personas que lo acompañan a uno en la visita y mostrarles el debido respeto. Entre las que me acompañaban a mí, vi a otro visitante tumbado en una de las literas de la prisión y empecé a hablar con él en mi alemán de andar por casa. Resultó que había estado preso allí, encarcelado por cierta trivialidad considerada una actividad contra el Estado; volvía por primera vez desde que estuvo encarcelado allí en el año 1970.

AGRADECIMIENTOS

Muchas gracias a las distintas personas que han ayudado a hacer que mi serie sobre la detective Karin Müller sea un éxito en lo que llevo publicado: en especial, a los lectores, a los críticos con sus reseñas, a los blogueros y bibliotecarios y libreros. Mi colega, de cuando trabajábamos los dos en el departamento de exteriores de la BBC, Oliver Berlau, exciudadano de la República Democrática Alemana, volvió a tener la amabilidad de leer el manuscrito inicial para detectar errores, sobre todo en los aspectos que atañían a la DDR. Como pequeño gesto de agradecimiento, le he dedicado este libro. Igual que en los otros libros de la serie, cualquier error ulterior será de mi exclusiva responsabilidad.

Stephanie Smith tuvo también la amabilidad de leer el primer borrador, y aportó comentarios de gran agudeza; lo mismo que mis compañeros escritores de novelas de detectives Steph Broadribb (más conocida como Stephanie Marland) y Rod Reynolds.

Parte del libro y su argumento fue sometido a la lectura comentada del grupo de escritores que montamos los alumnos de mi promoción (2012-2014) en el máster de Escritura Creativa de la City University de Londres (especialidad en Novela Negra y de Misterio), entre los que se encontraban Steph y Rod. Este año, otra compañera, Laura Shepherd-Robinson, nos ha dado la alegría de sumarse al grupo de los publicados. Qué buena es la novela histórica de asesinatos *Blood and Sugar* [Sangre y azúcar].

Muchas gracias al resto de los miembros del grupo: Rob Hogg, James Holt y Seun Olatoye. Estoy seguro de que sus libros verán la publicación dentro de poco.

Les agradezco mucho el apuro que pasaron al promocionar mi último libro el día de su presentación a John Cornford (que repartió tarjetones en diversas gasolineras en la autopista), Pat Chappell (que hizo lo propio en la estación de Richmond) y Jat Dillon (que bombardeó la sala de redacción de la BBC con folletos).

Merecidísimas gracias le debo a mi exeditor, Joel Richarson, que ha buscado nuevos aires en la editorial Michael Joseph; y a la editora que lo ha reemplazado, Sophie Orme, que cuenta con una preparadísima ayudante, Rebecca Farrell. Los tres han tenido un papel muy importante en el desarrollo de esta novela.

Y de verdad que muchas gracias a mi espléndido agente literario, Adam Gauntlett, de Peters Fraser y Dunlop, quien fue el primero en atisbar el potencial que encerraba *Hijos de la Stasi* y ha logrado cerrar la publicación de un nuevo volumen de la serie este año, con lo que ya son cinco las novelas contratadas. Es decir, que después de esta ¡vienen, por lo menos, otras dos!

Asimismo, felicito por su trabajo al equipo de derechos de autor en PFD (Alexandra Cliff, Marilia Savvides, Rebecca Wearmouth, Laura Otal y Silvia Molteni), que hasta ahora llevan vendida la serie de Karin Müller a once países por todo el mundo, y espero que llegue a más en el futuro.